Das Buch

Karin Fabrici, wohlbehütete Tochter eines Düsseldorfer Kaufmanns, ist erst süße neunzehn – doch sie weiß genau, was sie will: nämlich endlich einen Urlaub ohne Eltern. Einfach ist es nicht, den fürsorglichen, aber starrköpfigen Papa davon zu überzeugen, daß sie alt genug ist, allein in die Ferien zu fahren. Bei der wohlwollenden Mama, die sich für ihre bildhübsche Tochter einmal etwas Besseres wünscht als einen handfesten Kaufmann, hat sie es da schon leichter. Und so macht sich Karin, ausstaffiert mit der neuesten Sommer- und Strandmode, kurze Zeit später auf nach Nickeroog. Vier Wochen will sie auf der Nordseeinsel verbringen. Ein tolles Hotel, ein Zimmer mit Blick aufs Meer und romantische Träume – Karin schwebt wie auf Wolken. Gleich nach ihrer Ankunft macht sie sich auf zum Strand, um es sich erst einmal in ihrem Strandkorb gemütlich zu machen. Doch daraus wird nichts. Denn der junge Mann, der sich dieses Plätzchen für ein Nickerchen ausgesucht hat, denkt gar nicht daran, das Feld zu räumen. Und daß Karin daraufhin wutentbrannt den Rückzug antritt, nützt ihr gar nichts. Walter Torgau, wie der vermeintliche Wüstling heißt, findet sie nämlich so reizend, daß er ihr ganz einfach auf den Fersen bleibt. Sie kann ihn noch nicht einmal abschütteln, als sie aus dem lokalen Schönheitswettbewerb als »Miß Nickeroog« hervorgeht und zum umschwärmten Star der Saison wird. Pech, daß der ehrenwerte Papa ausgerechnet jetzt Wind bekommt von ihren turbulenten Ferienabenteuern ...

Eine echte Urlaubskomödie von Heinz G. Konsalik, wie man sie sich turbulenter nicht vorstellen kann!

Der Autor

Heinz G. Konsalik, Jahrgang 1921, stammt aus Köln. Er studierte Theaterwissenschaft, Literaturgeschichte und Germanistik. Während des Zweiten Weltkriegs war er Kriegsberichterstatter, bis er an der russischen Front verwundet wurde. Nach Kriegsende arbeitete er zuerst als Dramaturg und Redakteur, bis er sich von 1951 an ganz dem Schreiben von Romanen widmete. Heinz G. Konsalik gilt seit vielen Jahren als der erfolgreichste und beliebteste deutsche Unterhaltungsautor.

Im Wilhelm Heyne Verlag ist ein großer Teil seines umfangreichen Romanwerkes erschienen.

HEINZ G. KONSALIK

DER VERHÄNGNISVOLLE URLAUB

Roman

Erweiterte und überarbeitete Ausgabe

WILHELM HEYNE VERLAG
MÜNCHEN

HEYNE ALLGEMEINE REIHE
Nr. 01/9906

Umwelthinweis:
Dieses Buch wurde auf
chlor- und säurefreiem Papier gedruckt.

Redaktion: Birgit Groll

Copyright © 1982/1986 by Autor und AVA GmbH,
München-Breitbrunn
Wilhelm Heyne Verlag GmbH & Co. KG, München
Printed in Germany 1996
Umschlagillustration: Bildagentur Mauritius, P. Freytag, Mittenwald
Umschlaggestaltung: Atelier Ingrid Schütz, München
Satz: Franzis-Druck GmbH, München
Druck und Bindung: Ebner, Ulm

ISBN 3-453-09997-4

Paul Fabrici, 54 Jahre alt, ein Düsseldorfer, wie er im Buche stand, hatte sich von unten hochgearbeitet. Angefangen hatte er in einem kleinen Eckladen, wo schon von seinen Eltern einer Kundschaft, die in den zwei, drei umliegenden Straßen wohnte, Milch, Butter, Eier und Käse verkauft wurde. Die Eltern hatten über Jahrzehnte hinweg ihr Auskommen gehabt und keinen besonderen Ehrgeiz entwickelt, sich geschäftlich zu vergrößern. Anders Paul, ihr Sohn. Als ganz plötzlich und eigentlich zu früh der sogenannte Erbfall für ihn eintrat, weil die Eltern einem Schiffsunglück auf dem Rhein zum Opfer fielen, war er schon von diesem Tage an entschlossen, aus der ›Bude‹, wie er den mit viel Tradition und wenig Umsatz gesegneten Eckladen insgeheim nannte, etwas zu machen. Fleißig gearbeitet hatten auch die Eltern, aber Paul, der Sohn, erkannte, daß damit allein auf keinen grünen Zweig zu kommen war. Schon zu Lebzeiten seines Vaters vertrat der Junge den Standpunkt, daß ›das Ganze auch organisatorisch in die Hand genommen werden muß‹. Jupp Fabrici, der Alte, war aber auf diesem Ohr immer schwerhörig geblieben. Er wollte sich nicht mehr aufladen als immer nur so viel, daß er ›noch drüber weggucken konnte‹.

Die Zusammenarbeit mit einer Bank war etwas, das ihn auch nicht interessierte. Und als ihm sein Sohn eines Tages vorgeschlagen hatte, das Käse-Sortiment mit französischen und italienischen Spezialitäten zu erweitern, hatte sich, vom Niederrheinischen ins Hochdeutsche übersetzt, folgender Dialog entwickelt:

»*Was* sagst du da, Junge? Französischen und italienischen? Wir führen doch schon holländischen!«

»Einzig und allein Edamer, ja.«

Und zuweilen auch Gouda, Junge, vergiß den nicht.«

»Was ist das schon!«

»Was das ist, fragst du? Mehr als genug ist das, mein lieber Junge. Siehst du denn nicht, wie ihn uns die Leute aus der Hand reißen?«

»Weil sie nichts anderes kriegen.«

»Nein, weil sie nichts anderes *wollen* – abgesehen vom Deutschen. Aber wenn die den mal satthaben, greifen sie zum Holländischen. Das war bei uns hier am Niederrhein schon vor hundert Jahren so und wird auch immer so bleiben. Wenn du was anderes denkst, dann verstehst du vom Geschäft nichts, dann hast zu zuwenig Erfahrung.«

»Und ich sage dir, die würden sich sehr rasch um einen echten Gorgonzola, zum Beispiel, reißen.«

»So, denkst du? Hast du schon einen echten Gorgonzola gegessen?«

»Nein.«

»Aber ich, als Soldat, beim Ringen um Sizilien mit den Amerikanern. Deshalb kann ich dir sagen, daß das nichts ist für den deutschen Geschmack. Zu scharf. Übrigens haben wird damals den Amis einen Kampf geliefert, von dem sie heute noch mit Hochachtung sprechen, wenn sie darauf kommen, weil –«

»Vater, ich bitte dich, fang nicht schon wieder mit deinem Krieg an ...«

»Doch, das muß ich, weil euch diese Erfahrung fehlt. Du beweist es ja schon wieder mit deinem Gorgonzola. Siehst du, wir schreiben jetzt das Jahr 1950. Der Krieg ist erst wenige Jahre vorbei, und die Leute sind vollauf zufrieden mit unserem Edamer und Gouda. Warum auch nicht? Denkst du, die haben sich 1945 träumen lassen, wie gut es ihnen fünf Jahre später schon wieder geht. Fünf lächerliche Jährchen später! Die sind dankbar und denken nicht an italienischen Gorgonzola oder französischen Roquefort. Hast du Roquefort schon gegessen?«

»Nein, ich war ja nicht im Krieg.«

»Aber ich!«
»Vater, ich sehe –«
»Beim Kampf um den Atlantikwall –«
»Ich sehe eine Zeit kommen, Vater, in der kein Mensch mehr von deinem Atlantikwall redet – aber von französischem und italienischem Käse. Deshalb solltest du ihn den Leuten jetzt schon anbieten, um der Konkurrenz voraus zu sein.«
»Konkurrenz? Welcher Konkurrenz?«
»Na, schon dem Milch- und Käseladen drei Ecken weiter.«
»Dem Karl Felchens? Bist du nicht gescheit, Junge? Dem mache ich doch keine Konkurrenz – und er nicht mir! Das kommt doch überhaupt nicht in Frage. Was sollte denn der von mir denken?«
»Vater –«
»Manchmal verstehe ich dich wirklich nicht, das muß ich dir schon sagen, Junge. Weißt du, daß ich mit dem Karl Felchens zur Schule ging?«
»Ja, aber –«
»Und daß wir auch schon mal das gleiche Mädchen zusammen pussiert haben? Nicht deine Mutter, wohlgemerkt!«
»Aber das –«
»Und daß wir fast am selben Tag eingerückt sind, er zur Artillerie und ich zur Infanterie?«
»Ja, Vater, das hast du mir schon hundertmal erzählt.«
»Aber begriffen hast du das anscheinend immer noch nicht, was das heißt – daß nämlich der ein Mann ist, mit dem man das nicht machen kann, was dir vorschwebt. Der einzige Fehler, den der hat, ist, daß er kein Anhänger von Fortuna, sondern von Schalke 04 ist. Als Düsseldorfer müßte ihm natürlich die Fortuna höher stehen.«
»Ist gut, Vater, ich sage ja schon nichts mehr«, seufzte Fabrici junior und beendete das Gespräch.
Damals hatte er gerade das siebzehnte Lebensjahr voll-

endet und ahnen lassen, daß in geschäftlicher Hinsicht einiges in ihm steckte. Knapp sieben Jahre später passierte das erwähnte Schiffsunglück und machte den Jungen zum Vollwaisen und Erben der bescheidenen Fabricischen Hinterlassenschaft. Geschwister, mit denen zu teilen gewesen wäre, hatte er keine.

Was tat der Vierundzwanzigjährige, der er nun war, als erstes? Er heiratete. Das Mädchen, dem dieses Glück widerfuhr, mochte er zwar gern, aber mindestens ebenso wichtig war dabei für ihn, daß er seiner Ehefrau für die ganze Arbeit, die sie von früh bis spät im Geschäft zu leisten hatte, kein Gehalt zahlen mußte. Sie war eine geborene Beckes und wurde von Kindesbeinen an nur ›Mimmi‹ gerufen. Nach zwei Jahren gebar sie ihrem Mann ein Töchterchen namens Karin. Paul Fabrici liebte die Kleine, doch er sah ein Problem darin, daß sich seine Frau nun nicht nur um das Geschäft, sondern auch um das Kind kümmern mußte.

Mit 36 Jahren besaß Paul Fabrici einen mittleren Supermarkt, der das ganze Viertel versorgte. Der alte Karl Felchens war auf der Strecke geblieben. Der Supermarktinhaber Fabrici spielte die maßgebliche Rolle im Schützenverein. Zudem saß er im Vorstand von Fortuna Düsseldorf, dem ruhmreichen Fußballverein. Als Geschäftsmann war er sozusagen ein großer Hai, der kleinere Fische gefressen hatte und noch fraß. Aber nun ließ er es langsamer angehen, was freilich nicht hieß, daß ihn etwa sein Betrieb nicht mehr interessiert hätte. Doch, doch, in demselben hielt er immer noch das Heft in der Hand, nur ließ er sich nicht mehr von ganztägiger Expansionshektik auffressen, sondern schaltete zwischendurch ab. Das hatte erstaunlicherweise zur Folge, daß er dafür bekannt wurde, ein gemütlicher Mensch zu sein. Ein neuer Paul Fabrici entwickelte sich, der alte geriet in Vergessenheit. Lediglich Leute wie Karl Felchens behielten ihn bis an ihr Grab so in Erinnerung, wie er ursprünglich gewesen war.

Immer gleich blieb sich Paul Fabrici in seinem Banausentum. Mit den Künsten hatte er auch als saturierter Mann nichts im Sinn. Ein Teil der Menschen, die reich werden, lassen sich malen, machen Museen finanzielle Zuwendungen oder rufen irgendeine Stiftung ins Leben. Paul Fabrici richtete sein Augenmerk nach wie vor uneingeschränkt auf Ein- und Verkaufspreise, Devisenkurse, Rentenmärkte usw. Das Unangenehme daran war, daß sich daraus mit den Jahren ein familiärer Dauerkonflikt ergab.

Mimmi Fabrici nämlich, Pauls Gattin, entwickelte sich im Gegensatz zu ihm mit wachsendem Wohlstand zu einer Dame, die ›höher hinaus wollte‹. Sie sprach nur noch hochdeutsch, hielt dazu auch ihren Mann an und litt darunter, wenn dieser, was leider allzu oft vorkam, die peinigendsten Rückfälle in seinen niederrheinischen Dialekt erlitt. Ihrer Tochter Karin gestattete sie so etwas grundsätzlich nicht. Aus dem Geschäft hatte sie sich zurückgezogen, nachdem der Supermarkt begonnen hatte, reibungslos zu laufen. Im Anschluß daran setzte ein anderer Kampf für sie ein – der gegen ihr Gewicht. Sie aß zu gerne Schlagsahne, ruhte sich vom ungewohnten Nichtstun aus und las ihr als literarisch wertvoll empfohlene Romane, die ermüdeten. Sie schlief deshalb immer lange, und das ist nun mal bei Damen nicht gut für die Figur.

Klein-Karin wuchs zu einer Karin und schließlich zu einem außergewöhnlich hübschen jungen Mädchen heran, dessen Position gewissermaßen zwischen der ihrer Mutter und der ihres Vaters lag. Paul Fabrici war, wie gesagt, ein Banause, Mimmi Fabrici das Gegenteil (oder glaubte es zumindest zu sein). Karin Fabrici, die Tochter, schätzte sowohl Kommerz als auch Bildung, übertrieb aber weder in der einen, noch in der anderen Richtung. Sie war ein begehrtes, intelligentes, frisches, natürliches Mädchen, das von ihrem Vater als ganz persönlicher Schatz angesehen wurde. Gerade deshalb störte ihn ein gewisser Punkt an ihr ganz erheblich – sie schrieb ein Wort groß: EMANZIPATION.

Schon mit sechzehn ging das bei ihr los. Sie rauchte, obwohl ihr dabei übel wurde, weil ›ein Mädchen dasselbe Recht hat wie ein Junge‹. Mit siebzehn ließ sie sich vom Arzt die Pille verschreiben, obwohl sie ein Leben führte, in dem Verhütungsmittel so überflüssig waren und weiterhin auch noch blieben wie mit sieben. Mit neunzehn entschloß sie sich, den nächsten Urlaub, der unmittelbar vor der Tür stand, nicht mehr zusammen mit den Eltern zu verbringen, sondern allein auf eine Nordseeinsel zu fahren. Vater fiel fast vom Stuhl, als sie dies am Frühstückstisch bekanntgab, indem sie sagte: »Ich habe es mir überlegt, ich fahre nächste Woche nicht mit euch nach Kärnten.«

Paul Fabrici ließ die Zeitung, in der sein Kopf steckte, bis zur Nase sinken und antwortete: »Du willst zu Hause bleiben?«

»Nein.«

»Was dann? Zur Oma fahren?«

»Um Gottes willen!«

»Wenn du nicht zu Hause bleiben und nicht zur Oma fahren willst, dann weiß ich nicht, was dir vorschwebt.«

»Ich möchte mal an die Nordsee.«

Paul Fabricis Zeitung sank ganz herunter auf den Tisch.

»Kind«, sagte er väterlich, »was soll denn der Unsinn? Du weißt doch ganz genau, daß wir in Millstadt schon Zimmer gebucht haben. Erwartest du etwa, daß wir das rückgängig machen?«

»Nein.«

»Was heißt nein? Wenn du dabei bleibst, an die Nordsee zu wollen, *müssen* wir Kärnten sausen lassen.«

Paul Fabrici blickte immer noch nicht durch. Das geschah aber nun, als Karin erwiderte: »Keineswegs. Ihr beide fahrt nach Millstadt und ich auf eine Nordseeinsel.«

»Allein?« Mehr konnte Vater Fabrici in seiner Fassungslosigkeit nicht hervorstoßen.

»Ja, allein.«

Fabrici sah seine Tochter absolut ungläubig an, dann wanderte sein Blick zu Mimmi Fabrici, Karins Mutter.

»Hast du das gehört?« fragte er sie.

»Was?«

Mimmi las in jenen Tagen ›Die Dämonen‹ von Dostojewski. Das ging über ihre Kräfte. Außerordentlich ermüdet sank sie abends ins Bett, fand nur unruhigen Schlaf und erhob sich morgens in einem entsprechenden Zustand aus ihren Federn. Ein Psychiater hätte sie als ›sehr gestört in ihrer Konzentrationsfähigkeit‹ bezeichnen müssen. Zur Teilnahme an Gesprächen am Frühstückstisch benötigte sie einen Anlauf.

Paul Fabrici mußte sich wiederholen.

»Ob du das gehört hast, fragte ich dich.«

»Ob ich was gehört habe?«

»Was Karin sagte.«

»Was hat sie denn gesagt?«

Paul Fabrici lief rot an.

»Himmel Herrgott!« begann er. »Wo bist du denn wieder mit deinen Gedanken?«

»Bei Dostojewski«, entgegnete Mimmi würdevoll. Das Mitleid, das sie dabei für ihren Gatten empfand, war weder zu überhören noch in ihrer Miene zu übersehen.

Paul winkte wegwerfend mit der Hand und wandte sich seiner Tochter zu.

»Karin, teile auch deiner Mutter mit, was du mir eröffnet hast.«

Karin leistete dieser Aufforderung Folge. Sie erzielte damit eine vorübergehende Herabminderung des Interesses ihrer Mutter an Weltliteratur und eine Hinwendung zu familiären Angelegenheiten.

Mimmi sagte zu ihrer Tochter: »Das darfst du nicht, Karin.«

»Doch, Mutti.«

Daraufhin sagte Mimmi zu ihrem Mann: »Das mußt du ihr verbieten, Paul.«

»Hörst du«, wurde Karin von ihrem Vater gefragt, »was deine Mutter von mir verlangt?«

»Ja.«

»Du weißt also, daß du nicht an die Nordsee fährst, sondern nach Kärnten.«

»Einverstanden«, nickte Karin zur Überraschung ihrer Eltern.

Die beiden lächelten erlöst, doch sie taten das zu früh. Das Lächeln verschwand wieder aus ihren Zügen, als Karin hinzusetzte: »Wir tauschen. Ich fahre nach Kärnten und ihr an die Nordsee.«

Damit war endgültig klar, worauf es ihr ankam. Wichtig war ihr nicht Salz- oder Süßwasser, das Meer oder die Alpen – wichtig war die Abnabelung von den Eltern.

Wie dieses Ringen am Frühstückstisch endete, wird jedem Leser klar sein – mit dem Sieg Karins. Wer die heutige Jugend kennt, weiß, daß Paul und Mimmi Fabrici auf verlorenem Posten standen. Die Kapitulation der Eltern wurde deutlich, als Paul sagte: »Weißt du, was zu meiner Zeit passiert wäre, Karin, wenn ich als Sohn meinem Vater mit einer solchen Idee gekommen wäre? Und erst als Tochter! Weißt du, was da passiert wäre?«

»Woher soll ich das wissen, Vati? Opa hatte ja gar keine Tochter.«

»Das spielt keine Rolle. Du weißt genau, was ich sagen will.«

»Ja – daß bei euch alles ganz anders war.«

»War es auch!«

»Und daß wir schon noch sehen werden, wo wir hinkommen.«

»Werdet ihr auch!«

»Laß nur mal die Zeiten schlechter werden ...«

»Ja, dann –«

Paul Fabrici brach ab. Der Spott in den Worten seiner Tochter war zu deutlich. Sein Blick wechselte von ihr zu seiner Frau, als sei von dieser Beistand zu erwarten. Doch das war ein Irrtum. Mimmi Fabrici schwieg, sie wußte, daß die Entscheidung schon gefallen war. Außerdem benötigte sie derzeit ihr inneres Kräftepotential nicht für solche Konflikte, sondern für ihre Auseinandersetzung mit den großen russischen Schriftstellern. Wie so oft mußte also Paul Fabrici erkennen, daß er alleinstand.

»Hat ja keinen Zweck«, sagte er, winkte mit der Hand, faltete seine Zeitung zusammen, erhob sich, obwohl er erst halb gefrühstückt hatte, steckte die Zeitung in die Jackettasche und ging zur Tür. Dort drehte er sich noch einmal um und verkündete: »Ich jeh ins Jeschäft. Macht ihr, wat ihr wollt.«

Mimmi Fabrici seufzte, als er verschwunden war, und rührte in der Kaffetasse herum. Immer dasselbe, dachte sie. Er weiß, wie mich das nervt, wenn er in seinen Dialekt der Gosse zurückfällt. Er ist und bleibt ein ungehobelter Klotz, der kein Gefühl für gehobene Lebensart hat. Zwar verdient er viel Geld, doch das tun andere auch und gehören dabei zur Gesellschaft. Aber Paul? Nie werde ich mit ihm in bessere Kreise eindringen, nie wird man mich bei Freifrau v. Sarrow oder bei Generaldirektor Dr. Borne einladen. Paul kann keinen Smoking tragen – er sieht darin aus wie eine Karikatur. Und wenn er den Mund aufmacht und ›enä‹ sagt, ist die Gesellschaft geplatzt.

Das war es, was an der Seele Mimmi Fabricis nagte. Sie waren wohlhabend, konnten sich fast alles leisten, was das Herz begehrte, aber sie spielten trotzdem gesellschaftlich keine Rolle. Die Leute, zu denen Mimmi aufblickte, ignorierten sie und ihren Mann. Für diese war und blieb Paul Fabrici ein Emporkömmling, nichts weiter; ein Parvenu, sagten die ganz feinen Herrschaften und rümpften die Nase; angefangen hat er mit Milch und Edamer.

Mimmi dachte an ihr unzugängliche Bridgepartien, an ebensolche Cocktail-Partys und Tanztees; und ihr Mutterherz krampfte sich zusammen, wenn sie sich sagen mußte, daß sich ihrer Karin nie die Gelegenheit bieten würde, einen Mann der großen Gesellschaft kennenzulernen, um von ihm zum Traualtar geführt zu werden.

Vielleicht war der schockierende Einfall Karins, allein in Urlaub zu fahren, gar nicht so verkehrt. Vielleicht begegnete ihr auf einer Nordseeinsel, sagte sich Mimmi, ein solcher Mann. Sollte das passieren, konnte es nur gut sein, wenn Paul Fabrici, Karins Erzeuger, weit vom Schuß war. Wäre er das nämlich nicht, drohte doch nur die Gefahr, daß sich alles gleich wieder zerschlüge, weil er die Ablehnung jedes Zugehörigen der besseren Kreise wachrufen würde. O nein, nur das nicht!

Je länger Mimmi Fabrici über Karins neuesten Schritt der von ihr praktizierten Emanzipation nachdachte, desto mehr gewann sie demselben Geschmack ab. Natürlich wird es notwendig sein, sagte sich die Mutter, daß dem Kind die notwendigen Anleitungen mit auf den Weg gegeben werden; am besten sofort.

»Karin, du –«

Wo war sie denn? Mimmi Fabrici sah auf und blickte herum. Das Zimmer war leer, Karin hatte es unbemerkt verlassen. Das tat sie häufig, wenn sie bemerkte, daß Mutter in Nachdenken versunken war, weil man in den allermeisten Fällen annehmen mußte, daß dieses Nachdenken ein mit der Literatur zusammenhängendes war, aus dem sich Mimmi Fabrici ungern aufschrecken ließ.

Karin konnte aber nur auf ihr Zimmer gegangen sein, weil sie noch ihre Hausschuhe angehabt hatte.

Seufzend stand Mimmi Fabrici auf und schellte dem Dienstmädchen zum Abräumen. Dann stieg sie die breiten, mit Seidenteppichen belegten Treppen empor zur Kemenate ihrer Tochter und trat nach einem kurzen Anklopfen ein.

Karin saß auf ihrer breiten Schlafcouch und starrte in den weit geöffneten Kleiderschrank, aus dem die Kleider herausquollen. Sie sah reichlich hilflos aus und hob beim Eintritt der Mutter wie flehend die Arme.

»Mutti«, begann sie mit kläglicher Stimme, »ich habe nichts anzuziehen, ü-ber-haupt nichts. Alle meine Sachen sind völlig aus der Mode. Da, das Lavabelkleid, sieh dir das an – das kann ich doch nicht mehr tragen! Und das Musseline? Schrecklich! Ebenso das rotweiß gestreifte Seidene. Nicht einmal Erna könnte man damit auf die Straße schicken. Ich muß mich für die See ganz neu ausstatten, das ist absolut notwendig. Sag das Vati, bitte.«

Erna war das Dienstmädchen der Fabricis.

»Kind«, antwortete Mutter Mimmi verständnisvoll, »das mache ich schon.«

Wenn Frauen sich über Kleider unterhalten, sind sie sich immer in einem Punkt einig: Man hat zuwenig davon. Es verschwinden dann sogar die Gegensätze zwischen Mutter und Tochter, und man ist ein Herz und eine Seele in dem Bewußtsein, daß Kleider überhaupt das Wichtigste im Leben einer Frau sind.

»Natürlich brauchst du einiges«, sagte Mimmi und wühlte in dem Kleiderschrank. »In diesen Fähnchen kannst du dort nicht herumlaufen. Deinem Vater werden wir schon heute beim Mittagessen gemeinsam das Messer an die Brust setzen. Erst wird er sich sträuben, du kennst ihn ja, aber schlimmstenfalls vergießt du ein paar Tränen, und dann werde ich ihn fragen, wie lange er das mitansehen will. Wozu er eine Tochter in die Welt gesetzt hat, wenn er sie nackt herumlaufen läßt? Das ist ihm noch immer an die Nieren gegangen. Allerdings wirst du dir dafür wieder ein paar Worte von ihm anhören müssen, wie das früher war, und mich wird er mit seinem unausstehlichen Jargon quälen. Aber das müssen wir beide eben ertragen. Das Ende vom Lied wird der gewünschte Scheck sein, mit dem du gleich morgen zur Königsallee gehen und dir aussuchen kannst, was dir gefällt. Wenn du nichts dagegen hast, komme ich mit.«

Karin küßte ihre Mutter dankbar auf die Wange und beugte sich dann mit ihr über eine Liste, auf der sie schon alles verzeichnet hatte, was sie nötig zu haben glaubte. Nachdem die einzelnen Posten Mimmis Billigung gefunden hatten, räusperte sie sich und sagte: «Karin, ich möchte aber auch noch über ein paar andere Dinge mit dir reden. Schau, es ist nun das erstemal, daß du ohne unseren Schutz in die Welt hinausfährst, und ich hoffe, du bist dir im klaren, was da auf dich zukommen kann.»

»Was denn?«

»Männer, die gefährlich sind.«

»Hoffentlich.«

Mimmi hob den Zeigefinger.

»Karin, ich spreche von Kerlen, die nichts anderes im Sinn haben, als dich zu verführen.«

»Auch das muß einmal sein, Mutti.«

»Karin!« Mimmi schüttelte den Zeigefinger in der Luft. »Du sollst dich nicht immer über mich lustig machen. Du mußt mich richtig verstehen. An sich bist du in einem Alter, in dem auch das, wie du dich ausdrückst, einmal sein muß, sicher. Aber *nicht* mit dem Falschen! *Nicht* mit einem, der nur gut aussieht! Diese Gefahr ist bei euch jungen Mädchen immer riesengroß. Oder mit einem, der nur Geld hat. Was hättest du davon? Sieh mich an. Was habe ich von unserem ganzen Besitz? Nichts. Du verstehst, was ich meine?«

»Wann gehen wir morgen zum Einkaufen, Mutti?«

»Wann du willst – aber weiche jetzt bitte nicht vom Thema ab. Ich erwarte von dir, daß du dir den Mann, mit dem du ... na, du weißt schon, ich will das nicht noch einmal in den Mund nehmen ... daß du dir also diesen Mann vorher genau ansiehst. Ist er gebildet? Hat er eine gute Lebensart, Stil, verstehst du? Ein Beispiel: Frägt er, wenn er in Florenz ankommt, nicht nach dem nächsten Käseladen, um sich Anregungen zu holen, sondern nach den Uffizien? *So* meine ich das!«

»Ja, Mutti.«

»Versprichst du mir das?«

»Was? Daß ich mit jedem erst nach Florenz fahre, um ihn zu prüfen, ehe ich mit ihm –«
»Karin!«
»Ja?«
»Was hättest du jetzt um ein Haar wieder gesagt! Du bist kein feines Mädchen, obwohl ich mir mit dir die größte Mühe gebe. Wie oft muß ich dir ins Wort fallen, um zu verhindern, daß du mich an deinen Vater erinnerst?«
»Entschuldige, Mutti.«
»Es geht doch darum, daß du dir nicht selbst alle Chancen verdirbst, wenn du den Richtigen kennenlernst und ich nicht dabei bin.«
»Ich werde schon aufpassen«, sagte Karin. Sie kannte diese Debatte und hatte keine Lust, sie noch länger fortzuführen.
»Wo sind eigentlich meine Badesachen?« fragte sie.
Von der Suche danach, die sogleich einsetzte, wurde sie so sehr in Anspruch genommen, daß kein Gespräch mit Mutter mehr zustande kam. Dies einsehend, räumte Mimmi das Feld.

Es roch.
Man sagt zwar, und das ist sicher richtig, daß Geld nicht riecht, – aber an diesem Ort war der Geruch des Reichtums real und leicht auszumachen. Seine Komponenten bestanden aus: Pferdemist, Sattelleder, bitterer Lohe-Duft in der Reithalle, teure Parfums, dazu, vielleicht nicht so auffällig, doch durchaus spürbar – Angstschweiß.
Paul Lipkowitz, der Chefpädagoge des Reitclubs RCR, die drei vornehmen Initialen machten sich überall auf dem großen, baumbestandenen Gelände im Süden Düsseldorfs wichtig, und daher wollen wir sie auch sofort deuten: Reitclub Rhenania, Paul Lipkowitz, vom REITCLUB RHENANIA, nahm gerade eine seiner Schülerinnen auseinander. Gnadenlos, jawohl ... Daß es sich bei Angie Kruppke um die Tochter des Vorstandsvorsitzen-

den einer der größten Montankonzerne des Ruhrgebiets handelte, schien seine Freude an Schimpfkanonaden noch zu steigern.

»Wissen Se«, Lipkowitz war in seine ebenso berüchtigte wie gefürchtete Zischlautsprache gefallen, Worte, die mühelos und mit der Schärfe von Rasiermessern den dumpfen Aufschlag der Hufe durchschnitten. »Wissen Se, Fräulein Kruppke, wissen Se, wieso ich beim Frisör immer Bürstenschnitt verlange? Hätte ich nämlich lange Haare, würde ich mir bei Ihrer Trab-Gala jedes einzelne rauszupfen, aber so, mit den Borsten geht das nicht ... Ja Menschenskind, Fräulein Kruppke, wieso fahren Se bloß nich Fahrrad? Wer hat denn Ihnen gesagt, Se sollen's auf 'nem Gaul versuchen?«

Der Reitlehrer holte Atem. Nichts von »gnädigem Fräulein«, keine versöhnliche Floskel, wie sie die neudeutsche Höflichkeit doch gerade für den Umgang mit Reichtum hervorgebracht hatte, nichts als ein kaltes Zischen: »Harmonie will ich. Hören Se, Einklang zwischen Mensch und Tier. Und was bieten Sie? Mist, statt Einklang. Wenn man Ihnen zusieht, soll ich Ihnen sagen wie das ist? Das ist, als würde einer mit 'nem Hammer in 'nen Klavierdeckel donnern. Und jedes Mal im falschen Takt! Ihr Pferd is 'n Klavier, Fräulein Kruppke – merken Sie sich das. Und Sie spitzen seine Musik mit Kreuz und Hintern zusammen. Ja wie soll denn sowat jutjehen?«

Angie Kruppke biß die Zähne zusammen. Aus den Augen lösten sich Tränen ... Einen Lipkowitz konnten die nicht erschüttern. Soll se flennen.

»Rhythmus, Fräulein Kruppke! Langsamer, langsamer, hab' ich gesagt. Verdammt nochmal, gucken Se sich mal Ihre Vorreiterin an.«

Das war's ja. Die Vorreiterin, die kleine Blonde mit dem Pferdeschwanz, um den sie auch noch ein blau und weiß gepunktetes Band gewickelt hatte. Der Pferdeschwanz wippt. Er wippt exakt im Takt. Die spielt Klavier.

Selbst Lipkowitz nickte anerkennend: »Prima, prima, Fräulein Fabrici! Machen Se so weiter. 'Ne Freude, Ihnen zuzugucken, tatsächlich!«

Auch der junge Mann, der sich am Reithalleneingang mal kurz einen Blick leisten wollte, teilte diese Ansicht.

Allerdings muß man hinzufügen: Er teilte sie eher grundsätzlich. Sicher, wie die Karin in weißer Bluse mit dem blonden Haar, in perfekter Haltung den rotbraunen Wallach ritt, so elegant, daß ihr selbst eine alte Kommiß-Rübe wie dieser Reitlehrer Komplimente machte, na gut, diese Karin war ein dufter Anblick. Aber das war sie schließlich immer gewesen. Schon als Zehnjähriger hatte Peter Krahn den Kopf gedreht, wenn Karins blonder Pferdeschwanz vorüberwippte. Nachbarkinderfreundschaft. Manchmal ein bißchen mehr ... Für Peter im letzten Jahr erheblich mehr.

Und Karin?

Bei der wußte man halt nicht so genau. Mal konnte man das, mal jenes meinen. Wahrscheinlich meinte auch sie manchmal das und mal jenes, und so hatte Peter Krahn aufgegeben, sich darüber den Kopf zu zerbrechen. Sollte Karin sich selbst darüber klar werden, was sie eigentlich wollte. Aber daß sie jetzt auch noch als Star in diesem dämlichen Schicki-Micki-Club auftreten mußte, ging ihm wirklich auf den Geist, unter all diesen Porsche-Löchern und Jaguar-Fuzzis – vielleicht suchte sie ja einen Ferrari-Fatzke, oder wenigstens den Sohn eines solchen FF's!

Peter Krahn hatte genug. Wollte sich abwenden. Nicht sauer, eher resigniert. Ganz schaffte er es nicht.

»Peter!«

Ihre hellen Augen, ihr Lachen, ihre Stimme, und alles vom Sattel herab. »Peter, wart auf mich. In zehn Minuten ist das hier zu Ende.«

Sie hob die Hand, und er, er nickte. Was denn sonst?

Der Wunsch, sehen und gesehen werden, der so viele Mitglieder des RCR vereinte, hat Peter Krahn nicht in den

Club geführt. Ihm ging's ums Geschäft. Genauer gesagt: um die Halbjahreslieferung von Hafer an die Geschäftsführung.

Die wiederum wurde von Alfred Vandenen personalisiert. Das Wort »personalisiert« war durchaus auch wörtlich zu verstehen. Alfred Vandenen war nicht nur eine Persönlichkeit; mit über 100 Kilogramm Lebendgewicht wußte er die auch darzustellen. Er stammte wie Peters Vater Jupp aus Nüssen, und damit vom Lande. Doch während Jupp Krahn den mühsamen Weg von Viehzucht und Metzgerei über Fleischkonserven zum Futterhandel und vom Futterhandel wiederum in Zusammenarbeit mit seinem anderen Freund, Paul Fabrici, zum Allround-Versorger großer Sportstätten gewählt hatte, ließ es Jupps Sohn Freddy bequemer angehen: er heiratete die vierte Tochter eines schwerreichen Düsseldorfer Gebrauchtwagenhändlers. Da der wiederum nur Wagen der Luxusklasse vom Rolls Royce bis zu den hubraumstärksten Daimlers im Angebot führte, gehörte es zur Logik der Dinge, daß Freddy bald auf dem Geschäftsführersessel des Luxusclubs RCR gelandet war.

Nicht nur gelandet, jetzt hing er regelrecht darin. Und dies aus Umfangsgründen in einer Spezialkonstruktion aus schwarzem Sattelleder und Chromstahl.

Freddy lag horizontal.

Das Ding, staunte Peter, läßt sich anscheinend in jede Position bringen.

Noch erstaunlicher: Freddy Vandenen streckte dem Besucher die nackten Füße entgegen. Weiß waren die, und gewaltig. Ein junges, zartes Geschöpf von Mädchen war dabei, sie mit Wattebäuschen, Creme, Pinzette und Schere zu bearbeiten.

»Komm rein, komm rein ...«

Lässig wie leutselig wedelte Freddy, der Geschäftsführer, mit der rechten Hand.

»Was wird denn das?« staunte Peter.

»Was.«

»Das.«

»Ah das? Das ist ... das ist 'ne selten dämliche Frage. Aber ist die nicht süß, die Kleine? Kommt aus Vietnam. Oder Korea oder sowas Ähnlichem. Woher kommst du?«

»Kambodscha«, sagte das Mädchen und lächelte mit schwarzen, glänzenden Augen.

»Noch viel besser, findeste nicht?«

»Ich meine, was du mit deinen Füßen machst?« fragte Peter. »Bist du krank?«

»Ich? Wieso? Ich bin kerngesund. Nie was von Nagelpflege gehört? Na hör mal ...«

»Schon. Aber nicht im Büro. Das erledige ich im Bad.«

»Du vielleicht. Ich nicht. Auch dabei kann man schließlich arbeiten. Außerdem ist es eine Frage der Ästhetik.«

»Was? Das Mädchen?«

»Die Nägel, Menschenskind. Man merkt doch, daß dein Großvater Bauer war.«

»Deiner doch auch«, grinste Peter. »Und außerdem, was heißt denn Ästhetik? Du kannst deine Zehennägel ja nicht mal sehen bei dem Bauch.«

»Hier drin schon.« Freddy beklopfte liebevoll seine Sessellehne. »Da streck' ich sie ja nach oben. Aber bist du hier, um dich über meine Nägel aufzuregen oder wat?«

Peter schüttelte den Kopf.

»Wegen dem Hafer?«

»Ja.«

»Laß man. Hafer ist heute kein Thema. Das soll meine Sekretärin erledigen.«

»Da gibt's aber 'ne neue Zusatzbestimmung aus Brüssel. Und nach der soll auch der Abnahmepreis ...«

»Zusatzbestimmung aus Brüssel? Noch'n Fall für meine Sekretärin.«

Peter schloß resigniert die Augen. Freddys Miene hingegen erhellte sich unversehens. »Ein anderes Problem!

Viel wichtiger! Wann willst du denn endlich unserem Club beitreten?«

»Ich?«

»Wer denn sonst?«

»Ich und reiten? Und auch noch hier? In diesem Selbstdarsteller-Verein?«

»Das ist es doch, Peter. Mir geht das Getue auch langsam auf die Nerven. Was ich brauche, sind ein paar vernünftige Gesichter. Neues Blut, Bauernblut – verstehst du? Okay, wenigstens haben wir die kleine Fabrici – Auuh!«

Der Schrei war tierisch, und das Mädchen im rosafarbenen Kittelgewand fuhr erschrocken zusammen. Voll Demut richteten sich die schrägen Augen auf Freddys schmerzverzogene Miene: »Oh pardon ... Verzeihung!«

Doch der grinste schon wieder. »Ist sie nicht süß. Wenn die pardon sagt, nehm' ich jeden Ausrutscher in Kauf. Auch einen mit 'ner Schere. Aber wo war ich? Ach ja, wie gesagt: die kleine Fabrici reitet auch. Und wie sie reitet, ein wahres Naturtalent. Könntest du doch auch? Vielleicht bist du selber eines?« Vergnügt rieb er sich die dicken Hände. »Außerdem habe ich gehört, daß du auch an den anderen Naturtalenten der kleinen Fabrici interessiert bist? Kann man ja auch verstehen, so wie die aussieht.«

»Von wem hast du das gehört?«

»Von wem ich was? Von meinem Alten.«

»Und von wem hat's der?«

»Fragst du das im Ernst? Von Karins Altem natürlich. Nun mach nicht so ein Gesicht, Junge! Der Paul scheint gar nichts dagegen zu haben. Für den stehst du als Schwiegersohn schon halb in der Rechnung.«

»... schon halb in der Rechnung.« Der Satz wollte Peter nicht gefallen, schon gar nicht der Vergleich mit der Rechnung. Er verabschiedete sich hastig. Er hatte es plötzlich ziemlich eilig.

Zu Recht.

Die zehn Minuten waren vorüber. Karin konnte er bereits neben dem pompösen Sandstein-Bogen des Eingangs zum Club-Restaurant erkennen. Dort saß sie auf einer Bank, die langen Beine in den Stiefeln weit von sich gestreckt, saß – und war nicht allein. Im Gegenteil. Karin war umringt von drei männlichen Figuren. Was sie mit diesen Typen verband, waren vor allem Karos – die Karos an den Jacken. Winzige Schwarzweiß-Karos bei Karin, rotschwarze, braunschwarze und karamelschwarze Karos bei den anderen. Kleinkariert. Karierte Typen, – Peter dachte es voll Zorn. Berufs-Erben! Und quatschen auf die Karin ein, als hätten sie das Ei erfunden. Das Ei? Das Karo.

Karin aber – Karin kicherte. Karin strahlte. Karin genoß ...

Ihm war die Lust vergangen, auch noch mitzumischen. Wieso auch?

Hoheitsvoll winkte Peter ihr zu, rief »tschüs« und blies sogar soetwas wie einen Luftkuß zu ihr hinüber. Dann wandte er sich ab, um zum Parkplatz, zum Wagen zu gehen.

Während er erbittert die Türe seines Autos zudonnerte, dachte er: Was ist eigentlich geschehen? Mit Karin, mit dir, – mit uns? Da haben wir uns doch alle mal aus Nüssen aufgemacht, um die Welt zu erobern, die Fabricis, die Krahns. Und manchmal fahren wir ja auch noch ins Dorf zurück und gehen im »König von Preußen« ein Bierchen trinken, kehren bei den Omas ein, lassen uns verwöhnen, – denn die, die Omas haben die Festung Nüssen gehalten, wollten nicht weg. Und sicher hatten sie auch noch recht damit.

Oft genug in seiner Jugend war Peter mit Karin auf dem Heuwagen gefahren. Oder sie hatten Hennen gefüttert, Kälber eingefangen, die Ställe inspiziert ... Und jetzt?

Peter gab Vollgas, fegte aus dem Club-Parkplatz auf die Straße, ließ die Steine prasseln.

Und jetzt ein Idioten-Laden wie dieser RCR?!

Wenn einer eine Reise tut, dann kann er was erzählen – sagt man hernach. Vorher ist es meistens so, daß der Tag der Abfahrt nicht schnell genug heranrücken kann. Hat man ein Jahr lang auf den Urlaub gewartet, will man möglichst rasch dem verhaßt gewordenen Alltag entfliehen. Aber so schnell geht das nun auch wieder nicht.

Hat man schon ein Zimmer? Nein. Also los, zum Reisebüro! Oder man setzt sich selbst telefonisch mit einem Hotel bzw. einer Pension in Verbindung. Das erfordert aber oft vier, fünf und noch mehr Versuche, gerade in der Hauptsaison.

Dann muß, wie von Karin geplant, eingekauft werden. Auf ihrer Liste standen: drei neue Tageskleider; ein Abendkleid; Schuhe; Shorts; Strandkleidung; eine moderne Sonnenbrille; Parfüm; Filme für den Fotoapparat; zwei Frottiertücher, extra groß; Sonnenöl; Badetasche; Bademantel.

Die Badesachen mußten neu gekauft werden, weil sich die alten entweder nicht mehr fanden oder unmodern geworden waren.

Nagellack mußte auch besorgt werden, und zwar einer, der zum frisch erworbenen Bademantel paßte.

Das Wichtigste war ein neuer Badeanzug. Karin suchte lange nach einem und kaufte dann zur Vorsicht gleich zwei. Sie wählte mit großer Sorgfalt aus – einen Bikini für besondere Fälle und einen normalen, altertümlichen, falls auch der Pastor der Insel zum Strand kommen sollte, um Kühlung im Wasser zu suchen. Mimmi Fabrici stand daneben, hielt den Bikini in der Hand, versuchte vergeblich, sich vorzustellen, was damit bedeckt werden sollte, und gab es dann auf, sich über die moderne Jugend zu wundern. Auf jeden Fall sah sie, daß Karin den Zweck der Reise begriffen hatte und alle Dinge kaufte, die dazu dienlich sein mochten, nicht nur ungebildete, ungehobelte Männer in Aufregung zu versetzen, sondern auch Akademiker und – noch besser – Herren von Adel, falls solche vorhanden sein sollten.

Eine halbe Woche später war der ersehnte Tag da, an dem Karin reisefertig im Wohnzimmer stand. Sie trug eine hautenge grüne Hose, in der ihr knackiger Hintern geradezu atemberaubend zur Geltung kam, außerdem ein gelbes T-Shirt, das auch ihren hübschen Busen zur Geltung brachte. Ein ebenso gelber Georgetteschal war kühn durch die blonden Locken geschlungen. Die Sandalen waren ein Geflecht aus dünnsten Lederstreifen. Das ganze Mädchen sah rundherum entzückend aus. Vater Fabrici war innerlich voller Stolz darauf, daß er imstande gewesen war, so etwas in die Welt zu setzen, ließ sich aber äußerlich nichts davon anmerken, sondern brummte griesgrämig:

»Dat kann ja heiter werden.«

»Was kann heiter werden, Vati?« fragte Karin.

»De Betrief, den du do auslösen wirst.«

Mutter Mimmi konnte das nicht mitanhören.

»Paul!« rief sie. »Sprich ordentlich, wenigstens vor dem Kind! Was heißt, der Betrieb, den sie dort auslösen wird? Was soll sie denn für einen Betrieb auslösen?«

»Einen wilden.«

»Im Hotel?«

»Nicht nur im Hotel. *Überall* unter den Männern.«

»Paul«, sagte Mimmi mit Nachdruck, »dieses Kapitel bedarf keiner Erläuterung mehr. Darüber habe ich mit Karin schon gesprochen. Sie weiß, worauf's ankommt.«

»So? Worauf denn?«

»Mutti, Vati«, fiel Karin den beiden ins Wort, »darüber könnt ihr streiten, wenn ich weg bin. Sagt mir lieber eure Adresse in Millstadt, damit ich euch erreichen kann, wenn etwas wäre.«

»Nicht mehr notwendig«, brummte Paul Fabrici zur Überraschung Karins.

»Wieso nicht?«

»Wir fahren nicht, wir bleiben hier.«

»Und euer Urlaub?« rief Karin.

»Man kann auch zu Hause Urlaub machen.«

Karin verstummte, sie blickte ihre Mutter fragend an.

»Ja, mein Kind«, sagte Mimmi daraufhin achselzuckend, »so ist das: Dein Vater hat diesen Beschluß gefaßt und mich heute morgen davon in Kenntnis gesetzt.«

»Aber warum denn?«

»Keine Lust mehr, sagt er.

»Wegen mir?«

»Nein«, ließ sich Paul Fabrici vernehmen, und als ihn die beiden Frauen anblickten, fuhr er fort zu lügen, »wegen der Österreicher. Ich habe mir das noch einmal überlegt. Seit die uns bei der Fußballweltmeisterschaft in Argentinien besiegt haben, sind sie ja nicht mehr auszuhalten. Und dann soll *ich* mir das antun? Ich bin doch nicht verrückt!«

Mutter und Tochter sahen einander an.

»Da hörst du es«, sagte erstere seufzend.

Die Zeit wurde knapp.

»Habt ihr Franz Bescheid gesagt?« fragte Karin.

Ihr Vater warf einen Blick aus dem Fenster.

»Er wartet schon vor dem Haus«, sagte er.

Franz war einer der Angestellten der Firma, der Karin mit dem Wagen zur Bahn bringen sollte.

»Aber eines, Karin«, fuhr Paul fort, »will ich dir in puncto Männer noch sagen, trotz des Widerspruchs deiner Mutter: Bring mir, wenn's zum Äußersten kommt, nicht einen Kerl ins Haus, der nur auf mein Geld aus ist. Hast du verstanden? Wenn's nach mir ginge, wärst du schon mit dem Peter Krahn verheiratet. Einen besseren gäbe es gar nicht für dich.«

»Es geht aber nicht nach dir«, mischte sich Mimmi ein. »Wer ist denn dieser Mensch? Ein gelernter Metzger –«

»Der Erbe einer ganzen Ladenkette!« fiel Paul ein.

»Einer Ladenkette, die keinerlei Reiz auf unsere Tochter ausübt. Das hat sie dir selbst auch schon gesagt.«

Damit wandte sich Mimmi von ihrem Mann ab und befaßte sich nur noch mit Karin. Der Abschied mußte in die Wege geleitet werden. Die zwei Frauen umarmten sich,

Mimmi tätschelte ihrer Tochter liebevoll die Wange, wobei sie sagte: »Mach's gut, mein Kind, paß schön auf dich auf. Beherzige meine Worte. Wenn du etwas brauchst – ein Anruf oder Telegramm genügt. Ganz lieb wärst du, wenn du uns mal schreiben würdest.«

Mutter und Tochter küßten sich, erstere quetschte einige Tränen aus den Augen.

Auch Vater bekam einen Schmatz auf die Wange. Tränen traten dabei bei ihm nicht in Erscheinung.

Als Karin draußen in den Wagen kletterte, standen Mimmi und Paul Fabrici am Fenster und blickten ihr nach.

»Hoffentlich sehen wir sie gesund wieder«, sagte Mimmi mit banger Stimme.

»Und nicht als werdende Mutter«, ergänzte Paul trocken.

Das verschlug Mimmi sekundenlang die Sprache.

»Bist du verrückt?« stieß sie dann hervor.

»Wieso?« antwortete er. »Das ist doch die altbekannte Methode von solchen Männern, die ich vorhin meinte: einem Mädchen, das eine gute Partie ist, ein Kind anhängen und sie sich so unter den Nagel reißen. Du tust ja gerade so, als ob du vom Mond kämst.«

»Vom Mond kommst *du!*« konterte Mimmi. »Das *war* einmal! Heute sind die Mädchen dagegen geschützt!«

»Großer Gott! Doch nicht dadurch, daß sie **keinen** ranlassen.«

»Nein, dadurch nicht.«

»Sondern?«

»Durch die Pille, du Dämlack.«

»Die gibt's doch nur auf Rezept«, erklärte Paul nach kurzer Pause, in der er überlegt hatte, ob er gegen den ›Dämlack‹ Protest einlegen sollte.

»Natürlich gibt's die nur auf Rezept«, sagte Mimmi.

»Und ein solches kann sich unsere Karin selbst nicht ausstellen.«

»Sie nicht, aber Dr. Bachem kann ihr eines ausstellen.«

Paul schluckte.

»Unser ... Dr. Bachem?«

»Ja, der. Wozu hätten wir ihn denn als Hausarzt?«

Pauls Erstaunen wuchs.

»Soll das heißen, daß der ... unserer Karin ... nein, das glaube ich nicht.«

»Warum nicht?«

Paul und Mimmi blickten einander eine Weile stumm an. Offenbar genügte das auch, in Paul eine neue Überzeugung ins Leben zu rufen.

»Seit wann?« fragte er.

»Schon seit Jahren.«

»Aber das hätte er uns doch sagen müssen?«

»Nein, das konnte er nicht.«

»Warum nicht?«

»Weil es ihm verboten war.«

»Von wem?«

»Von Karin.«

»Und woher weißt dann du Bescheid?«

Mimmi zeigte ein Lächeln, in dem Triumph lag, als sie erwiderte: »Von Karin. Sie selbst hat es mir schon vor etwa einem halben Jahr gesagt.«

Für Paul war das ein ziemlicher Hammer. Als Familienvorstand hätte er erwartet, daß ihm solche Geheimnisse nicht vorenthalten würden. Er begann zu schimpfen.

»Der einzige, der keine Ahnung hatte, war also ich. So ist's recht, den Alten immer schön an der Nase herumführen, sich über ihn hinter vorgehaltener Hand lustig machen, der Trottel verdient's ja nicht anders, Hauptsache, er zahlt, er schafft das Geld herbei, das gebraucht wird. Aber wartet nur, einmal wird mir das zu bunt, dann könnt ihr was erleben.«

Sein Ärger war echt, und in diesem Zustand empfahl es sich für Mimmi, ihn mit Vorsicht zu genießen.

»Aber Paul«, sagte sie deshalb beruhigend zu ihm, »so ist das doch nicht. In der Pille sehen die Frauen etwas Intimes, über das sie mit Männern nicht so gern sprechen, auch nicht – und schon gar nicht! – Töchter mit ihren Vätern. Da muß es sich schon eine Mutter hoch anrechnen, wenn sie ins Vertrauen gezogen wird. Und von mir wäre es wiederum ein Fehler gewesen, wenn ich nichts Eiligeres zu tun gehabt hätte, als dich einzuweihen. Das hätte mir Karin ganz sicher sehr verübelt, und ich weiß noch nicht einmal, wie sie reagieren würde, wenn sie jetzt, in diesem Moment, hören könnte, daß ich dir ihr Geheimnis preisgegeben habe.«

»Und wie lange steckt sie mit Dr. Bachem schon unter einer Decke?«

»Paul, ich bitte dich, wie sprichst du denn! Wie lange steckt sie mit Dr. Bachem schon unter einer Decke? Das klingt ja geradezu nach Verbrechen.«

»Wie lange?«

»Seit Jahren.«

Das war wieder ein Hammer.

»Waaas? Seit ...«

Das Wort erstarb Paul auf der Zunge. Ausdrücke sammelten sich in ihm an, ganz schlimme. Mimmi erkannte, daß sie rasch reagieren mußte.

»Was regst du dich auf?« sagte sie. »Das heißt doch nicht, daß sie die regelmäßig auch hätte nehmen müssen. Das war nicht der Fall.«

»Soso?« meinte er ironisch.

»Karin ist heute noch Jungfrau.«

Das konnte Paul nach dem, was er gehört hatte, nicht glauben. Drohend blickte er seine Frau an.

»Mimmi, ich warne dich, dieses Spiel mit mir noch länger fortzusetzen. Ihr habt mich lange genug als Trottel angesehen. Schluß jetzt damit!«

»Karin ist heute noch Jungfrau«, wiederholte Mimmi.

»Dann verstehe ich nicht ...« Paul unterbrach sich selbst: »Ich versehe mich doch in der Sahara nicht mit Schlittschuhen. Oder in Grönland mit Badehosen?«

Mimmi mußte kurz lachen, dann erwiderte sie: »Du kennst deine Tochter nicht, Paul. Du hast überhaupt von den heutigen jungen Mädchen keine Ahnung. Die wollen sich ... wie soll ich sagen? ... die wollen sich auf diesem Gebiet aufspielen. Wenn die glauben, es sei soweit, daß sie die Pille brauchen – und das glauben sie viel früher als zu unserer Zeit –, dann besorgen sie sie sich. Weil das ihr gutes Recht ist, sagen sie. Weil wir ohnehin viel zu rückständig sind, um das zu verstehen. Und dazu kommt auch noch, daß keines der Mädchen bei ihren Freundinnen in den Verdacht geraten will, selbst rückständig zu sein. Da muß nur eine mit der Pille anfangen, dann setzt sich das wie eine Kettenreaktion fort. In Karins Schulklasse war das so –«

»Schulklasse!« rief Paul explosiv dazwischen.

»– und schließlich und endlich darfst du auch Dr. Bachem nicht vergessen.«

»Warum darf ich den nicht vergessen? Weil der dran verdienen wollte?«

Mimmi machte eine wegwerfende Geste.

»Ach was! Karin selbst sagte mir, als ich mich genauso wunderte wie du dich, daß es ihr, nachdem sie sich bei Dr. Bachem das erstemal ein Rezept geholt hatte, doch nicht mehr möglich war, damit wieder aufzuhören ...«

»Warum nicht?«

»Weil das ihr Ansehen bei ihm geschädigt hätte.«

Restlos entgeistert blickte Paul Fabrici seine Frau an, wobei er sagte: »Das mußt du mir schon näher erklären ...«

»Dr. Bachem hätte doch dann gesehen, daß sie keine Pille mehr braucht.«

»Na klar! Und?«

Mimmi seufzte.

»Paul«, sagte sie, »sei um Himmels willen nicht so begriffsstutzig; das liegt doch auf der Hand.«

»Was liegt auf der Hand?«

»Welche Perspektive sich dadurch dem Dr. Bachem automatisch eröffnet hätte.«

Paul guckte noch immer dumm. Mimmi hatte recht, Paul Fabrici kannte sich zwar in Ein- und Verkaufspreisen aus, aber nicht in der Psyche moderner junger Mädchen.

Nach einem zweiten Seufzer erklärte Mimmi: »Karin konnte es auf keinen Fall darauf ankommen lassen, daß bei Dr. Bachem der Eindruck entstanden wäre, sie sei nach einem ersten Versuch bei keinem Mann mehr gefragt. Verstehst du das?«

Zwar fiel endlich der Groschen bei Paul, aber daß er das, was Mimmi gesagt hatte, auch ›verstanden‹ hätte, konnte man nicht behaupten.

»Das darf doch nicht wahr sein«, stieß er hervor.

»Doch«, nickte Mimmi, ihn bei der Hand nehmend, »so ist das heute.«

»Wenn die früher jevöjelt han –«

»Paul!«

»Wenn die früher gevögelt haben«, besann er sich wenigstens aufs Hochdeutsche, »hatten sie vor nichts *mehr* Angst, als davor, daß das bekannt würde. Aber heute« – er holte Atem – »heute ist offenbar das Gegenteil der Fall.«

Mimmi hatte Pauls Hand wieder losgelassen, sie geradezu von sich gestoßen.

»Ich will solche Ausdrücke nicht mehr hören!«

»Ist doch wahr.«

»Sei wenigstens froh, daß bei Karin Theorie und Praxis so weit auseinanderklaffen. Das vergißt du wohl?«

»Was vergesse ich?«

»Daß sie nur den Anschein erweckt, als ob sie es ganz toll mit Männern treiben würde; das ist die Theorie. In Wahrheit ist sie noch Jungfrau; das ist die Praxis. Wäre es dir umgekehrt lieber?«

»Wer sagt dir denn das?«

»Was?«

»Daß sie noch Jungfrau ist.«

»Karin sagt mir das!«

Paul schnaubte verächtlich durch die Nase.

»Und du glaubst das?«

»Ja.«

»Ich nicht!«

»Weil du keine Ahnung hast. Es gibt keinen Grund, warum mir Karin nicht die Wahrheit gesagt haben sollte.«

»Warum nicht?«

»Erstens tat sie es unaufgefordert. Und zweitens sieht sie in ihrer Jungfräulichkeit nichts Rühmliches, sondern eher – in ihrem Alter – einen Makel.«

»Sind denn die alle verrückt?!« schrie Paul Fabrici.

Mimmi raubte ihm die letzten Illusionen, indem sie erwiderte: »Wenn du's genau wissen willst – Karin freut sich auf den Tag, an dem sie mir mitteilen kann, daß es passiert ist.«

Paul blickte um sich wie ein Irrer.

»Und dazu fährt sie ans Meer«, ächzte er. »Allein! Ohne uns!«

Die Wogen glättend, sagte Mimmi: »Sie hat ja die Pille bei sich, Paul. Davon verspreche ich mir mehr, als ich es von unserer Aufsicht tun würde. Diese würde sich nämlich im entscheidenden Moment genauso wirkungslos erweisen wie jedesmal seit Adam und Eva.«

Mimmi Fabrici schien – jedenfalls auf dem zur Debatte stehenden Gebiet – eine große Realistin zu sein. Paul kam da nicht mit. Er blickte sie an, schüttelte den Kopf, schaute zur Tür, schüttelte noch einmal den Kopf und verkündete seine alte Parole:

»Ich jeh ins Jeschäft.«

Nickeroog liegt vor der Nordseeküste. Es ist eine Insel mit einem Bad, das vornehmlich von Leuten besucht wird, die Spaß daran haben, aus einem langweiligen sandigen Strand ein kleines Paradies zu zaubern. Anscheinend gefällt das sehr vielen Menschen, denn wie die Pilze waren die weißen Hotels, die Strandpromenaden, die Pensionen, die ›Original Fischerhäuser‹ und die eleganten Nachtbars emporgeschossen, und der flache Strand vor den Dünen, die Reihen der bunten Strandkörbe und die vielen Wimpel über den Sandburgen erweckten in den Gästen, die ankamen, das Gefühl, in eine ungewohnte, völlig unbeschwerte Welt einzutreten.

Wie überall an der See lagen auch hier die braunen Gestalten in der Sonne und ließen sich braten, wie überall spielten Kinder mit dicken Bällen, saßen ältere Herren in großen Burgen und kloppten Skat, flirteten junge Mädchen mit athletischen Typen, die sich, wenn sie Zeitung lasen, nicht für den Kulturteil, sondern für die Seite mit dem Sport interessierten, machten Eisverkäufer gute Geschäfte und hatten Mütter mit Kindern alle Hände und Augen voll zu tun, um zu verhindern, daß ihnen ihre Kleinen abhanden kamen.

Als Karin auf Nickeroog eintraf und im Palast-Hotel das von ihr bestellte Zimmer bezog, begegnete sie gleich in der Halle einem Mann, der sich nicht scheute, sie auffällig zu mustern und ihr sogar anerkennend zuzunicken. Karin war verwirrt. Wie kommt mir denn der vor? dachte sie. Wenn er ein Ami wäre, würde er mir sicher auch noch nachpfeifen. Und das in einem solchen Haus!

Der Mann war aber kein Amerikaner, das verriet schon seine Kleidung. In dieser Beziehung übertreffen ja bekanntlich die Leute aus der Neuen Welt einander bis zur Unmöglichkeit.

Karins Zimmer hatte zwei große Fenster zum Meer hinaus. Ein Balkon nahm die ganze Front des Hotels ein und war durch dünne Wände abgeteilt in einzelne Reservate für die Zimmer.

Karin trat noch vor dem Auspacken hinaus auf den Balkon. Ein herrlicher Blick tat sich ihr auf. Unter ihr lag der weite Strand mit der bunten Pracht der Körbe und Fahnen und erstreckte sich das leicht bewegte Meer, das am Horizont mit dem blauen Himmel zusammenstieß. Kleine Federwölkchen schmückten das weitgespannte flimmernde

Himmelstuch und wirkten wie Flocken auf schillernder Seide. Warm wehte die Seeluft in das Zimmer.

Karins Brust weitete sich. Sie breitete die Arme aus, als wollte sie diese ganze schöne Welt an sich ziehen, sie umschließen. Sie sog mit tiefen Zügen das wunderbare Geruchsgemisch von Wasser, Sand, Wärme und Freiheit ein. Vier Wochen Nordsee, dachte sie glücklich. Vier Wochen keinerlei Pflichten und Rücksichten, keine Großstadt, kein Verkehrslärm, keine elterlichen Ermahnungen, keine Supermarktbelange aus Vaters Mund schon am Frühstückstisch, und keine aus Mutters Brust aufsteigende Seufzer darüber. Vier Wochen frei sein von all dem – ein glücklicher Mensch sein unter anderen frohen Menschen, unbeschwert, lustig und – sie mußte lächeln – vielleicht auch bald verliebt.

Der Mann in der Hotelhalle fiel ihr ein. Wie aufdringlich er sie angesehen hatte. Oder war das gar nicht so schlimm gewesen? Ergab sich das eben so, wenn ein junges Mädchen allein, ohne Geleitschutz sozusagen, in Meeresnähe dahergesegelt kam? Löste da das eine das andere aus? Karin Fabrici spürte, daß ein Haufen Erfahrungen darauf wartete, von ihr gesammelt zu werden.

Sie trat vom Balkon zurück in ihr Zimmer. Ihr Blick fiel auf die zwei Koffer, die ihr von zwei Pagen in hellroter Livree nachgeschleppt worden waren. Um der Zeit des Knitterns für ihre Kleider ein Ende zu machen, zögerte Karin nicht länger, die Koffer zu entleeren und mit ihren Sachen den Schrank im Zimmer zu füllen. Anschließend zog sie sich aus, duschte sich und legte sich nackt aufs Bett, um sich auszuruhen; um Kräfte zu sammeln, hätte man auch sagen können. Nach einem Stündchen fühlte sie sich frisch genug, die Welt zu erobern.

Sie schlüpfte in ein Strandkleid aus weißem Leinen, das verziert war mit roten Ornamenten, und in flache Strandschuhe. Dann stieg sie die Treppen hinab und lief durch die Halle hinaus zum fast vor der Tür liegenden Strand.

Beim Strandkorbvermieter, einem kahlköpfigen Alten, der seinen linken Arm bei Stalingrad gelassen hatte, mietete sie einen Liegekorb mit der Nummer 45 und schlenderte dann durch den mehligen Sand, um diesen Korb zu suchen. Als sie ihn schließlich in der Nähe einer vorgeschobenen flachen Düne entdeckte, stellte sie erstaunt fest, daß der Korb und eine dazu gehörende halb verfallene Burg bereits belegt waren. Ein braungebrannter Mann lag da im Sand auf einem ziemlich alten Bademantel, hatte sein Gesicht dick eingefettet und schien in der Sonne zu schlafen. Neben ihm lag aufgeschlagen ein Buch.

Karin warf einen Blick auf ihr Ticket. Nein, sie hatte sich nicht geirrt, Korb und Ticket stimmten überein, beide trugen die Nummer 45.

Also lag da ein unverschämter Mensch, der sich fremde Rechte angeeignet hatte. Ein Freibeuter. Ein Nassauer, der auf Kosten anderer Leute –

Karin brach ihre Gedankenkette ab und fragte sich statt dessen, was zu tun sei. Der Kerl schlief. Ihn wecken, war das Nächstliegende. Ihn zum Teufel jagen. Sich höchstens noch seine Entschuldigung anhören.

Wie sieht er denn eigentlich aus? Karin setzte sich neben den Mann und betrachtete ihn. Schwer zu sagen, wie er aussah. Die fettglänzende Haut im Gesicht des Mannes und eine große Sonnenbrille erschwerten es Karin, sich einen zuverlässigen Eindruck zu verschaffen. An den Schläfen waren schon einige graue Fäden zu entdecken, aber das ließ keinen Schluß auf das Alter zu, denn der Körper machte einen absolut sportlichen, durchtrainierten Eindruck. Lang und schlank lag der Mann da, ein guter Anblick – nur der alte, an den Nähten ausgefranste Bademantel störte.

Wer heute in Nickeroog Ferien macht, müßte das Geld haben, sich einen anständigen Bademantel zu kaufen, dachte Karin. Oder er bleibt eben zu Hause. Ich jedenfalls würde das tun.

Und ich, setzte sie in Gedanken hinzu, würde auch zu Hause bleiben, wenn ich nicht gut genug bei Kasse wäre, um mir einen Strandkorb zu mieten.

Sie räusperte sich. Nichts geschah.

Sie räusperte sich noch einmal, unterstützt von einer Möwe, die in diesem Augenblick über sie hinwegschoß und ihr den Gefallen erwies, dabei besonders laut und mißtönig zu kreischen. Den vereinten Kräften Karins und des Vogels gelang es, den gewünschten Erfolg zu erzielen.

Der Mann rührte sich, öffnete die Augen, blickte empor zum Himmel, drehte das Gesicht herüber zu Karin, nahm die Sonnenbrille ab und unterzog Karin einer längeren Betrachtung – das gleiche, was Karin vorher mit ihm getan hatte.

»Mistvieh!« sagte er dann laut und deutlich.

Karin zuckte ein wenig zurück.

»Wie bitte?!«

Der Mann grinste nur.

»Ich meine nicht Sie.«

»Sondern?«

»Emma.«

Karin blickte hinter sich, ob außer ihr noch jemand da sei. Nein, das war nicht der Fall.

»Welche Emma?« fragte sie.

»Die Möwe.« Er setzte die Sonnenbrille wieder auf. »Sie hat mich geweckt.«

»Ich auch«, sagte Karin und bekräftigte mit erhobener Stimme: »Wir beide haben Sie geweckt.«

»So?«

»Ja.«

»Aber gehört habe ich nur Emma.«

Karin blickte ihn stumm an. Die Frage, die ihr ins Gesicht geschrieben stand, lautete, ob er wohl nicht ganz bei Trost sei.

Er grinste wieder.

»Sie kennen Morgenstern nicht?« stellte er sie vor ein Rätsel.

»Welchen Morgenstern?«

»Den Dichter.«

Nun, Dichter waren nicht Karins Stärke. Doch auf welches junge Mädchen trifft das nicht zu? Sie haben schon mal von Goethe und Schiller gehört, aber dann ...

»Morgenstern? Ein Dichter?« wunderte sich Karin.

Der Mann lachte.

»Sogar ein guter.«

»Das glaube ich nicht«, widersprach Karin.

»Doch, doch.«

»Jedenfalls kann er nicht sehr bekannt sein, sonst hätte ihn meine Mutter schon mal erwähnt.«

Dies schien dem braungebrannten Sonnenanbeter eine Frage wert zu sein.

»Ihre Mutter?«

»Sie liest jede freie Minute«, erklärte Karin stolz.

»Respekt!«

»Aber Morgenstern ...? Nein, von dem noch nichts, da bin ich ganz sicher.«

»Vielleicht bevorzugt sie nur Prosa?«

»Was?«

»Romane.«

»Ja, natürlich, was denn sonst?«

»Es gibt auch noch Lyrik.«

»Was?« stieß Karin wieder hervor.

»Gedichte.«

Karin spürte natürlich, daß sie nicht gerade gut abschnitt bei diesem Frage- und Antwortspiel, aber das machte ihr nichts aus. Wenn man ein so hübsches Mädchen war wie sie, wurde einem mangelnder Bildungsglanz nachgesehen. Was sie zu bieten hatte, waren zuerst einmal äußere Werte; auf innere mochte man vielleicht später Wert legen.

Die äußeren waren es auch, die den Sonnenanbeter nun

37

veranlaßten, sich aufzusetzen, sich mit einer Hand im Sand aufzustützen (in der anderen hielt er noch immer seine Sonnenbrille) und Karin ähnlich ungehemmt in Augenschein zu nehmen wie der Mann in der Hotelhalle. Karin konnte es nicht verhindern, unter seinem Blick zu erröten. Sie ärgerte sich.

»Sie sind heute erst angekommen«, sagte er.

Karin schwieg.

»Sie wären mir sonst schon eher aufgefallen«, fuhr er fort. »Wo wohnen Sie?«

Karins Antwort bestand darin, ihm stumm ihr Ticket zu zeigen. Sie erwartete sich davon die einzig mögliche Reaktion des Mannes. Es geschah aber nichts. Ihre Rechte blieben ihr vorenthalten.

»Sie werfen zwar mit unbekannten Dichtern um sich«, sagte Karin daraufhin, »aber lesen können Sie anscheinend nicht.«

Sie hielt ihm dabei ihr Ticket noch näher vor Augen und zeigte auf die Nummer des Liegekorbes.

»Fünfundvierzig«, sagte er.

»Von mir gemietet, mein Herr.«

»Gratuliere.«

»Danke, aber ...« Sie machte eine Handbewegung, der nur der Sinn innewohnen konnte, daß er sich verflüchtigen möge.

»Wissen Sie, warum ich Ihnen gratuliere?« antwortete er jedoch ungerührt.

»Warum?«

»Weil Sie mich mit gemietet haben.«

»Weil ich was habe?«

»Mich mit gemietet. Ich liege seit einer Woche in dieser Burg und vor diesem Korb und finde die Position hier am Rand der Düne herrlich. Daß Sie mich zwingen wollen, das aufzugeben, kann ich mir gar nicht vorstellen.«

»Es wäre aber angebracht von Ihnen, sich das ganz rasch vorzustellen.«

»Und wenn ich mich dazu nicht in der Lage fühle?«

Die Hartnäckigkeit, ja die Frechheit des Mannes trieb Karin mehr und mehr auf die Palme.

»Dann werde ich«, drohte sie ihm an, »die Kurverwaltung ersuchen, Sie aus meinem Korb zu entfernen.

»Schade.« Der Fremde grinste breit. »Ich wäre bei Ihnen so gern der Hahn im Korb.«

»Ich will Ihnen etwas sagen«, erklärte Karin, wobei sie sich aus dem Sand erhob. »Es liegt mir nicht, Streit zu suchen. Ich gebe Ihnen deshalb Gelegenheit, die Sache friedlich beizulegen, während ich mich hier ein bißchen umsehe. In einer halben Stunde werde ich aber zurück sein, und ich hoffe, daß Sie dann das Feld geräumt haben. Wenn nicht, werde ich Sie dazu eben zwingen müssen. Ersparen Sie mir das, bitte.«

Sie wandte sich ab und ging davon.

»Hallo!« rief er ihr nach. »Hallo!«

Sie setzte ihren Weg fort, ohne sich umzudrehen. Er verstummte. Karin ging durch die Dünen zum Hauptstrand zurück. Die Musik der Strandkapelle, die in einer großen Zementmuschel am Meer saß, tönte ihr entgegen. Auf der festgewalzten Strandpromenade vor den Glasterrassen der Hotels und vor den Eispavillons, den Cafés und Andenkenbuden stolzierten die Damen, angetan mit den neuesten Modeschöpfungen des Sommers. Lachen und Rufe, Kinderweinen und Wortfetzen angeregter Unterhaltung schwirrten durcheinander, während nahe der Musikmuschel Handwerker ein großes Holzpodium und einen langen Laufsteg bis zu einem anderen Podium aufbauten, wo in vornehmem Schwarz ein großer Konzertflügel unter einem blendend weißen Sonnenschirm stand.

Karin sah den Arbeitern eine Weile zu, ohne zu wissen, was da von ihnen errichtet wurde. Dann schlenderte sie zu einem Eispavillon und setzte sich auf einen der Hocker, die vor der wie eine Bar gestalteten Theke aufgereiht waren. Der Eismixer schüttelte ihr in einem Becher eine Portion zusammen, die er poetisch ›Südseeträume‹ nannte und die vornehmlich aus Erdbeereis und kleinen Ananasstückchen bestand. Dann schaute Karin weiter dem Treiben am Strand zu und dachte ein wenig an den Mann in ihrem Strandkorb.

Ein unverschämter Kerl. Ein Flegel. Vorgestellt hatte er sich auch nicht. Ein Parasit, dessen Dreistigkeit ihresgleichen suchte. Ein Angeber dazu. Erzählte etwas von Dichtern, die nur er kannte.

Aber kein Dummkopf. Nein, kein Esel. Hatte intelligente Augen. Hübsche Augen. War schlagfertig. Das mit dem Hahn im Korb z. B., das war gut. Beinahe hätte ich mir, dachte Karin, das Lachen nicht verbeißen können.

Sie seufzte. Der Eismixer wurde aufmerksam. »Haben Sie noch einen Wunsch?« fragte er.

»Nein, danke.«

Karin schickte sich an, von ihrem Hocker herunterzurutschen, sah auf ihre Armbanduhr und stellte fest, daß die halbe Stunde noch nicht um war.

»Oder doch«, korrigierte sie sich und ließ sich vom Eismixer ihren Becher noch einmal füllen.

Ein Rudel junger Männer, anscheinend Studenten, kam in den Pavillon und sorgte für Betrieb und Lärm. Jeder wollte sein Eis als erster haben, und keiner wollte davon Abstand nehmen, mit Karin zu flirten.

Karin taxierte innerlich einen nach dem anderen ab, und ihr Pauschalurteil über alle lautete schließlich: zu jung, zu unreif.

Der ›Hahn im Korb‹ war zwar auch frech gewesen, draufgängerisch wie die hier – aber nicht unreif.

Das Eis in Karins Becher begann zu schmelzen. Nachdenklich schlürfte sie es durch einen langen Strohhalm und kaute die Ananasstückchen, ohne eigentlich deren Geschmack bewußt wahrzunehmen.

Von den Studenten, die spürten, daß sie hier keine besondere Wertschätzung fanden, blies ihr einer die Papierhülle seines Strohhalmes in den Schoß. Die Aktion wurde allgemein bejubelt.

Kindsköpfe! dachte Karin, zahlte und verließ den Pavillon. Die Hände in den Taschen ihres Strandkleides, die modische Sonnenbrille vor den Augen, schlenderte sie von Andenkenstand zu Andenkenstand, betrachtete die Angebote, sagte sich, daß sie noch vier Wochen lang Zeit haben werde, sich für dies oder jenes zu entscheiden, blickte wieder auf die Uhr, schwenkte dann ab und ging zurück zu ihrem Strandkorb.

Eigentlich war es ja blöd von mir, dachte sie unterwegs, dem Menschen eine Gnadenfrist zu geben. Los, verschwinden Sie, hätte ich sagen sollen, und zwar sofort! Aber was habe ich statt dessen gemacht? Nachgegeben habe ich ihm. Davongelaufen bin ich praktisch. Ich dumme Gans.

War das mein Korb, oder *war* er es nicht? Natürlich war er es, und deshalb hätte ich meine Rechte auf ihn auch unverzüglich geltend machen sollen. Unverzüglich!

Karin Fabrici ärgerte sich über sich selbst.

Aber das Problem, dachte sie dann etwas milder gestimmt, ist ja jetzt gelöst; den Menschen bin ich jedenfalls los. Und die Kurverwaltung mußte ich auch nicht in Anspruch nehmen. Außerdem kam ich noch in den Genuß der ›Südseeträume‹, das war sogar ein Vorteil.

Wo mag er sich denn inzwischen eingenistet haben? fragte sie sich. Wer wird denn nun das Glück mit ihm haben?

Nirgends hatte er sich inzwischen eingenistet, niemand hatte das Glück mit ihm – außer nach wie vor Karin selbst.

Als sie nämlich um die Düne bei ihrem Korb herumschwenkte, war zu sehen, daß der unmögliche Mensch immer noch an seinem alten Platz lag und in dem Buch las, das Karin schon anfangs auch bemerkt hatte.

»Das ist ja die Höhe!« stieß sie hervor.

Der Mann klappte das Buch zu.

»Was glauben Sie eigentlich?« fauchte Karin.

Er hätte gern wieder einmal gegrinst, doch ihr Zorn war echt, und da das nicht zu verkennen war, sagte er, um sie etwas zu besänftigen: »Ich wollte ja verschwinden ...«

»Und warum sind Sie nicht verschwunden?«

»Weil ich Ihnen sozusagen noch eine Aufklärung schuldig bin. Ich rief Ihnen auch deshalb nach, aber Sie haben nicht mehr reagiert.«

»Welche Aufklärung?«

»Über Emma.«

»Ach ...« Mit einer wegwerfenden Handbewegung. »Das interessiert mich nicht. Sicherlich wollten Sie sich irgendwie interessant machen.« Dieselbe Handbewegung noch einmal.

»Nein«, sagte er, »das war eine Erinnerung an den Dichter Morgenstern.«

»Soso.«

»Ein ganz berühmtes Gedicht von ihm beginnt mit der Zeile: ›Die Möwen sehen alle aus, als ob sie Emma hießen ...‹.« Damit erhob er sich. »Ja, hiermit wissen Sie's nun: Ich wollte Ihnen das sagen. Sie hätten mich ja sonst für blödsinnig halten müssen, mit meinem ›Emma‹-Gefasel.« Er bückte sich und hob seinen alten Bademantel auf. »Und jetzt erweise ich Ihnen den Gefallen und räume das Feld. Schönen Urlaub wünsche ich Ihnen.«

Als er sich abwandte, um zu gehen, sagte Karin: »Und damit soll ein gutes Gedicht beginnen?«

Er verhielt noch einmal den Schritt.

»Ein sehr gutes!«

»Das glaube ich nicht.«

»Warum nicht?« Er blickte sie an, und plötzlich grinste er nun in der Tat wieder.

»Weil das doch wirklich Blödsinn ist«, sagte Karin. »›Die Möwen sehen alle aus, als ob sie Emma hießen ...‹.« Sie schüttelte den Kopf. »Nee, nee, das können Sie mir nicht erzählen, daß das gut sein soll.«

Sein Blick wurde etwas herablassend.

»Mein liebes Fräulein«, sagte er dann, »es gibt in der Literatur eine Art von Blödsinn, eine gewisse Form, verstehen Sie, die ist unübertrefflich geistreich, die hat etwas an sich, das den ihr innewohnenden Witz konkurrenzlos macht. Man muß natürlich eine Antenne dafür haben.«

»Und die habe ich nicht, wollen Sie sagen?«

Wenn er mir jetzt nicht sofort widerspricht, dachte sie, dann kann er aber was erleben! Dann mache ich ihm wirklich die Hölle heiß!

»Es scheint so«, meinte er.

Und prompt wurden Karins Lippen, die normalerweise so hübsch und voll waren, schmal.

»Wissen Sie, was Sie sind?«

»Was?«

»Ein Snob. Sie bilden sich eine Menge auf etwas ein, das Sie anscheinend nicht in die Lage versetzt, sich einen anständigen Bademantel zu kaufen.«

Der Hieb saß.

Karins Kontrahent blickte auf das edle Stück in seiner Hand, das er so sehr liebte, von dem er sich einfach noch nicht hatte trennen können, obwohl er wußte, daß es dazu längst Zeit gewesen wäre. Meistens wachsen solche Beziehungen zwischen Männern und alten, verschwitzten Hüten, aber es gibt eben auch andere Fälle.

»Und wissen Sie, was Sie sind?« fragte der Unbekannte Karin.

Das war nicht schwer zu erraten.

»Eine dumme Gans, denken Sie, nicht?« eiferte sie sich. »Aber hüten Sie sich, mir das ins Gesicht zu sagen. Ich lasse mich von Ihnen nicht beleidigen. Mir genügt das, was Sie sich bis jetzt schon mir gegenüber geleistet haben. Ich werde mich über Sie beschweren, verstehen Sie?«

»So, werden Sie das?«

»Ja, darauf können Sie sich verlassen.«

»Dazu brauchen Sie aber meinen Namen.«

Karin stutzte.

»Richtig«, erkannte sie. »Und daß Sie mir den verraten werden, erhoffe ich wohl vergebens?«

»Nein«, entgegnete er zu ihrer Überraschung. »Ich heiße Walter Torgau. – Torgau ... wie die Stadt in Sachsen.«

Das hatte Karin wirklich nicht erwartet. Sie wußte deshalb nicht gleich, was sie sagen sollte.

Karin Fabrici war ein sehr temperamentvolles Mädchen, ja vielleicht sogar eine kleine Cholerikerin. Das hatte sie von ihrem Vater geerbt. Doch so jäh ihr Zorn aufflammen konnte, so rasch fiel er meistens auch wieder in sich zusammen. Außerdem schien dieser Mensch hier ja auch eine oder zwei gute Seiten zu haben – die Art, wie er sich z. B. da soeben vorgestellt hatte, ohne daß er dem geringsten Zwang dazu unterworfen gewesen wäre, verdiente doch eine gewisse Anerkennung.

»Wenn Sie jetzt gehen«, sagte Karin, »ist der Fall für mich erledigt, Herr Torgau. Ich will unseren Zusammenstoß vergessen.« Sie zwang sich sogar zu einem kleinen Lächeln. »Ich wüßte ja auch gar nicht, wo ich mich beschweren sollte. Bei wem? Ich will gar nicht danach suchen.«

Statt sich dankbar zu zeigen, erwiderte Torgau mit deutlicher Ironie: »Bei wem Sie sich beschweren sollten? Am besten gleich beim Kurdirektor persönlich.«

Kein Wunder, daß es in Karin schon wieder zu gären begann.

»Ist das Ihr Ernst?« fragte sie.

»Mein voller! Und bestellen Sie dem guten Onkel Eberhard schöne Grüße von Schlupp.«

Karin starrte ihn mit leicht geöffnetem Mund an und war einen Moment lang sprachlos. Als sie sich wieder gefaßt hatte, sagte sie anerkennend: »Daher Ihr Benehmen ...«

»Onkel Eberhard wird mich trotz meiner Verwandtschaft mit ihm zum Rapport bestellen.«

Weibliche Neugierde verhakt sich oft an Nebensächlichem.

»Wieso Schlupp?« fragte Karin. »Was heißt das?«

»Schlupp ist ein Überbleibsel aus meiner seligen Kindheit. Als man es noch wagen durfte, mich nackt auf einem Eisbärfell zu fotografieren, nannte man mich Schlupp. Warum – das weiß heute keiner mehr.«

»Genau wie bei mir«, entfuhr es Karin.

»Ja?«

»Mir blieb in der ganzen Verwandtschaft lange die Bezeichnung ›Wepse‹. Niemand konnte sagen wieso.«

»Vielleicht war damit ›Wespe‹ gemeint.«

»Wespe? Das Stacheltier?«

»Könnte doch sein«, grinste er.

»Nicht sehr schmeichelhaft für mich.«

Aber zutreffend, dachte er und fragte sie: »Verstehen Sie Bayrisch?«

»Nein, wieso?«

»Die Altbayern sagen ›Weps‹ zur Wespe. Sie drehen also die zwei Konsonanten in der Mitte des Wortes um. Außerdem verändern sie auch das Geschlecht. Sie sagen ›Der Weps‹ und nicht ›Die Wespe‹.«

Karin staunte. Sie dachte auch wieder an Morgenstern und fragte: »Woher wissen Sie das alles? Sind Sie Philologe?«

»Nein.«

»Bibliothekar?«

»Auch nicht.«

»Oder etwas Ähnliches?«

Er schüttelte noch einmal verneinend den Kopf, entschloß sich plötzlich, in seinen alten Bademantel zu schlüpfen, und sah dann, angetan mit dem zerfransten Stück, an sich herunter, wobei er sagte: »Und nun möchte ich Ihnen diesen Anblick nicht mehr länger zumuten. Schönen Dank für die Zeit, die Sie mir hier Quartier gewährt haben.«

Karin blickte ihm nach. Das wäre aber jetzt auch nicht notwendig gewesen, dachte sie. Wir hätten uns doch irgendwie einigen können. Er mit der Nase in seinem Buch, ich mit dem Gesicht in der Sonne, die Augen geschlossen, beide einander keine Beachtung schenkend – warum hätte das nicht gehen sollen?

Karin betrachtete den Korb, trat näher an diesen heran. Er wirkte so leer. Dem wäre aber abzuhelfen gewesen dadurch, daß sie sich in ihn hineingesetzt hätte. Indes, dazu verspürte sie plötzlich nicht mehr die richtige Lust.

Erstens brauche ich etwas, sagte sie sich, zum Lesen. Und zweitens will ich braun werden; das kann ich aber nur im Badeanzug und nicht im Strandkleid. Wozu habe ich denn meinen neuen Bikini? Du liebe Zeit, fiel ihr ein, der liegt ja noch im Hotel.

So kam es, daß Karin Fabrici verhältnismäßig bald wieder am Hauptstrand auftauchte, wo die Arbeiten, die dort verrichtet wurden, rasch ihren Fortschritt genommen hatten und noch nahmen. Karin hatte es nicht eilig; ihr Bikini, den sie holen wollte, lief ihr nicht davon. Sie blieb stehen, um ein bißchen zuzugucken. Gerade wurde über den breiten Laufsteg, der die beiden Podien verband, ein blutroter Teppich gelegt, und an den Podien selbst stellten Arbeiter große, in grünen Holzkisten gepflanzte Palmen im Halbkreis herum. Ein Mann in einem weißen Fresko-Anzug dirigierte die Schar der Tätigen und reagierte sofort, als er Karins Interesse bemerkte, indem er sich galant vor ihr verneigte und lächelnd fragte: »Gnädigste werden sich heute abend auch zur Wahl stellen?«

»Zur Wahl?« Karin schüttelte den Kopf. »Welche Wahl denn?«

»Das wissen Sie nicht? Sie sind wohl heute erst angekommen?«

»Ja.«

»Daher also. Die Insel wählt heute abend unter Beteiligung aller Gäste ihre Königin. Die schönsten der jungen Damen werden sich um den Titel der ›Miß Nickeroog‹ des laufenden Jahres bewerben. Der Preis: ›24 Stunden lang Leben eines Filmstars.‹ Die NNDF – Neue Norddeutsche

Film AG – hat sich dazu zur Verfügung gestellt. Für die Gewinnerin der Wahl wird das eine einmalige Chance sein. Versteht sie es, die Gelegenheit beim Schopf zu packen, und hat sie das nötige Talent, kann sie für immer beim Film landen. Ist das nichts, meine Gnädigste?«

»Doch, doch«, lachte Karin.

»Ich bin der Veranstalter dieser Schönheitskonkurrenz.« Abermalige Verneigung. »Wenn Sie gestatten: Johannes M. Markwart.«

»Freut mich«, sagte Karin, unterließ es aber, sich selbst auch vorzustellen.

Johannes M. Markwart war es gewohnt, seinen Job oft mit Privatem zu verbinden.

»Gnädigste«, meinte er mit gedämpfter Stimme, »ich hätte Sie zur Teilnahme an der Wahl gar nicht animieren dürfen.«

»Warum nicht?«

»Weil ich selbst den Ruin meiner Veranstaltung damit sichergestellt habe. Sie wird keine Konkurrenz mehr sein.«

Was er damit meinte, war nicht schwer zu begreifen.

»Wenn das so ist«, erklärte Karin vergnügt, »werde ich an der Veranstaltung natürlich nicht teilnehmen, um Sie vor Schaden zu bewahren.«

»Aber nein!« rief Johannes M. Markwart. »Lassen Sie sich um Himmels willen nicht davon beeinflussen. Was kümmert mich geschäftlicher Mißerfolg gegen das Geschenk, mit Ihnen bekannt zu werden, mit Ihnen Kontakt zu bekommen, diesen auszubauen, ihn zu intensivieren bis hin zu einer Verbindung, die gekennzeichnet wäre durch die Rosen, die ich Ihnen auf den Weg streuen möchte.«

Solche Sprüche schüttelte ein Johannes M. Markwart sozusagen aus dem Ärmel. Das gehörte zu seinem Beruf. Damit soll aber nicht gesagt sein, daß er dies gegenüber Karin Fabrici ohne jede innere Beteiligung getan hätte. O nein, dieses Mädchen sah so toll aus, daß er in der Tat auf Anhieb dazu neigte, ihr allererste Priorität zuzugestehen und alles andere zurückzustellen. Um es anders zu sagen, allgemeinverständlicher: Er hätte sie nur allzu gerne vernascht und war spontan entschlossen, dies anzustreben.

»Ich darf also mit Ihnen rechnen, Gnädigste?« fragte er.

»Wir werden sehen«, antwortete Karin, um der Sache ein Ende zu machen, nickte ihm lächelnd zu und entfernte sich.

Sie hatte von weitem einen gewissen Bademantel erkannt, dessen Träger die Promenade entlangkam, munter mit einer wohlproportionierten rothaarigen Dame plaudernd, mit der er bestens bekannt zu sein schien. Wenn er allein gewesen wäre, hätte es Karin vielleicht so eingerichtet, daß sie mit ihm noch einmal zusammengetroffen wäre. Da er sich aber in Begleitung dieser Rothaarigen befand, störte sie das. Warum eigentlich? Karin wußte es nicht. Sie ging weiter. Das Gespräch mit dem Veranstalter Markwart hatte sie ganz spontan abgebrochen. Frauen oder Mädchen haben oft irgendwelche Empfindungen, über die sie sich selbst keine Rechenschaft abzulegen vermögen.

Wenn sich Markwart darauf verließ, daß das tolle Mädchen, nach dem er da soeben seinen Köder ausgeworfen hatte, heute abend in die Haut einer ›Miß‹ schlüpfen würde, um an der Wahl der Schönsten teilzunehmen, war er auf dem Holzweg. Wer nahm denn an so etwas schon teil? Billige Mädchen, verrückte Dinger, die Filmflausen im Kopf hatten. Aber keine Karin Fabrici!

Ansehen wollte sie sich die Veranstaltung aber schon.

Walter Torgau hatte Karin auch entdeckt, als sie mit Markwart gesprochen und dieser es vor aller Augen auf sie angelegt hatte.

»Lola«, hatte er zur Rothaarigen an seiner Seite gesagt, »siehst du das?«

»Was?«

»Wie der Hannes die aufs Korn nimmt?«

Lola blieb stehen, zwang dadurch auch Torgau zum Anhalten und beobachtete mit verengten Augen das Geschäkere des Mannes im weißen Fresko-Anzug mit einem verdammt hübschen Mädchen.

»Was ist denn das für eine?« fragte sie.

»Keine Ahnung«, antwortete Walter Torgau.

Lola schaute wieder. Ein Weilchen blieb es stumm zwischen ihr und Walter. Lolas Miene wurde böse. Daraus ließ sich schließen, daß Lola auf den Mann im weißen Fresko gewisse Rechte zu haben glaubte, die ihr gefährdet erschienen.

»Komm«, sagte sie und wollte Walter am Arm mit fortziehen.

Er rührte sich aber nicht vom Fleck.

»Wohin?« fragte er.

»Zu denen hin. Ich kratze der die Augen aus.«

»Wieso ihr? Siehst du nicht, wer dort die treibende Kraft ist?«

Noch einmal wurde Lola zur schweigenden Beobachterin. Nicht lange genug jedoch, und sie bekannte sich zur Ansicht Walters. Zähneknirschend sagte sie: »Wenn er glaubt, das mit mir machen zu können, täuscht er sich. Eher bringe ich ihn um.«

»Es ist dir wohl klar, worum's ihm geht«, goß Walter Torgau Öl ins Feuer.

»Sicher! Ins Bett will er mit der, was denn sonst?«

»Und als Einleitung schwebt ihm für heute abend die Wahl dieses Mädchens zur ›Miß Nickeroog‹ vor. Das ist doch seine Tour. Genau so hat er's ja auch mit dir gemacht, erinnere dich doch.«

»Dieser Schuft!«

»Du mußt aufpassen, Lola.«

»Das werde ich auch, darauf kannst du dich verlassen!«

»Wie ich dich kenne, wird es dir gelingen, ihm das Konzept zu verderben.«

»Du kennst mich sehr gut.«

»Allerdings sagtest du, daß du ihn notfalls umbringst«, witzelte Walter Torgau, bestrebt, die hauptsächlich von ihm vergiftete Atmosphäre wieder ein bißchen aufzulockern. »Das ginge natürlich zu weit.«

»Ich bringe ihn aber eher um!« entgegnete Lola in vollem Ernst.

»Red keinen Quatsch. Auf so was steht lebenslänglich, Lola.«

»Laß mich mit deinen Paragraphen in Ruh'. Ihr Juristen habt kein Blut in den Adern, sondern Tinte. Außerdem wäre das kein Mord, wie du zu glauben scheinst, sondern Totschlag. Ein bißchen kenne ich mich auch aus.«

»Auch das dir aus dem Kopf zu schlagen, kann ich dir nur raten.«

Lola, die ihren Hannes und das viel zu hübsche Mädchen nicht aus den Augen gelassen hatte, sagte plötzlich ein bißchen erleichtert: »Jetzt geht sie.«

Man konnte sehen, wie Karin sich entfernte. Sie überließ einen passionierten Schürzenjäger seinen Träumen, die diesmal nur als Illusion zu bezeichnen waren.

Torgau hob die Hand zu einem legeren Gruß.

»Wir müssen uns hier trennen, Lola«, sagte er.

»Wohin willst du?«

»Zur Kurdirektion. Ich habe da noch was zu erledigen.«

»Bei deinem Onkel?«

»Oder seiner Frau.«

»Tschüs!«

»Tschüs!«

Lola setzte sich in den nächsten Eispavillon, um ihrem aufgewühlten Inneren Zeit zu geben, sich wieder etwas zu beruhigen. Erst wenn das erreicht sein würde, wollte sie sich ihren Hannes vorknöpfen.

Über dem Haupte Torgaus hing die Drohung, daß bei der Kurdirektion eine Beschwerde über ihn einging. Wenn ja, sollte dies die Direktion nicht ganz unvorbereitet treffen. Walter eilte deshalb mit langen Schritten um das Kurhaus herum und betrat durch einen Nebeneingang das große Gebäude. An einer Tür im zweiten Stockwerk hing ein

Schildchen mit der Aufschrift ›Kurdirektor. Privat.‹ Torgau zögerte davor kurz, grinste, klopfte an und trat mit den Bewegungen eines Mannes, der so etwas gewöhnt ist, in das weite, helle Zimmer, wo ihn eine elegante Vierzigerin empfing. Als die Dame seiner ansichtig wurde, lächelte sie erfreut.

Der hereinbrechende Abend sah das weite Rund um die Konzertmuschel und die beiden Podien bereits mit Publikum gefüllt. Auf weißen Stühlen saßen an kleinen, runden Korbtischen die Kurgäste, die in ihren besten Garderoben erschienen waren, in Abendkleidern aus bekannten Modeateliers, in Smokings aus den Werkstätten hochbezahlter Schneider. Pretiosen blitzten, Ringe, Broschen, Ketten. Perlen schimmerten. Die Fülle der Frisuren, der modischen Neuheiten und eleganten Extravaganzen regte zu leisen Gesprächen, zu eifersüchtigen Blicken und getuschelten Debatten des Neides, der Kritik, nur selten des Lobes oder der Bewunderung an. Joviale Herren fortgeschrittenen Alters wandelten durch die Stuhl- und Tischreihen, begleitet von auffallend jungen Damen, die alle ihre Töchter hätten sein können, es aber nicht waren.

Überall hingen an langen, bunten Kordeln Hunderte von Lampions, die ein weiches, mildes Licht über den Ort des Geschehens gossen, auf diese Weise ein farbenfrohes Bild schufen und zusammen mit dem Rauschen des Meeres, den Klängen der Kapelle und dem Stimmengemurmel des Publikums eine Atmosphäre erzeugten, die enthusiastische Besucher feenhaft nannten.

In der Konzertmuschel stand vor seiner Kapelle ein Bandleader, den man genausogut für fünfzig wie für dreißig hätte halten können. Kohlschwarz glänzte sein Haar, kohlschwarz glühten seine Augen. Der typische Südländer. Die Augen waren ein Werk der Natur, die Haare eines der zahlreichen Friseure, die schon damit beschäftigt gewesen waren, sie zu färben.

Benito Romana, der bekannte Tangospezialist ...

Magnetisch zog er die Blicke angejahrter, frustrierter Ehefrauen, aber auch verträumter Teenager auf sich. Wenn er sich untertags am Strand sehen ließ, um Badefreuden zu genießen, klopften viele Damenherzen schneller. Nur vereinzelt gab es allerdings auch Augen, die schärfer hinsahen und an seinem kastanienbraungebrannten Körper Spuren des Verfalls entdeckten, Spuren, die darauf schließen ließen, daß ihn die Massagen der zwei Sängerinnen seiner Kapelle mehr in Mitleidenschaft zogen, als sie ihn in Form halten konnten.

Benito Romana stammte nicht aus südlichen Gefilden, sondern aus Berlin-Moabit und hieß schlicht Karl Puschke. Das wußte aber niemand, nicht einmal die Kurdirektion ahnte dies, die den erfolgreichen Orchesterleiter mit seiner ausgezeichneten Kapelle nach längeren Bemühungen aus einer rheinischen Großstadt nach Nickeroog hatte locken können.

Sein Trick war es, ein gebrochenes Deutsch mit italienischen Brocken zu durchsetzen. Dafür wurde er von jung und alt, soweit es sich um Vertreterinnen des schwachen Geschlechts handelte, angehimmelt. Sein musikalisches Repertoire war groß; persönlich favorisierte er allerdings, wie schon erwähnt, den Tango; insofern wurde er von der Jugend, besonders der männlichen, manchmal doch auch schon als etwas antiquiert empfunden.

Am größeren Podium standen:

Johannes M. Markwart, ein wenig bedrückt nach einer sehr lauten Aussprache mit seiner Lola; Maître Sandrou, ein bekannter Pariser Modellschneider, der zum Preisrichterkollegium gehörte; Kurdirektor Eberhard v. Vondel; Manfred Barke, ein noch unbekannter, aber sehr ehrgeiziger junger Filmregisseur; der Geschäftsführer des Kurhauses, der auf den seltsamen Namen Cölestin Höllriegelskreuther hörte, obwohl er kein Bayer oder Tiroler, sondern ein waschechter Friese war; und schließlich und endlich ein älterer, kerzengerade dastehender Herr, der zur ersten Garnitur des Bades gehörte.

Dieser ältere Herr war Baron v. Walden. Als ehemaliger Turnierreiter behielt er auch im täglichen Leben das steife Kreuz eines guten Sitzes auf dem Pferd bei und stolzierte mit seinem Hohlkreuz durch die Landschaft. Man nannte ihn deshalb auch nur den ›Baron v. Senkrecht‹.

Die Gruppe dieser Persönlichkeiten war also um das Podium versammelt, das sich in der Nachbarschaft eines runden Pavillons befand, in dem sich die Bewerberinnen um den Preis der ›Miß Nickeroog‹ zusammengefunden hatten und einander nun, sparsam in Superbikinis gehüllt, mit kritischen Blicken musterten und sich gegenseitig am liebsten schon mit Fingernägeln bearbeitet hätten. Der Bademeister, der diese gefährliche Schar zu bändigen hatte, saß, von Resignation übermannt, in einer Ecke; er hatte alle Bemühungen aufgegeben, den streitsüchtigen Damen ihre niederen Instinkte auszureden und den hin und her fliegenden spitzen Bemerkungen Ermahnungen, sich zu mäßigen, entgegenzusetzen.

Die Giftigste von allen war Lola. Notdürftigst angetan mit einem aus winzigen Teilen bestehenden goldenen Seidenbikini, stellte sie ihre langen schlanken Beine, den biegsamen Leib und – fast gänzlich unverhüllt – auch den kleinen, jedoch wohlgeformten Busen zur Schau. Sie tänzelte von einem Fuß auf den anderen und suchte jene Dame, mit der Johannes M. Markwart auf Abwege zu geraten sich angeschickt hatte.

Diese Dame, Karin Fabrici, stand im Hintergrund, an einen Sonnenschirm gelehnt, den man bei Einbruch der Dunkelheit zu schließen vergessen hatte, und überblickte das ganze herrliche Bild von Wohlstand, guter und giftiger Laune, offenen und verborgenen Wünschen, von echter Eleganz und von falscher. Sie hatte ihr neues, tief ausgeschnittenes Abendkleid aus großgeblümtem Organdy an, unter dem sie einen in Prinzeßform geschnittenen, ebenfalls weiten seidenen Unterrock in stahlblauer Farbe trug. Ein schlichtes Kollier aus zwei Topasen und einem Turmalin schmückte den schlanken Hals. Da der Abend kühl zu werden versprach, trug Karin um die Schulter einen breiten Schal aus Madeiraspitzen, dessen blendendes Weiß einen sehr, sehr hübschen Gegensatz zu dem durch den Organdy schimmernden Stahlblau des Unterrocks bildete. Im Haar steckte eine kleine mit Brillantsplittern besetzte Rose aus Rotgold.

Karin fühlte sich bald einsam, und sie konnte dem Treiben, das sie beobachtete, keinen besonderen Reiz mehr abgewinnen. Allerdings hatte es noch gar nicht richtig angefangen. Sie kam sich aber jetzt schon irgendwie ausgeschlossen aus dem ganzen Betrieb vor. Das kam daher, daß sie ohne Begleitung war. Sie hatte noch keine Bekannten in Nickeroog, war heute erst angekommen, war also fremd in diesem Kreis und hatte Hemmungen, sich einfach an irgendeinen Tisch zu setzen. So verblieb sie denn weiter unter der Obhut ihres Sonnenschirms, beobachtete den Pulk der Herren um den Veranstalter Markwart, auf den sich alles konzentrierte, und rang mit dem Entschluß, fortzugehen und sich allein in ihren Strandkorb zu setzen und die Stille der Nacht, das Rauschen des Meeres und die Einsamkeit unter den glitzernden Sternen zu genießen. Ein Hindernis war da nur ihre Garderobe. Ein Abendkleid und ein Strandkorb – das paßte nicht gut zusammen.

Trotzdem wollte sich Karin gerade abwenden und das weite Rund der schaukelnden Lampions verlassen, als sie Bewegung in ihrer Nähe spürte. Leicht erschrocken wandte sie sich um und sah, daß sie Gesellschaft bekommen hatte. Walter Torgau stand hinter ihr.

»Guten Abend«, sagte er mit unterdrückter Stimme.

Fast hätte ihn Karin nicht erkannt. Angezogen wirkte er ganz anders als in der Badehose – nämlich irgendwie so, daß er ›wer‹ war.

»Guten Abend«, grüßte auch Karin.
»Ich habe Sie gesucht.«
»Wozu?«
»Um mich für meine Beschlagnahme Ihres Strandkorbes zu entschuldigen.«

Das war natürlich nicht der Grund, trotzdem fuhr er fort: »Wissen Sie, ich habe mir das Ganze noch einmal überlegt und bin zu der Ansicht gekommen, daß das, was ich gemacht habe, wirklich unmöglich war. Man tut so etwas nicht. Bitte, verzeihen Sie mir.«

»Sie bereuen also Ihr Verbrechen?« antwortete Karin lächelnd.

»Zutiefst.«

»Dann geht es nur noch darum, die Buße festzusetzen.«

»Welche denn?«

»Das muß ich mir noch überlegen.« Sie schien darüber nachzudenken, sagte aber dann: »Übrigens war ich gerade dabei, zu meinem Strandkorb zu gehen und mich in ihn zu setzen.«

»Jetzt?« fragte er ungläubig.

Sie lachte.

»Jetzt wäre ich wenigstens sicher, daß ihn mir niemand streitig machen würde.«

»Darf ich Sie hinbringen?« sagte er bereitwillig. Klar, daß er sich davon etwas versprach.

»Nein«, erwiderte Karin, die seine Absicht erkannte und sie damit durchkreuzte.

»Warum nicht?«

»Weil wir dann ja wieder soweit wären.«

»Wie weit?«

»Daß mir jemand meinen Strandkorb streitig machen würde.«

»Sie irren sich.«

»Das glaube ich nicht.«

»Doch, doch, wir würden ihn uns brüderlich teilen.«

»Und was ist mit schwesterlich?«

»Das wäre Ihre Aufgabe.«

Beide lachten. Karin war dem Flirt, der begonnen hatte, weiß Gott nicht abgeneigt, doch eine innere Stimme ermahnte sie, ein bißchen die Bremse anzuziehen. Sie sagte deshalb: »Bleiben wir lieber hier.«

»Sie sind wankelmütig«, entgegnete er. »Einmal so, einmal so ...«

»Warten wir auf das, was uns hier geboten wird.«

»Gefällt Ihnen denn dieser Käse?«

»Käse?«

»Was ist es denn sonst?«

»Das sagen *Sie* – als *Mann*?«

»Ja, das sage *ich*!«

Das klang sehr arrogant. Karin fing an, sich über ihn zu ärgern.

»Solche Veranstaltungen finden doch nur statt, weil die Männer sie verlangen«, erklärte sie.

»Nicht alle Männer.«

»Sie nicht, wollen Sie damit sagen?«

»Ganz recht.«

»Sie halten sich wohl für eine Ausnahme?«

»Vielleicht.«

»Aber eingebildet sind Sie trotzdem nicht, wie?«

»Geschmack hat nichts mit Einbildung zu tun.«

»Geschmack, aha.«

Das Gespräch spitzte sich zu.

»Und Sie haben Geschmack?« fuhr Karin fort.

»Ich denke schon.«

»Einen Geschmack, der sich nicht mit Schönheitskonkurrenzen verträgt?«

»Gegen eine Schönheitskonkurrenz von Pudeln oder Möpsen habe ich nichts einzuwenden«, meinte Walter Torgau wegwerfend.

»Aber gegen eine von attraktiven Mädchen?« sagte Karin.

»Attraktiven Mädchen?« Er nickte geringschätzig hin zu

dem Pavillon mit den Bikini-Mädchen. »Sehen Sie sich doch die an. Billigste Ware.«

»Ich sehe, daß ein Teil dieser Ware, wie Sie sich ausdrücken, sehr hübsch ist.«

»Äußerlich vielleicht – aber das allein genügt nicht.«

»Soso.«

»Sie wissen genau, was ich meine. Ein wirkliches Klassemädchen suchen Sie dort vergebens – wie übrigens bei jeder dieser Veranstaltungen.«

Damit hatte Torgau zwar die Auffassung zum Ausdruck gebracht, die Karin selbst insgeheim auch vertrat, aber nun war sie, von ihm gereizt, soweit, daß sie zu ihrer eigenen Überraschung hervorstieß: »Und wenn ich daran teilnehmen würde?«

»Sie?«

»Ja.«

»Lächerlich! Sie doch nicht!«

»Warum nicht?«

»Aus verschiedenen Gründen. Einer davon mag Sie ganz besonders überraschen.«

»Welcher?«

»Daß ich suchen würde, Sie daran zu hindern.«

Es blieb ein, zwei Sekunden lang still. Ein gefährlicher Funke tauchte in Karins Auge auf. Dann entgegnete sie gedehnt: »*Was* würden Sie?«

»Suchen, Sie daran zu hindern«, wiederholte Torgau. Es war der größte Fehler, den er der durch und durch emanzipierten Karin Fabrici gegenüber machen konnte.

Nun überstürzte sich das Weitere.

»Erstens«, sagte Karin kampflustig, »sind Sie nicht mein Vater, der mir Vorschriften zu machen hätte –«

»Das nicht, aber –«

»Oder mein Mann –«

»Auch nicht, leider, aber –«

»Und zweitens würde ich mich auch dann, wenn Sie mein Vater wären –«

»Oder Ihr Mann –«

»– keine Vorschriften von Ihnen machen lassen, merken Sie sich das! Ich lasse mir überhaupt von niemandem mehr Vorschriften machen! Diese Zeiten sind für mich vorbei! Ich bin ein modernes junges Mädchen und weiß selbst, was ich zu tun habe!«

»Aha.«

Dieses ironische ›Aha‹ trieb Karin erst richtig auf die Palme.

»Davon werden Sie sich sehr rasch überzeugen können«, erklärte sie.

»Fräulein Fabrici, Sie –«

Karin war überrascht.

»Woher wissen Sie meinen Namen?« unterbrach sie ihn.

»Ich habe mich erkundigt, das war nicht schwierig. Die Neuanmeldungen –«

»Sie haben die Hotels abgeklappert?«

»Nein, nur die Kurdirektion.«

»Aha«, meinte nun Karin, sagte dies jedoch nicht ironisch, sondern wütend.

»Sie wollten sich doch dort über mich beschweren, Fräulein Fabrici?«

»Ich bedauere, daß ich das noch nicht getan habe.«

»Meine Tante hat mit trotzdem schon den Kopf gewaschen.«

»Ihre Tante?«

»Die Gattin des Kurdirektors.«

»Woher wußte sie Bescheid?«

»Ich habe mich selbst bei ihr angezeigt«, feixte Torgau. »Mein Onkel war gerade nicht da.«

Das Grinsen verging ihm rasch wieder. Karin zeigte sich davon unbeeindruckt. Sie war immer noch wütend.

»Sie nehmen das Ganze wohl nicht ernst genug, sehe ich«, sagte sie. »Sie schlagen Kapital daraus, daß Ihre Verwandtschaft Sie vor Unannehmlichkeiten schützt. So gesehen, ist man Ihnen gewissermaßen ausgeliefert, und das nährt Ihren Größenwahn.«

»Größenwahn?«

»Größenwahn, ja. Sie wollten mir vorschreiben, nicht an dieser Schönheitskonkurrenz teilzunehmen. Aber Sie haben sich dazu die Falsche ausgesucht, Herr Torgau!«

Karins Augen flammten im Schein der Lampions.

»Warten Sie nur ein paar Minuten!« setzte sie hinzu und wandte sich von ihm ab.

Schon hatte sie sich einige Schritte entfernt, als ihr Torgau nachrief: »Wohin wollen Sie?«

Über ihre Schulter rief sie zurück: »Zu meinem Hotel.«

»Wozu?«

»Um den Bikini zu holen!«

Torgau stieß einen leisen Fluch aus und rief laut: »Karin!«

Umsonst. Karin Fabrici aus Düsseldorf zeigte sich taub. Rasch entschwand sie und ließ einen Mann zurück, der sich an die Hoffnungen klammerte, daß der Weg zum Hotel sie abkühlen und zur Vernunft bringen werde.

In der gleichen Minute gab Johannes M. Markwart, der Veranstalter, dem Kapellmeister ein Zeichen, worauf das Orchester einen Tusch spielte. Still wurde es am Strand, und Markwarts weißer Frack leuchtete in einem grellen Scheinwerferkegel auf dem Laufsteg. Es ging los.

»Meine hochverehrten Damen und Herren«, sagte Markwart mit heller Stimme, »die Kurdirektion gibt sich die Ehre, Sie alle heute aufzunehmen in ein großes Preisrichterkollegium. Zur Wahl steht wieder einmal die ›Miß Nickeroog‹ des laufenden Jahres. Eine erfreulich große Anzahl attraktiver junger Damen hat sich zur Verfügung gestellt, um der Konkurrenz den nötigen Glanz zu verleihen. Danken wir jeder von ihnen. Siegen kann nur eine, aber schon die Teilnahme allein bedeutet eine Auszeichnung. Wir alle kennen dieses berühmte Wort, das der elegante Baron de Coubertin in ähnlicher Form prägte, als er die

Neugründung der Olympischen Spiele ins Leben rief. Eine Olympiade der Schönheit veranstalten wir heute auf Nikkeroog. Mögen Sie, meine Damen und Herren, Gefallen daran finden, einen Gefallen, der groß genug ist, um jeden von Ihnen auch in den kommenden Jahren immer wieder hierher auf die Insel, dieses Juwel der Nordsee, zu locken. Dies wünscht Ihnen – und sich – die Kurdirektion aus ganzem Herzen.«

Baron v. Senkrecht stand am Fuß des Podiums und hatte zu jedem Satz Markwarts sein Einverständnis genickt, vor allem, als der Name seines Kollegen Coubertin gefallen war.

Markwart hatte noch nicht alles gesagt. Er legte nur eine kurze Pause ein. Nach den Ausführungen allgemeiner Natur, die er bisher zum besten gegeben hatte, wurde er nun konkret. Er fuhr fort: »›Ob blond, ob braun, ich liebe alle Frau'n‹, heißt es in der Operette. So leicht ist jedoch heute Ihre Aufgabe, meine Herren im Publikum, nicht. Sie müssen sich schon entscheiden – ob blond *oder* braun, rot *oder* schwarz. Ob *grüne* Augen oder *blaue*, *großer* Busen oder *kleiner*, *betonte* Hüften oder *knabenhafte* ... das sind alles Ausstattungen der Damen, zwischen denen Sie zu wählen haben. Nicht ganz so schwierig ist die Aufgabe für Sie, meine Damen im Publikum. Lassen Sie sich einen Rat geben von mir: Gucken Sie in den Spiegel, und richten Sie danach Ihre Wahl aus. Jeweils die Teilnehmerin an der Konkurrenz, die Ihnen am ähnlichsten sieht, bekommt Ihre Stimme – ich hoffe, auch die Ihres Gatten, falls Sie verheiratet sind. Ich ...«

Markwart mußte infolge des großen Gelächters, das sich erhob, erneut eine Pause einlegen.

»Ich habe die Erfahrung gemacht«, fuhr er dann wieder fort, »daß auf diese Weise der eheliche Frieden am gesichertsten ist. Im übrigen –«

»Anfangen!« rief eine ungeduldige Männerstimme laut.

Baron v. Senkrecht blickte indigniert in die Richtung derselben.

»Im übrigen ...«, sagte Markwart noch einmal.

»Fangt schon an, ja!« ertönte ein zweites männliches Organ.

Johannes M. Markwart beugte sich dem Druck. Er hätte zwar noch einiges zu sagen gehabt – schon in der Antike habe z.B. eine Schönheitskonkurrenz stattgefunden, als der Apfel des Paris der schönen Helena zugefallen sei –, unterließ dies aber, seufzte, murmelte statt dessen: »Also gut, ihr Kanaken«, zwang sich zu einem Lächeln, verbeugte sich vor dem Publikum, das zögernd zu applaudieren begann, und gab dem Kapellmeister wieder ein Zeichen, worauf der noch anhaltende Applaus der Leute von einem beginnenden schmelzenden Tango untermalt wurde.

Benito Romana dirigierte mit geschlossenen Augen, was ihm ein entrücktes Aussehen gab. In Wirklichkeit hatte er Magendrücken von einem übergroßen Eisbein, das er zum Abendessen verschlungen hatte. Während die Töne des Tangos ›Küß mich unter Rosenblättern‹, der eines ehrwürdigen Alters war, durch die lampionerleuchtete Nacht schwebte, trat das erste Mädchen aus dem Pavillon heraus, bestieg das Podium und schritt lächelnd, ein Täfelchen mit der Nummer 1 in der Hand, über den mit roten Teppichen belegten Laufsteg.

An den Tischen begann ein Tuscheln und Flüstern. Stimmzettel knisterten. Brillen wurden geputzt. Männer beugten sich nach vorn. Das Wasser lief ihnen im Mund zusammen. Wütende Blicke ihrer Gattinnen trafen sie. Besonders die dickeren der Damen im Publikum erblaßten vor Neid. Das Mädchen, an dem sich ihre Mißgunst entzündete, war gertenschlank, graziös, kaum 18 Jahre alt. Mit langen Beinen tänzelte sie über den Laufsteg. Frau Berta Bauer, eine Notarsgattin aus Kleve, die auch einmal nur 55 Kilo gewogen hatte, zischte ihrem Mann ins Ohr: »Paß auf, daß dir die Augen nicht aus den Höhlen fallen.«

»Was?«

»Du sollst nicht solche Stielaugen machen!«

»Berta«, sagte daraufhin der Notar, »wozu sind wir denn hier?«

»Laß die ebenfalls vier Kinder kriegen, dann hat sich's bei der auch ausgetänzelt.«

»Drei.«

»Was?«

»Drei Kinder. Du sprichst doch von denen, die du gekriegt hast – oder nicht? Wie kommst du auf vier?«

»Du vergißt wohl die Abtreibung, zu der du mich gezwungen hast, als wir noch nicht verheiratet waren? Auf die stand damals noch Zuchthaus. Zählt die für dich nicht?«

»Psst! Bist du verrückt?«

»Ob ich was bin?«

»Nicht so laut, ich bitte dich!«

Frau Bauer verstummte. Ihr Ziel hatte sie erreicht. Den Stielaugen ihres Gatten waren für den weiteren Abend Schranken gesetzt.

Das zweite Mädchen auf dem Laufsteg löste zwischen einem Paar aus München einen Konflikt aus. Die Urlaubsreise an die See hatte, schon ehe sie angetreten worden war, der Eintracht der beiden Schaden zugefügt gehabt. Und nun setzte sich das fort.

»Franz Joseph«, sagte sie, »gib mir eine Zigarette, bitte.«

Er reagierte nicht. Sein Blick war wie gebannt auf das Mädchen Nr. 2 gerichtet.

»Gib mir eine Zigarette, Franz Joseph.«

Wieder nichts.

»Franz Joseph!!«

»Ja?«

Nun hatte sie sich also bemerkbar machen können. Kurz blickte Franz Joseph zu ihr hin, schaute aber gleich wieder vor zum Laufsteg.

»Ich möchte eine Zigarette.«

Er zeigte auf den Tisch, ohne den Blick vom Laufsteg abzuwenden.

»Nimm dir eine, da liegt doch die Packung. Oder hast du keine Augen im Kopf, Maria?«

Maria preßte die Lippen zusammen, grub eine Zigarette aus der Packung heraus und klemmte sie sich zwischen Zeige- und Mittelfinger. Der Auftritt des Mädchens Nr. 2 war zu Ende, der des Mädchens Nr. 3 folgte. Franz Joseph war nicht minder gebannt als vorher.

»Spitze!« sagte er halblaut zu sich selbst.

Maria räusperte sich.

Als sie damit nicht den gewünschten Erfolg erzielte, sagte sie wieder: »Feuer, bitte.«

Franz Joseph war wieder taub.

»Franz Joseph!«

»Was ist denn schon wieder?«

»Feuer!«

Er warf ihr das Feuerzeug in den Schoß. Wortlos.

Maria sagte, nachdem sie sich gezwungenermaßen selbst bedient und einen erbitterten, tiefen Zug genommen hatte: »Danke.«

»Bitte.«

Das war kein Wechsel von Höflichkeitsfloskeln, sondern schon eher ein Schlagabtausch.

Es blieb nicht lange still zwischen den beiden, und Maria war wieder zu vernehmen.

»Mir wird es kühl.«

»Habe ich dir nicht gesagt, daß du dir eine Strickjacke mitnehmen sollst? Habe ich dir das nicht gesagt?«

»Eine Stickjacke zum Abendkleid – dieser Vorschlag konnte auch nur von dir kommen!«

»Dann mußt du dich eben jetzt mit deinem Schal begnügen.« Sein Mund verzog sich spöttisch. »Lang genug ist er ja.«

Das zitierte Stück wies in der Tat beträchtliche Ausmaße auf. Seine Enden reichten von den Schultern, um die sich Maria ihn gelegt hatte, bis hinunter auf den Sandboden. Trotzdem schien er den Anforderungen, die momentan an ihn gestellt wurden, nicht gerecht zu werden, denn Maria sagte: »Der Schal ist zuwenig.«

Franz Joseph zuckte die Achseln. Dann kann ich dir auch nicht helfen, hieß das.

Dem Laufsteg wurde inzwischen das Mädchen Nr. 4 zur Zierde, dann die Konkurrentin Nr. 5.

Die Brise, die vom Meer her wehte, ließ neben der Münchnerin auch noch einige andere dünngewandete Damen erschauern. Sie gaben das durch entsprechende Bemerkungen zu erkennen. Das Gegenmittel, auf das ein Kavalier aus Nürnberg verfiel, war nicht neu. »Bestell dir einen Schnaps«, sagte er zu seiner Gattin.

Maria machte ihren Franz Joseph auf ihre Leidensgenossinnen aufmerksam, indem sie ihm mitteilte: »Ich bin nicht die einzige, die friert.«

»Geteiltes Leid ist halbes Leid«, tröstete er sie. Das war blanker Zynismus, an dem auch noch festzuhalten er sich sogar nicht scheute, indem er fortfuhr: »Das verdankst du deiner Meeresbrise, von der du mir zu Hause in München vorgeschwärmt hast. Die ewigen Berge, in die ich wieder fahren wollte, hingen dir zum Hals heraus, sagtest du. Oder sagtest du das nicht?«

»Deine ewigen Berge hängen mir auch jetzt noch zum Hals heraus.«

»Dann beschwer dich nicht über die Meeresbrise, nach der du dich gesehnt hast. Genieße sie, statt dich über sie zu beklagen.«

Maria saß in der Falle, sie hatte keine andere Wahl, als hier auszuharren. Franz Joseph wandte seine Aufmerksamkeit wieder ungeteilt dem Laufsteg zu.

Größere Bewegung kam in das Publikum, als sich die Konkurrentin Nr. 8 präsentierte – eine üppige Blondine. Animierte Herren schlugen die Beine übereinander und zwinkerten sich gegenseitig zu, als die Kapelle zufällig gerade auch noch den Schlager ›Süße Früchte soll man naschen‹ spielte. Dieser Tango war zwar auch wieder uralt, aber darauf mußte man bei Benito Romana immer vorbereitet sein.

Anders als die Männer reagierten natürlich wieder die Frauen, als die Blondine frech und aufreizend über den Laufsteg wippte und kokett in die Männeraugen blickte, die sie von unten her anstarrten. Unter den Gattinnen aller Schattierungen wurde der Neid sichtbar, der sie gelangweilte Mienen zeigen oder sie uninteressiert an ihren Gläsern nippen ließ.

Die Kellner vergaßen zu servieren. Die Blondine traf den Nerv vieler. Sogar der Baron v. Senkrecht fühlte sich von ihr angesprochen, obwohl sie eine eindeutig ordinäre Person war – oder gerade deshalb.

»Wissen Sie, an wen die mich erinnert?« sagte er zu Manfred Barke, dem Filmregisseur. »An eine Sizilianerin im Krieg.«

»Sind Sizilianerinnen nicht alle schwarz wie die Sünde?« antwortete Barke grinsend.

»Doch.« Der Baron nickte zum Laufsteg hinauf. »Aber erstens wissen Sie nicht, ob die dort oben das nicht auch ist. Und zweitens sprach ich im Moment nicht das Haar derselben an.«

»Sondern?«

»Den Hintern.«

Der Baron war ganz außer sich. Er sandte der Üppigen, als sie den Laufsteg verließ, feurige Blicke nach und fuhr fort: »Toll! Wirklich toll, mein lieber Barke! So etwas an der Kandare – Herrgott, da heißt es, geraden Sitz bewahren und nicht –«

Er brach ab, winkte mit der Hand.

»Na, Sie wissen schon«, schloß er. Und als Barke grinsend nickte, setzte er noch einmal hinzu: »Im Frieden gilt es allerdings in solchen Gegenden vorsichtig zu sein. Die Weiber dort haben männliche Anverwandte – Väter, Brüder –, die mit dem Messer schnell zur Hand sind, wenn sie die Ehre ihrer Tochter oder Schwester angetastet wähnen. Im Krieg kannten wir freilich diese Probleme nicht. Schließlich hatten wir ja die überlegenen Waffen in Händen.«

Manfred Barke hatte einen Einfall.

»Das Ganze«, sagte er, »wäre eigentlich ein prima Thema für einen Film.«

»Allerdings«, pflichtete der Baron bei. »Freilich wäre dabei strikte darauf zu achten, daß die Rolle der Wehrmacht nicht wieder im falschen Licht erscheint, so wie wir das jetzt seit Jahrzehnten bis zum Überdruß vorgeführt bekommen. Ich hoffe, Sie verstehen mich?«

»Sie spielen«, nickte der Filmmensch, »auf die soldatische Ehre an?«

»Ganz richtig.«

Das Gespräch der beiden, das noch sehr interessant hätte werden können, erfuhr leider eine Unterbrechung. Johannes M. Markwart trat hinzu und sagte zum Regisseur: »Na, kommen Sie auf Ihre Rechnung?«

Barke blickte hinauf zum Laufsteg, den gerade eine übernervöse Brünette erkletterte.

»Bis jetzt nicht«, erwiderte er.

Die Brünette stolperte über ihre eigenen Beine und erntete demoralisierendes Gelächter, das ihr den Rest gab, sie in Tränen ausbrechen ließ und einen mitleidigen, hilfsbereiten Geist zwang, sie am Ende des Steges mit einem Becher Eissoda in Empfang zu nehmen und dadurch vor einer Ohnmacht zu schützen.

Barkes Kommentar war vernichtend.

»Mann!« stieß er verächtlich hervor.

»Und was sagen Sie zu der?« fragte ihn Markwart, dessen Lola nun der Brünetten folgte. Lolas Auftritt war eingebettet in Markwarts pflichtbewußtes Lächeln, das ihn, wenn er es versäumt hätte, möglicherweise sein Augenlicht gekostet hätte. Johannes M. Markwart hatte Lolas Fingernägel schon fürchten gelernt, Barke nicht.

»Was soll ich zu der schon sagen«, lautete Barkes Antwort, begleitet von einem Achselzucken.

Etwas Schlimmeres als Reaktion wäre gar nicht mehr denkbar gewesen. Dem Regisseur war das Verhältnis Markwarts mit Lola unbekannt, sonst hätte er vielleicht ein bißchen mehr Takt geübt.

Die ganze Schönheitskonkurrenz entwickelte sich zu einem mittleren Fiasko, wie alle diese Veranstaltungen, die man unter dem Motto ›Unterhaltung um jeden Preis‹ einem von Langeweile bedrohten Publikum schuldig zu sein glaubt.

Kurdirektor v. Vondel litt.

»Das geht nicht mehr so weiter«, sagte er leise zu Cölestin Höllriegelskreuther, dem Geschäftsführer des Kurhauses. »Wir müssen uns für nächstes Jahr endlich etwas anderes einfallen lassen. Ich erwarte von Ihnen möglichst bald entsprechende Vorschläge.«

Immer ich, dachte Höllriegelskreuther. Soll er sich doch seinen Kopf selber zerbrechen, der Idiot.

»Dasselbe sagte ich mir soeben auch, Herr Direktor«, erklärte er. »Geben Sie mir eine Woche Zeit ...«

»Très bien«, lächelte Maître Sandrou, der danebenstand. Er verstand von allem, was um ihn herum gesprochen wurde, fast kein Wort, lächelte trotzdem unentwegt und sagte immer wieder nur: »Très bien« – sehr gut.

Er hatte auch Lola und die stolpernde Brünette ›très bien‹ gefunden.

»Es gäbe wohl nur ein Mittel, dem sein ›très bien‹ auf den Lippen ersterben zu lassen«, raunte der zum Sarkasmus neigende Filmregisseur Barke dem Veranstalter Markwart ins Ohr.

»Und das wäre?«

»Seine Frau über den Laufsteg zu treiben.«

Eleganz war an Madame Sandrou alles, Schönheit nichts. Das Modehaus in Paris gehörte ihr. Albert war ein armer Junge aus der Provinz gewesen. Sie hatte ihn sich, er hatte sie sich geangelt. Auf diese Weise können durchaus funktionierende Ehen entstehen, deren Basis das Geld der Gattin auf der einen Seite, sowie das Aussehen plus die Virilität des Gatten auf der anderen Seite bilden.

Danielle Sandrou wußte allerdings – und das hat in sämtlichen Fällen die so gelagert sind, ausnahmslos stets Gültigkeit –, daß sie ihren Albert keine Stunde aus den Augen lassen durfte. Deshalb war sie auch mit nach Nikkeroog gekommen. Sie saß an einem der vordersten Tische, damit ihr nichts entging.

Anzeichen mehrten sich, daß das Interesse des Publikums an der Veranstaltung zu erlahmen begann. Die Leute fingen an, sich zu unterhalten und einander nach den Plänen des kommenden Tages zu fragen.

»Ein Mädchen hätte ich ja gehabt«, sagte Johannes M. Markwart zum Regisseur Barke, »das auch Sie vom Stuhl gerissen hätte, das garantiere ich Ihnen ...«

Er zuckte die Achseln.

»... leider ist sie nicht erschienen«, schloß er.

»Weshalb nicht?« fragte Barke. »Bekam sie kalte Füße?«

»Anscheinend.«

»Hatte sie denn zugesagt?«

»Nein, direkt zugesagt nicht, aber –«

Markwart blickte plötzlich mit starren Augen über Barkes Schultern hinweg zum Pavillon.

»Moment mal«, unterbrach er sich. »Da ist sie ja ...«

Barke drehte sich um und stieß nach zwei, drei Sekunden einen Pfiff durch die Zähne aus. Das war eine Reaktion, die mehr aussagte, als ein Wust bombastischer Worte es hätten tun können.

Sehr rasch mußte Markwart erkennen, daß seine sofortige Anwesenheit im Pavillon erforderlich war. Er setzte sich in Bewegung. Noch während er unterwegs war, rief er scharf: »Lola!«

Ein Skandal mußte verhindert werden. Lola hatte schon die ganze Zeit auf der Lauer gelegen. Karin Fabricis Auftauchen im Pavillon hatte ihr also nicht entgehen können. Rascher als Markwart entdeckte sie Karin und stürmte in den Pavillon, den sie zehn Minuten vorher zu ihrem Auftritt verlassen hatte. Wer sie kannte, wußte, was nun ganz rasch zu passieren drohte.

»Lola!« rief Markwart ein zweites Mal.

Lola achtete nicht darauf. Sie hatte nur Augen für Karin, auf die sie eindrang. Karin wußte nicht, wie ihr geschah, erkannte jedoch das Furienhafte an der Feindin, die ihr rätselhafterweise urplötzlich erstanden war, und dachte nur noch an Flucht. Zurück konnte sie nicht mehr, dieser Ausgang des Pavillons war ihr durch Lola verstellt. Sie entwich also nach vorn, sah das Treppchen vor sich, das schon sechzehn Mädchen im Bikini erstiegen hatten, und rettete sich auf den Laufsteg. Dort oben war sie in Sicherheit.

Das ging alles so schnell, daß auch Walter Torgau, wäre er in der Nähe gewesen, Karin nicht mehr am Betreten des Laufstegs hätte hindern können.

Markwart packte Lola am Arm, riß sie von der Treppe zurück und stieß sie in den Pavillon zurück.

»Laß mich!« fauchte sie, sich wehrend. »Laß mich, du Schwein!«

Er hatte keine andere Wahl als die, ihr den Arm auf den Rücken zu drehen.

»Willst du mich ruinieren?« keuchte er.

»Jajaja!«

»Und warum?«

»Um dir dein abgekartetes Spiel mit der zu versalzen!«

»Das ist kein abgekartetes Spiel. Ich bin selbst so überrascht wie du, daß sie auftaucht.«

Lola hörte auf, sich losreißen zu wollen, und blickte ihn an.

»Das glaube ich dir nicht.«

»Frag sie selbst. Frag, wen du willst.«

Der Zweifel in Lolas Gesicht wollte nicht weichen.

»Sieh sie dir doch an«, fuhr er fort. »Sie hat ja nicht einmal eine Nummer für ihren Auftritt zur Verfügung.«

Das stimmte. Verblüfft mußte Lola sich das widerstrebend selbst eingestehen.

Auf dem Laufsteg tat sich Seltsames. Karin mußte anhalten, als sie die Stufen emporgesaust war und dann oben geblendet im grellen Licht des Scheinwerfers stand. Unten herrschte für sie momentan nur Dunkelheit. Karin konnte nichts und niemanden erkennen. Bin ich verrückt, fragte sie sich, was mache ich da überhaupt? Wenn mich Vater sehen würde – großer Gott!

Aber zu jenem Gedanken an eine Korrektur des Geschehenen war es jetzt zu spät. Als Karin oben stand und der Kegel des Scheinwerfers sie erfaßte, gab es kein Zurück mehr.

Die Ereignisse im Pavillon fanden ihren Abschluß darin, daß Lola, um sich selbst nicht ins Unrecht zu setzen, ihrem Johannes eine klatschende Ohrfeige verabreichte und sich laut heulend ins Innere des Pavillons flüchtete.

Baron v. Senkrecht hatte die Situation noch nicht erfaßt. Er starrte auf das Mädchen auf dem Laufsteg und hätte, wenn man ihn nach seinem sizilianischen Abenteuer gefragt hätte, nur noch eine Miene der Geringschätzigkeit zeigen können. Das Ringen zwischen Markwart und Lola am Fuße des Treppchens entging ihm zwar nicht, er konnte es aber geistig nicht verarbeiten. Seine Wahrnehmungen wurden fast ausschließlich von Karin in Anspruch genommen.

»Kolossal«, staunte er. »Sehen Sie sich das an, verehrter junger Freund – ein deutsches Mädchen von der besten Sorte.«

Auch Manfred Barke gab zu: »In der Tat erstklassig.«

Sogar Albert Sandrou zwang sich zu einem neuen Urteil, indem er sagte: »Très – très – très bien.«

Gerne hätte er auch noch mit der Zunge geschnalzt oder sich in französischer Weise die eigenen Fingerspitzen geküßt, doch zu beidem befand sich der Tisch, an dem seine Gattin saß, in zu gefährlicher Nähe.

Benito Romana vergaß sein Magendrücken, als er Karin auf dem Laufsteg erblickte. Zum Zeichen dafür, daß eine neue Situation für ihn entstanden war, flüsterte er nach allen Seiten, stimmte die Kapelle auf einen anderen Takt ein und hob sein Stöckchen zu dem Walzer ›Dunkelrote Rosen‹.

Durch die Menge der Zuschauer ging ein Raunen. Mit einem Schlag besannen sich die Leute wieder darauf, weswegen sie hier waren. Witze blieben nur halb erzählt. Was man morgen machen wollte, interessierte plötzlich niemanden mehr. Einige Männer – jüngere – scheuten sich sogar nicht, sich von ihren Plätzen zu erheben und an den Laufsteg zu drängen, um das stumme Mädchen im Scheinwerferlicht besser sehen zu können.

Karin stand sekundenlang mit geschlossenen Augen im grellen Lichtkegel, um sich an ihn zu gewöhnen. Dann hörte sie die Musik, blinzelte nach allen Seiten, zwang sich zu einem Lächeln, holte tief Atem und schritt über den Laufsteg, schritt die Bahn ab, die sie vielleicht, wie ihr urplötzlich einfiel, Meter um Meter bis in die Unendlichkeit hinein von Walter Torgau entfernte. Hoffentlich nicht, durchzuckte es sie.

Dunkelrote Rosen ...

Wie oft hatte sie dieses Lied schon im Radio gehört – und nun ging sie bei dem Walzer selbst über eine Brücke unter den Augen Hunderter ... und nur aus Trotz, nur aus dem Willen heraus, ihm Widerstand zu leisten, ihm, den sie ... den sie ...

Nein, sagte sie sich in Gedanken hart selbst, den ich keineswegs liebe!

Wer ist er denn überhaupt?

Ich kenne ihn doch gar nicht.

Ein Mann, der sich in fremde Strandkörbe setzt.

Einer, der mir Vorschriften machen wollte.

Der sich nicht schämt, in einem absolut indiskutablen Bademantel herumzulaufen.

Der mit seinem Onkel angibt.

Wahrscheinlich stimmt das gar nicht, daß er mit dem Kurdirektor verwandt ist.

Und wenn's stimmt, was bedeutet das schon? Von seinem Onkel kann er nicht herunterbeißen, wenn er ...

Wenn er was?

Wenn er eine Frau ernähren will.

»Welche Nummer?« übertönte eine Männerstimme die Musik. Karin schreckte auf, nachdem ihr während der wenigen Schritte über den Laufsteg so vieles durch den Kopf gegangen war. Noch hatte sie das Ende des Steges gar nicht erreicht. Sie blieb stehen, lächelte ins Publikum, zeigte ihre leeren Hände vor, zuckte mit den Schultern. Was wollt ihr? hieß das. Ihr sollt mich ja gar nicht wählen. Eine Nummer ist deshalb nicht nötig. Warum ich hier rübergerannt bin, hat ganz andere Gründe.

Inzwischen war es ganz still geworden am Strand. Man hörte keine Stimmen mehr, kein Gemurmel, nicht einmal das Rascheln der Wahlzettel. Nur die Musik Benito Romanas brauchte noch ein Weilchen, bis auch sie verklang.

Dunkelrote Rosen schenk' ich, schöne Frau.

Und was das bedeutet, wissen Sie genau ...

Als Karin Fabrici den Laufsteg verlassen hatte und auf dem anderen Podium angekommen war, stand da schon Johannes M. Markwart und nahm sie in Empfang. Obwohl sie ihm einiges eingebrockt hatte, wagte er nicht, ihr Vorwürfe zu machen oder sich vor den Augen des Publikums eine Blöße zu geben, indem er sie vom Podest gewiesen hätte – nein, mit einem Blick, der nichts Gutes verhieß, bat er sie nur, auf einem der weißen Stühle Platz zu nehmen, und entfernte sich dann mit einem gebrummten »Wir sprechen uns noch« vom Podium.

Alle spürten es, das Blatt hatte sich gewendet, die Veranstaltung hatte ein neues Gesicht bekommen. Eine Sensation hatte sich angebahnt. Die Sensation war Karin Fabrici.

Obwohl Johannes M. Markwart noch fünf oder sechs Mädchen in petto hatte, stand die Entscheidung schon unverrückbar fest. Die einzigen, die das anscheinend noch nicht wahrhaben wollten, waren diese fünf oder sechs jungen Damen, von denen es am vernünftigsten gewesen wäre, auf ihre Auftritte zu verzichten, die dies aber nicht einsehen wollten und dennoch – eine nach der anderen – über den Laufsteg tänzelten. Das Publikum war unhöflich oder grausam genug, ihnen keine Beachtung mehr zu schenken. Noch hatte die letzte ihre Hoffnungen nicht begraben und schwenkte ihre Hüften bei jedem Schritt mit einem Dreh, vom dem sich, wie sie glaubte, Marilyn Monroe noch eine Scheibe hätte herunterschneiden können, als sich die Leute schon über ihre Stimmzettel beugten, um ihr Votum abzugeben. Dazu bedurfte es aber vorher doch noch einiger Worte des Veranstalters, der sich aufs Podium schwang und sagte: »Meine sehr verehrten Damen und Herren, nun sind Sie an der Reihe, fällen Sie Ihre Entscheidung. Die Prozedur ist für Sie aufgrund der Nummern, mit denen die Bewerberinnen ausgestattet waren, einfach. Durch eine nicht vorherzusehende kleine Panne in der Organisation, die ich als Leiter der Veranstaltung gerne auf mich nehme, obwohl ich nicht für sie verantwortlich bin, geschah es allerdings, daß eine der jungen Damen sich Ihnen ohne Nummer präsentierte. Sollte jemand unter Ihnen, verehrtes Publikum, das Bedürfnis haben, seine Wahl auf diese junge Dame fallen zu lassen, schlage ich hiermit vor, daß er dann auf seinen Stimmzettel die Zahl x schreibt. Wird dagegen irgendein Einwand erhoben?«

Die Frage war überflüssig. Markwart ließ seinen Blick umherschweifen, es blieb aber still.

Dann wurden die Stimmzettel eingesammelt, doch noch während Johannes M. Markwart unter Aufsicht der ganzen Jury seiner Aufgabe des Auszählers gerecht wurde und Benito Romana der Spannung, die in der Luft lag, mit einem scharfen Foxtrott ein Ventil zu öffnen suchte, wußte man schon, wer heute ›Miß Nickeroog‹ geworden war.

Ein heller Tusch durchschnitt die Stille der Nacht. Markwart stand wieder auf dem Podium und hob die Hand. Obwohl fast allen klar war, was er verkünden würde, steigerte sich die Spannung nun doch noch einmal. Ein Teil der Leute drängte sich wieder an die Rampe und schielte zu dem anderen Podium hinüber, auf dem die Bewerberinnen saßen. Nur Lola fehlte. Sie hatte sich in die Dunkelheit außerhalb des Bereichs der Lampions zurückgezogen und vergiftete sich selbst ihr Herz mit Haß und Wut. Vom Kurhaus her tauchte plötzlich ein Wagen auf, auf dessen Dach eine Filmkamera stand. Junge Mädchen, unter denen sich auch drei Fotoreporter befanden, umschwirrten das Podium der Mädchen und knipsten unter einem Gewitter grell aufflammender Vakublitze die Gruppe der Schönen.

»Die Wahl«, ertönte Markwarts Stimme, »die Sie, meine Damen und Herren trafen, fiel mit eindeutiger Mehrheit auf die Nummer x. Wir –«

Er mußte aussetzen. Heftiges Händeklatschen unterbrach ihn, laute Bravo-Rufe erschollen. Der Lärm hielt lange an, er schien sich überhaupt nicht mehr legen zu wollen, so daß Markwart nach einigen vergeblichen Anläufen dazu, seine Rede fortzusetzen, die Waffen streckte und wieder der Kapelle den Vortritt ließ. Ein von Benito Romana selbst komponierter ›Krönungsmarsch‹ erklang, als Karin Fabrici langsam auf Johannes M. Markwart zutrat und sich über und über errötend die kleine goldene Krone auf die Locken setzen ließ. Dann konnte sie nichts dagegen tun, von ihm auch auf beide Wangen geküßt zu werden. Sie mußte viele Hände schütteln, wurde gefilmt, von den Reportern und auch von Amateuren geknipst und von Baron v. Senkrecht mit Komplimenten, denen es nicht an einer nationalen Tönung mangelte, überschüttet. Der Kurdirektor sprach zu ihr davon, daß ihr Auftritt einer alten Nikkerooger Einführung neue Perspektiven eröffnet habe; seine Worte gingen aber im allgemeinen Tohuwabohu unter. Das gleiche Schicksal erlitt Maître Sandrou, aus dessen Mund sich über Karin ein französischer Schwall ergoß, des Inhalts, daß ihre ›göttliche‹ Figur danach ›rufe‹ von ihm mit einigen Modellroben ›bedichtet‹ zu werden. Cölestin Höllriegelskreuther legte ihr das ganze Kurhaus zu Füßen. Manfred Barke kommandierte die Filmkamera.

Karin stand inmitten dieses Trubels ziemlich verlegen da und blickte über die Köpfe hinweg zu dem Sonnenschirm, an dem Walter Torgau gestanden hatte, als sie ihn zornig verlassen hatte und zum Hotel um ihren Bikini gerannt war.

Der Platz war leer. Karins Blick irrte über besetzte Tische und verlassene, über leere Stühle und umgestürzte, er wanderte über die Menge der klatschenden, lachenden, rufenden Zuschauer, die das Podium umstanden, suchte und fand noch einmal den einzigen Sonnenschirm, den zu schließen man vergessen hatte, und kehrte traurig zu Johannes M. Markwart zurück.

Er ist gegangen, dachte sie. Ich habe zuviel aufs Spiel gesetzt. Weshalb eigentlich? Ich wollte wieder einmal mir selbst etwas beweisen. War es das wert? Er ist fort. Sehe ich ihn je wieder? Warum frage ich mich das? Oben auf dem Laufsteg redete ich mir noch ein, daß er mich nicht interessiert. Was hatte ich gegen ihn?

Daß er sich in fremde Strandkörbe setzt.

Na und? Tun das nicht andere auch? Muß ein solcher Korb leer herumstehen?

Daß er mir Vorschriften machen wollte.

Na und? Vielleicht hat er das gar nicht so ernst gemeint.

Daß er sich nicht schämt, in einem solchen Bademantel herumzulaufen.

Bin ich verrückt? Ist der Bademantel wichtig – oder jener, der drinsteckt?

Daß er mit seinem Onkel angibt.

Hat er doch gar nicht. Er hat gesagt, daß er mit dem Kurdirektor verwandt ist, nachdem ich ihm angedroht hatte, mich über ihn zu beschweren. Das war sogar seine Pflicht. Wenn er mir das nicht gesagt hätte, wäre ich nämlich ganz bestimmt zum Kurdirektor gelaufen, um meine Beschwerde loszuwerden, und hätte nur eine – bestenfalls höfliche – Abfuhr erhalten. Ich wäre blamiert gewesen. Davor wollte er mich bewahren. Statt ihm also dankbar zu sein, stieß ich ihn vor den Kopf.

Ich Schaf.

Ich –

»Gnädiges Fräulein!«

Die Stimme Markwarts. Karin schreckte auf.

»Ja?«

»Sie hören mir ja gar nicht zu. Wir wissen noch nicht einmal, wer Sie sind.«

»Entschuldigen Sie.«

»Würden Sie mir ihren Namen verraten?«

»Karin Fabrici.«

»Woher kommen Sie?«

»Aus Düsseldorf.«

»Wunderbar! Eine Rheinländerin! Ich könnte mir vorstellen, daß Sie auch schon im Karneval eine ähnliche Rolle gespielt haben wie hier.«

»Nein.«

»Eigentlich hätte ich ja noch ein Hühnchen mit Ihnen zu rupfen – Sie wissen schon, warum.« Er lächelte verzeihend. »Aber ...«

Er verstummte, winkte nachsichtig mit der Hand. Karin nickte dankbar.

»Ich bin müde«, sagte sie.

Das konnte Johannes M. Markwart nicht ernst nehmen. Eine Tasse Kaffee werde das rasch ins Lot bringen, meinte er.

Karin schüttelte den Kopf. Nein, hieß das.

»Doch, doch«, blieb Markwart hartnäckig, faßte sie unter und bat sie, die Herrschaft über ihr ›Königreich‹, wie er sich pathetisch ausdrückte, anzutreten.

Unwille zeigte sich in Karins Miene.

»Nein«, wiederholte sie, »ich bin wirklich müde. Lassen Sie mich in mein Hotel gehen. Morgen können Sie über mich verfügen. Jetzt aber möchte ich schlafen.«

»Aber Gnädigste, das geht doch nicht!« Markwart hob entsetzt die Arme. »Der Film, die Reporter, das Publikum, alle wollen Sie sehen und –«

»Morgen, alles morgen«, unterbrach ihn Karin Fabrici, ließ ihn stehen, stieg mit raschen Schritten die Stufen des Podiums hinunter, ging vorbei an erstaunten Männern, die sich genähert und gehofft hatten, ihre Bekanntschaft zu machen, und schlug die Richtung zu ihrem Hotel ein, in dessen Eingang sie bald verschwand, gefolgt von den Blicken all der Sprachlosen, denen sie entwichen war. Auch der Portier im Hotelinneren, an dem sie im Bikini – und deshalb etwas geniert – vorübereilte, fand keine Worte. Er stand mit offenem Mund da und war sich im klaren darüber, daß er das größte Wunder seit Jahren erlebte – eine frisch gewählte ›Miß Nickeroog‹, die ihre Ruhe haben wollte.

In ihrem Zimmer legte sich Karin so, wie sie war, auf das Bett und starrte empor zur Decke. Sie fragte sich, was mit ihr los war. Gefühle, die sie bisher nicht gekannt hatte, machten ihr zu schaffen. Sie spürte ihr Herz und verstand das nicht. Natürlich war sie realistisch genug, ihre Unsicherheit und Ungewißheit mit jenem Mann in Zusammenhang zu bringen, den sie doch kaum kennengelernt hatte, den sie sich abwechselnd selbst abzulehnen befahl und dann wieder in wachsendem Maße innerlich an sich zog. Aber daß ihr ganzer Zustand etwas völlig Unerwartetes war, etwas Verrücktes, daran zweifelte sie jedenfalls nicht.

Am besten wäre es, sagte sie sich, ihn nicht wiederzusehen. Dann würde es keine Probleme geben. Probleme wünschte sie sich nämlich keine.

Karin Fabrici hatte nichts dagegen, mit einem Mann zu schlafen. Dazu sei für sie die Zeit einfach reif, hatte sie schon in Düsseldorf geglaubt. Das müsse jetzt – oder bald – über die Bühne gehen. Ein modernes junges Mädchen könne sich solchen Entwicklungen nicht verschließen.

Aber Liebe? Im Zusammenhang mit Defloration? Gleich beim ersten Mal?

Nein – nur das nicht!

Genau das verstand nämlich Karin unter ›Problemen‹.

Sie wollte sich doch nicht selbst mit ihrer Großmutter in einen Topf werfen, die vor urdenklichen Zeiten ...

Was denn?

Nun, die vor urdenklichen Zeiten, so ging das Gerücht in der Familie Fabrici, den ersten Mann, mit dem sie schlief, geheiratet hatte, und zwar vorher schon, weil sie ihn liebte. Heiliger Strohsack! Die arme Frau!

Karin Fabrici, die vielversprechende Enkelin jener Unglücklichen, führte wieder ein lautloses Selbstgespräch.

Wozu bin ich denn hierhergekommen nach Nickeroog? Warum fuhr ich nicht mit den Eltern nach Kärnten?

Klare Sache, wozu. Dazu braucht es aber einen Mann. Die Eltern wären dabei nur im Wege gewesen. Das habe ich doch schon oft genug erlebt.

Einen Mann, ja, den braucht es dazu.

Einen richtigen.

Keinen falschen; nicht den nächstbesten; keinen, der einen Buckel hat, schielt oder sich nicht wäscht.

Aber auch keinen allzu richtigen.

Keinen, der ›Probleme‹ mit sich bringt.

Keinen Walter Torgau.

Also ist es wirklich am besten, ihn nicht wiederzusehen. Doch wie soll das gehen? Nickeroog ist zu klein, als daß man sich nicht unvermeidlich immer wieder über den Weg laufen würde. Es sei denn –

Karin empfand einen bösen Stich.

Es sei denn, er ist abgereist.

Nein!

Doch!

Weiß ich denn, ob sein Urlaub nicht schon zu Ende ist?

Oder ob er ihn nicht vorzeitig abbricht, weil ich ihn vor den Kopf gestoßen habe?

Aber dann müßte er mich ...

Was denn?

Lieben?

Lieben.

Karin saß plötzlich aufrecht im Bett, wußte nicht, wie das vor sich gegangen war, schlang die Arme um die angezogenen Knie und setzte ihren inneren Monolog fort.

Ich bin verrückt.

Wie käme er dazu, mich zu lieben?

Mich Kratzbürste.

Und überhaupt, er kennt mich so wenig wie ich ihn. Er weiß nicht, woher ich komme und was ich mache.

Was mache ich denn überhaupt? Ich liege meinem Vater auf der Tasche, habe zwar das Abitur, aber seitdem tat sich eigentlich nichts mehr. Zwei Semester Betriebswirtschaft. Abgebrochen. Vater hatte ans Geschäft gedacht. Spätere Übergabe an mich und so. War aber nichts. Mutter erhofft heute noch ein Studium der Literaturwissenschaft von mir. Dies wäre der Traum ihres Lebens, sagte sie, nachdem ihr ein solches Studium versagt geblieben sei. Vater meint aber, für mich komme nun nur eine ordentliche Heirat in Frage; ein brauchbarer Schwiegersohn für ihn, ein Juniorchef für die Firma – der Peter Krahn.

Ist ja ein guter Kerl, der Peter.

Aber ...

Vor das Bild des guten Kerls, an den Karin dachte, schob sich das des Mannes, der fremde Strandkörbe annektierte. Peter Krahn, dem die Düsseldorfer Mädchen nachliefen, der im Geld schwamm, der keinen Buckel hatte und nicht schielte, der es niemals gewagt hätte, Karin eine Vorschrift zu machen, verlor auf der Bühne in ihrem Inneren die Partie gegen Walter Torgau, einen Mann mit einem unerträglichen Wesen für ein emanzipiertes Mädchen. War denn das überhaupt die Möglichkeit?

Nein! sagte sich Karin Fabrici.

Sie stieg vom Bett, ging ins Bad und stellte sich vor den Spiegel. Sie sah sich an, musterte sich kritisch, war im großen und ganzen mit dem, was sie sah, zufrieden und dachte: Aber gefallen hast du ihm, er zeigte an dir Interesse. Gefallen hast du allen heute abend, dafür wurde ein überzeugender Beweis geliefert, ein Beweis freilich, für den er sich nicht begeistern konnte. Wäre es besser gewesen, auf diesen Nachweis zu verzichten?

»Sicher wäre es das gewesen«, hörte und sah Karin das Mädchen, das ihr aus dem Spiegel entgegenblickte, sagen. Sie war erstaunt, erschrocken, begriff dann erst, daß sie selbst diejenige war, die laut gesprochen hatte.

In Karins Innerem herrschte ein ziemliches Durcheinander. Ihre Gefühle fielen nicht gerade von einem Extrem ins andere, doch sie sprangen von einer Seite auf die andere. Sie wußte nicht mehr recht, wohin mit sich.

Mit einem Seufzer wandte sie sich vom Spiegel ab, entkleidete sich völlig – soweit man überhaupt noch von einer ›Entkleidung‹ sprechen kann, wenn es ein Bikini ist, dessen man sich entledigt – und nahm ein Bad. Danach bürstete sie kurz ihr prachtvolles Haar. Und das war auch schon alles an Abendkosmetik, was bei Karin stattfand. Das Gesicht einzufetten, hatte sie noch nicht nötig. Überflüssig zu erwähnen, daß natürlich auch die Zähne geputzt wurden.

Ehe sie sich ins Bett legte, um zu schlafen, trat sie an das breite Fenster. Draußen im Freien war es still geworden. Leblos lag der Strand mit seinen erloschenen Lampions im Mondlicht da. Das Meer flimmerte und warf silberne Wellen an den blaß schimmernden weißen Strand. Wie Liebespaare, die versunken in ihr Glück eng umschlungen zusammensitzen, sahen die aneinandergerückten Strandkörbe aus. Einige Wimpel über den Sandburgen flatterten schwach im leichten Nachtwind. An einem Dünenhang saßen zwei Menschen und küßten sich. Nur ihre Umrisse waren zu erkennen, als sie sich zueinander beugten und sich umschlangen. Gleich einem riesigen bestickten dunklen Tuch spannte sich der nächtliche Himmel mit seinen Sternen über dem Ozean.

»Mutti«, sagte Karin leise und lehnte sich an den Rahmen der Balkontür, »ich denke an dich, Mutti. Nun hätte ich doch nichts dagegen, wenn du hier wärst. Ich hätte ein paar Fragen an dich. Sicher könntest du sie mir nicht beantworten – jedenfalls nicht richtig –, aber allein deine warme Stimme würde mir guttun. Ich bin unglücklich, Mutti, nein, das wäre zuviel gesagt. Es wäre aber auch zuviel gesagt, wenn ich behaupten würde, daß ich nicht unglücklich bin. Es ist ein Zustand dazwischen, weißt du. Ich habe einen Fehler gemacht, der mich vorläufig daran hindert, festzustellen, was ich bin: unglücklich ... nicht unglücklich ... oder gar glücklich? Vielleicht kann ich das noch klären. Schluß jetzt. Gute Nacht, Mutti. Und auch gute Nacht, Vati.«

Paul Fabrici liebte es von jeher, am Frühstückstisch neben den Fachblättern für Groß- und Einzelhandel und selbstverständlich der Tageszeitung auch die jeden Donnerstag neuerscheinende größte bundesdeutsche Illustrierte vorzufinden. Es hatte sich so eingebürgert, daß Fabrici das Frühstück erst beendete, wenn er alles durchgeblättert hatte, um dann in der Firma mit den soeben gesammelten Informationen, Kenntnissen und Weisheiten glänzen zu können. Jedem seiner Angestellten sollte dadurch ständig klar werden, daß er, Paul Fabrici, nicht nur der Chef mit dem meisten Geld, sondern auch mit dem größten Verstand war. Die Angestellten selbst, deren Dienst spätestens um acht Uhr morgens begann, hatten vorher keine Zeit, am Frühstückstisch groß zu lesen.

Mimmi Fabrici war gegen diese Unsitte des Lesens beim

Essen jahrelang vergeblich Sturm gelaufen, hatte unentwegt darauf hingewiesen, daß Lesen beim Essen ungehörig sei, eine Beleidigung der Ehefrau, eine Nichtachtung der Tafel, eine Verletzung des primitivsten Anstands ... und so weiter und so fort. Alles umsonst. Ehemann Paul hatte die Angriffe damit beantwortet, daß er seine Gattin die ›Welt der Frau‹ abonniert und ihr diese Zeitschrift als Gegengewicht neben ihre Tasse gelegt hatte. Von diesem Tage an hatte Mimmi Fabrici es aufgegeben, Paul in der Ehe zu erziehen, und sie tat nun das, was Gattinnen aller Art nur herzlich ungern tun: ihren Mann in Ruhe zu lassen.

Heute nun saß Paul Fabrici wieder am Kaffeetisch und blätterte in der soeben erschienenen Illustrierten. Er hatte gut geschlafen. Im Geschäft kündigte sich in diesem Monat ein Rekordumsatz an. Paul befand sich dadurch in bester Stimmung. Dies war schon zum Ausdruck gekommen, ehe er Platz nahm, indem er Mimmi in den Hintern gekniffen hatte. Mimmi pflegte solches Tun ihres Gatten mit eisigem Schweigen zu quittieren, da sie es als das Ordinärste schlechthin betrachtete. Dazu kam auch noch das laute Schlürfen Pauls am Kaffeetisch, und daß er, wenn er den Brötchen zu Leibe rückte, mit vollem Mund sprach. Mimmi Fabrici hatte es wirklich nicht leicht.

»Das Pandabärenpaar im Londoner Zoo«, sagte Paul, mit dem Kopf in der Illustrierten, »spannt die Engländer immer noch auf die Folter.«

Mimmi schwieg, sie konnte den Gedanken an ihr beleidigtes Gesäß noch nicht verdrängen.

»Fachleute glauben, er habe keine Lust«, fuhr Paul fort. »Andere meinen, sie könne ihn nicht genug reizen.«

Mimmi blieb still.

»Was denkst darüber?« fragte Paul sie direkt.

Als ihm keine Antwort zuteil wurde, kam sein Kopf zum Vorschein, da er die Illustrierte herunterklappte.

»Ich habe Sie etwas gefragt, Frau Fabrici.«

Mimmi seufzte.

»Was?«

»Sie haben mir wieder einmal nicht zugehört, Frau Fabrici.«

Wenn Paul ihr so kam, fühlte sich Mimmi ganz besonders strapaziert. Diese Form seiner Ironie betrachtete sie als Gipfelpunkt der Blödheit, aber gerade deshalb bediente sich Paul dieser nicht ungern, weil er wußte, daß Mimmi darunter litt. Die beiden führten also eine recht normale Ehe.

»Ich war in Gedanken, Paul. Du wirst nichts dagegen haben.«

»Das bist du immer. Und ich *habe* etwas dagegen.«

»Ich dachte an unsere Tochter.«

»An Karin?«

Diese Gelegenheit, ihm seine Ironie ein bißchen heimzuzahlen, ließ sie sich nicht entgehen.

»Ja«, antwortete sie. »Oder wüßtest du noch von weiteren Töchtern unseres Blutes?«

Paul biß in ein Brötchen, kaute, sagte dabei: »Mit dem Wetter scheint sie Glück zu haben.«

»Woher willst du das wissen?«

»Vom amtlichen Wetterbericht. Den läßt du dir wohl auch entgehen?«

Mit skeptischer Miene entgegnete Mimmi: »Ein Brief von Karin erschiene mir zuverlässiger, aber sie schreibt ja nicht.«

»Sie ist doch noch kaum weg.«

Obwohl Paul Fabrici dies sagte, war er trotzdem insgeheim auch der Meinung, daß Karin schon etwas von sich hätte hören lassen können.

Er kehrte zu seiner Illustrierten und den Pandabären zurück. Mimmi konnte dem Thema nicht länger ausweichen. Dumpf drang hinter dem papierenen Vorhang zwischen ihr und Paul dessen Stimme hervor. Die Engländer seien, erfuhr Mimmi, ein verrücktes Volk. Eine Zeitung habe schon von der ›Hochzeit des Jahres‹ im Londoner Zoo geschrieben. Die Geduld der Nation werde aber auf eine harte Probe gestellt.

»Warum?« fragte Mimmi endlich.

»Das ist eben das Problem«, erwiderte Paul. »Liegt's an ihm oder an ihr? Entweder hat er keine Lust, oder sie kann ihn nicht reizen.«

»Ich tippe auf ihn«, sagte Mimmi.

»Und ich auf sie«, meinte Paul.

Das klang nach einem Spiegelbild der Vorgänge im ehelichen Schlafzimmer der beiden.

Paul blätterte um, dabei sagte er: »Die Englän–«

Jäh brach er ab, als sei ihm das Wort im Hals steckengeblieben. Stille herrschte. Dann ächzte Paul schwer.

»Was ist?« fragte Mimmi ihn.

Keine Antwort. Wieder Stille.

»Ist deine Bank pleite, Paul?«

Der Scherz mißlang.

»Mimmi«, sagte Paul mit heiserer Stimme, »hast du deine Herztropfen bei der Hand?«

Mimmi Fabrici nahm, wenn sie sich aufregte, ein Herzstärkungsmittel, um dieses Feld nicht den Damen der Gesellschaft allein zu überlassen. Ihr Herz war zwar durchaus gesund, aber das zu glauben, lehnte sie ab, und sie hatte Dr. Bachem, den Hausarzt, entsprechend unter Druck gesetzt. Nach anfänglichem Widerstand hatte er ihr schließlich ein leichtes Mittel verschrieben, das ihr nicht schaden konnte.

»Meine Tropfen?« antwortete sie. »Warum? Ich wüßte nicht, wozu ich sie im Moment brauchen sollte. Ich fühle mich gut.«

»Nicht mehr lange«, sagte Paul, wobei er die Illustrierte sinken ließ.

Mimmi erschrak nun doch unwillkürlich. Pauls ganzer Kopf war hochrot zum Vorschein gekommen.

Urplötzlich erfolgte die Explosion. Paul haute mit der Faust auf den Tisch, daß die Tassen, die Butterschale, das

Marmeladenglas, daß einfach alles, was sich auf dem Tisch befand, hochsprang.

»Sieh dir dat an!« schrie er, die Illustrierte seiner Frau vor die Nase haltend. »Sieh dir dat an, wat se jeworde is!«

»Wer?« fragte Mimmi.

»Deine Tochter!«

Mimmi warf verwirrte Blicke auf die Illustriertenseite, betrachtete die Fotos, auf die Pauls Zeigefinger wies. Ihre Augen wurden groß wie Wagenräder.

»Miß Nickeroog is se jeworde!« fuhr Paul schreiend fort. »Da, da steit se! Jroß im Bild, splitternackt! Ich fahre nach Nickeroog und haue ihr die ›Miß Nickeroog‹ us de Locke!«

Er sprang auf und rannte wütend im Zimmer auf und ab. Mimmi Fabrici nahm geschockt die Illustrierte zur Hand und betrachtete die Bildreportage über die Wahl der neuen Schönheitskönigin auf Nickeroog. Da war Karin abgelichtet, über eine Seite hinweg, wie sie über einen Laufsteg schritt, wie sie die Krone aufgedrückt bekam, wie sie lächelte und mit dem Veranstalter sprach, wie ihr ein alter Lebemann die Hand küßte und sie sich von einem Filmregisseur eine Karriere in Aussicht stellen ließ.

Mimmi Fabrici hatte Tränen in den Augen, als sie zu Ende gelesen hatte, und legte die Zeitschrift beiseite. Mit vor Rührung zitternder Stimme sagte sie leise: »Wundervoll.«

»Wundervoll?!« brüllte Paul Fabrici, vor ihr stehenbleibend. »Ich werde dem Balg dat ustrieve! Himmel, Arsch und Wolkenbruch! Da hört sich doch de Welt op! Du nennst dat wundervoll, wenn ding Kind sich splitternackt vor alle Männer hinstellt, von denen einer der Bock jeiler is als der andere!«

»Paul, ich bitte dich, mäßige dich«, sagte Mimmi erregt. »Ich kann dich nicht mehr hören. Was ist denn passiert? Unsere Tochter ist über Nacht eine Berühmtheit geworden. Ihre Fotos sind in der größten Illustrierten. Sie wurde gefilmt – hier steht es – man sagt ihr eine Zukunft voraus.

Unsere Tochter, verstehst du? Andere würden sich die Finger danach ablecken. Aber was machst du? Du brüllst hier herum und startest einen Amoklauf, siehst mich an mit Augen, als ob du mich fressen wolltest.«

Großen Erfolg erzielte Mimmi damit nicht, lediglich den, daß Paul vom Dialekt abließ. Seine Lautstärke minderte er jedoch keinesfalls.

»*Wer* würde sich die Finger danach ablecken?« schrie er. »Deine sogenannte ›feine Gesellschaft‹, das glaube ich, *die* ja!« Er tippte sich mit dem Zeigefinger auf die Brust. »Aber nicht ich!«

Er rannte wieder auf und ab, fuhr fort: »Ich hole Karin sofort nach Hause zurück!«

»Du bist und bleibst ein Prolet«, sagte Mimmi giftig.

»So?!« brüllte Paul außer sich vor Wut. »Dann verstehe ich nicht, warum du dich an meinem Schweinstrog immer noch so gern satt frißt. Wohl weil dein Schweinskopp nach wie vor gut dazupaßt.«

»Paul!!!«

Mimmi Fabrici wankte im Sitzen und hielt sich an der Tischkante fest.

»Das ist zuviel«, stöhnte sie. »Womit habe ich das verdient? Mein Herz! Meine Tropfen!«

»Such sie dir, ja!« tobte Paul und riß die Illustrierte wieder an sich. »Da – deine Flausen sind das! Deine Flöhe, die du ihr ins Ohr gesetzt hast! Handkuß! ›Königin der Insel‹ steht hier! Filmkarriere!« Er holte Atem. »Schluß jetzt damit! Aus! Sie kommt sofort zurück! Ich rufe sie an, und wenn sie nicht funktioniert, erscheine ich, wie gesagt, persönlich auf dieser Scheißinsel und sorge für Ordnung! Die ersten, aus denen ich Hackfleisch mache, sind dieser Veranstalter und dieser schleimscheißerische Kurdirektor!«

Mimmi Fabrici saß auf ihrem Stuhl und zitterte am ganzen Körper. Daß Paul wütend werden konnte, das kannte sie, aber was er sich jetzt geleistet hatte, übertraf jedes erträgliche Maß. Was war denn geschehen? Karin war ins

Rampenlicht getreten, hatte sich zur Wahl gestellt und hatte gewonnen, weil sie hübsch war, hübscher als ihre Konkurrentinnen. Das ließ Mimmis Mutterstolz anschwellen, und sie war bereit, sich schützend vor ihre Tochter zu stellen, gleich einer Tigerin, die ihr Junges verteidigte, auch wenn der böse Feind, von dem Gefahr drohte, der Tigervater selbst war.

Paul Fabrici verließ das Zimmer. Er wollte rauchen, um sich wieder etwas zu beruhigen, und wußte, daß sich die Zigarrenkiste in einem anderen Raum befand.

Mimmi atmete auf, als der Wüterich verschwunden war. Sie begann zu träumen. Karins Leben wird sich ändern. Karin hatte zum Sprung angesetzt. Alle Chancen winkten ihr. Umschwärmt von Männern – nein, von Herren! –, konnte sie sich den Richtigen aussuchen. Karins Erfolg, ihr Ruhm, dachte Mimmi, wird schließlich auch ihren Vater mit dem, was geschehen ist und noch geschehen wird, wieder aussöhnen.

Draußen schellte es. Mimmi schreckte auf und wurde noch blasser, als an der Seite ihres Gatten ein großer junger Mann ins Zimmer trat, mit einem Exemplar der neuerschienenen Illustrierten in der Hand. Er wirkte etwas verlegen, kaute auf seiner Unterlippe.

»Guten Morgen, Frau Fabrici«, grüßte er.

»Guten Morgen, Herr Krahn«, erwiderte Mimmi nervös.

»Setz dich, Peter«, forderte Paul Fabrici den jungen Mann auf, mit der brennenden Zigarre auf einen leeren Stuhl zeigend. »Möchtest du eine Tasse Kaffee?«

»Ja, gerne«, antwortete der junge Mann, obwohl ihm viel eher nach einem Schnaps zumute gewesen wäre.

Mimmi rührte sich nicht.

»Mimmi«, sagte Paul ganz ruhig, aber mit einem gefährlichen Ausdruck in den Augen.

»Ja?«

»Hast du nicht gehört, was unser Gast möchte?«

»Nein.«

»Kaffee«, sagte Paul noch leiser, aber mit einem noch gefährlicheren Ausdruck in den Augen.

Mimmi Fabrici spürte, daß sie auf einem Pulverfaß saß: daß es nur noch des kleinsten Funkens bedurfte, um sie in die Luft fliegen zu lassen; daß dann nichts mehr sie dazu in die Lage versetzen würde, ihrer Tochter irgendwie förderlich zu sein.

Mimmi Fabrici erhob sich rasch, brachte Geschirr herbei und füllte ihrem unerwünschten Gast eine Tasse mit Kaffee. Sie konnte dabei ein leises Zittern ihrer Hand nicht unterdrücken.

»Danke, Frau Fabrici«, sagte der junge Mann.

»Bitte.«

»Möchtest du einen Schuß Cognac reinhaben, Peter?« fragte Paul Fabrici.

»Ja, gerne.«

Mimmi fühlte sich davon nicht angesprochen, eigentlich mit Recht nicht, und reagierte deshalb auch nicht.

»Mimmi«, sagte Paul.

»Ja?«

»Hörst du nicht?«

»Was denn?«

»Du sollst Cognac bringen.«

»Ich? – Ich dachte, du.«

»Nein, du, verdammt noch mal!« sagte Paul mit anschwellender Stimme.

Nachdem Mimmi auch diese Kreuzwegstation hinter sich hatte, faltete sie die Hände in ihrem Schoß und wartete auf ihre Geißelung. Daß ihr etwas Ähnliches drohte, wußte sie, seit der junge Mann das Zimmer betreten und sie die Illustrierte in seiner Hand wahrgenommen hatte. Sie wollte aber das Ganze nicht ohne weiteres seinen Lauf nehmen lassen, dazu fühlte sie sich Karin gegenüber verpflichtet. Sie sah darin eine erste Probe.

»Ist der Kaffee noch warm genug, Peter?« fragte Paul Fabrici.

»Doch, ja.«

»Ihr habt in der Graf-Adolf-Straße eine neue Filiale eröffnet, höre ich.«

»Seit ein paar Tagen, ja.«

»Läuft's?«

»Das kann man noch nicht sagen, aber wir haben keine Sorge, daß es das nicht tun wird.«

»Der Meinung bin ich auch.« Paul wandte sich seiner Frau zu. »Und du, was denkst du?«

»Worüber?«

»Über diese Filiale.«

Mimmi zuckte die Achseln.

»Was soll ich darüber denken?«

Das klang so gleichgültig, daß sie gleich hätte sagen können, daß ihr diese Filiale nicht minder schnuppe wäre als die Erstellung einer Straßenampel in Brazzaville.

Gatte Paul lächelte grimmig.

»Siehst du«, sagte er, »wortwörtlich die gleiche Frage stellt sich auch Peter, allerdings in einem anderen Zusammenhang, Mimmi. Stimmt doch, Peter, nicht?«

Krahn räusperte sich.

»Ich wollte nur wissen ...«

Dann verstummte er. Mit einem Mann, mit Paul Fabrici, hätte es sich draußen im Flur leichter geredet, als in Anwesenheit seiner Frau hier.

»Du wolltest wissen«, sprang ihm Paul bei, »was du über diese Veröffentlichung in der Illustrierten, die dir heute morgen in die Hände fiel, denken sollst.«

Krahn nickte und blickte Mimmi Fabrici an.

»Eine Karriere beim Film ist natürlich etwas sehr Verlockendes, Frau Fabrici«, meinte er dann, nachdem er sich noch einmal geräuspert hatte, und es war ganz offensichtlich, daß er von ihr Widerspruch erwartete, als er dies sagte. Doch ein solcher kam nicht.

»Ich könnte es von einem Mädchen verstehen, wenn es dem gegenüber alles andere zurückstellen würde«, unternahm er einen zweiten Anlauf, der jedoch auch zum Scheitern verurteilt war.

»Sprechen Sie von meiner Tochter?« antwortete Mimmi kühl.

»Natürlich, Frau Fabrici, von Karin.«

»Dann ist es ja gut.«

»Was ist gut?«

»Daß sie das von ihr verstehen werden.«

Geschlagen verstummte Peter Krahn, der tüchtige junge Metzger, der eine Schweineschulter von einem Schlegel zu unterscheiden wußte, aber Tolstoi nicht von Dostojewski, und dadurch nicht den Ansprüchen Mimmis genügte. Sein Blick wanderte hilfesuchend zu Paul Fabrici, dessen Zigarre dicke, drohende Wolken aussandte, wenn er an ihr zog.

In diesem Augenblick schellte das Telefon im Arbeitszimmer. Man hörte es durch zwei Türen. Automatisch erhob sich Paul Fabrici, der immer dazu neigte, auf einen geschäftlichen Anruf zu schließen, den er nicht versäumen wollte. Auch Peter Krahn wollte aufstehen, um mit Fabrici das Zimmer zu verlassen, wurde jedoch von diesem daran gehindert.

»Du bleibst sitzen«, sagte Paul zu ihm. »Ich bin gleich wieder da.«

Die Gelegenheit schien Mimmi günstig, dem jungen Mann die Illusionen, die er immer noch hegen mochte, zu zerstören.

»Herr Krahn«, sagte sie frei heraus. »Karin ist keine Frau für Sie. Es ist wirklich das beste, wenn Sie das möglichst rasch einsehen.«

Stumm blickte er sie an.

»Sie können so viele Mädchen haben«, fuhr sie fort. »Sie sind jung, gesund, tüchtig, sehen gut aus, haben Geld, ihnen steht die Welt offen, Sie gehören zu den begehrtesten Junggesellen Düsseldorfs – also greifen Sie doch zu, wählen Sie!«

»Das will ich ja, Frau Fabrici«, sagte Peter errötend.

»So?« Mimmi freute sich, weiterer Bemühungen enthoben zu sein. »Wen denn?«

»Karin.«

Mimmis Miene verschattete sich wieder.

»Aber ich sage Ihnen doch, daß das nicht in Frage kommt.«

»Warum nicht? Ihren eigenen Worten nach bin ich doch eine Partie, die –«

»Herr Krahn«, unterbrach ihn Mimmi, »zwingen Sie mich nicht zu einer Deutlichkeit, die ich gerne vermieden hätte.«

Langsam schwoll auch ihm der Kamm. Er hatte es nicht nötig, sich hier so behandeln zu lassen.

»Nur raus mit der Sprache, Frau Fabrici!« stieß er hervor.

»Lieber nicht.«

»Doch, doch, ich kann mir ja denken, was Ihnen auf der Zunge schwebt.«

Mimmi zögerte nur kurz, ehe sie erwiderte: »Also gut, ich habe Ihnen gesagt, daß Karin keine Frau für Sie ist. Ich hätte aber besser sagen sollen, daß Sie kein Mann für Karin sind. Der Maßstab, den meine Tochter anlegen kann, ist einfach ... für den sind Sie einfach ... sind Sie einfach ...«

Das Wort wollte ihr nun doch nicht über die Lippen, aber er half ihr, indem er einfiel: »... zu primitiv, nicht?«

Getreu dem Sprichwort, daß keine Antwort auch eine Antwort sei, blickte sie ihn schweigend an.

»Aber Ihrem Mann, Frau Fabrici«, sagte er nach einer Weile, »bin ich das nicht.«

»Was sind Sie dem nicht?«

»Zu primitiv.«

»Bei meinem Mann«, scheute sich Mimmi nicht zu sagen, »ist das kein Wunder. Wenn er nicht ständig zwischen Ihnen und Karin sozusagen am Einfädeln wäre, säßen Sie ja gar nicht hier. Dann wären Sie überhaupt noch nie auf die Idee gekommen, sich meine Tochter in den Kopf zu setzen ...«

Ein Wasserfall löste sich in Mimmi. Sie sprudelte los: »Sind Sie sich denn im klaren, was das heißt? Die größte deutsche Illustrierte bringt eine solche Veröffentlichung. Millionen sehen die Fotos von Karin, lesen, was sich ereignet hat. Sie sind entzückt. Der Nachweis ist geliefert, daß Karin eines der schönsten Mädchen ist, die's überhaupt gibt. Daß sie daneben auch ein intelligentes, gebildetes Mädchen mit Abitur ist, erfährt die Öffentlichkeit ebenfalls. Jederzeit, wenn sie will, kann sie ihr Studium fortsetzen. Ich bin so stolz auf sie und ich weiß, daß es jetzt darauf ankommt, aufzupassen, daß sie ihren Weg macht, einen anderen, als es der meine war. Erst stand ich jahrelang hinter dem Ladentisch, dann verlangte mein Mann sogar auch noch, daß ich Buchhaltung nachlernte, damit eine Kraft eingespart werden kann. Dasselbe Schicksal würde Karin bei Ihnen blühen, Herr Krahn –«

»Wer sagt denn das?« unterbrach er sie.

»*Ich* sage das, Herr Krahn, *ich*! Sie haben doch die gleiche Mentalität wie mein Mann, deshalb sind Sie ihm ja auch so sympathisch, darum ersehnt er Sie als Schwiegersohn. Aber schlagen Sie sich das aus dem Kopf. Soll ich Ihnen die einzige Möglichkeit, wie das zustande kommen könnte, verraten? Soll ich das?«

»Ja.«

»Nur über meine Leiche!«

Erschöpft schwieg nun Mimmi. Sie hatte sich völlig verausgabt. Dieser ganze Morgen war eine außerordentliche Strapaze für sie; er hatte ihr zugesetzt, wie schon lange keiner mehr.

»Über Ihre Leiche«, sagte Peter Krahn erbittert, »nein, das möchte ich nicht ...«

Er erhob sich, um zur Tür zu gehen.

»Nachdem das so ist«, fuhr er dabei fort, »habe ich hier nichts mehr verloren.«

Er streckte die Hand nach der Klinke aus, da wurde die Tür von der anderen Seite her geöffnet. Paul Fabrici kam zurück und fragte: »Wohin, Peter?«

»Ich habe hier nichts mehr verloren«, wiederholte der junge Mann.

Ein rascher Blick Pauls, der nichts Gutes verhieß, streifte Mimmi und kehrte zu Krahn zurück.

»Setz dich!«

»Wozu das? Nicht mehr nötig.«

»Setz dich, Peter.«

Widerstrebend kam Krahn der Aufforderung nach und nahm wieder seinen alten Platz ein.

Paul Fabrici selbst blieb stehen. Die Frage, die er dann an den jungen Mann richtete, konnte dieser natürlich nicht beantworten.

»Weißt du, wer am Apparat war, Peter?«

»Nein.«

»Dein Vater.«

Überrascht stieß Peter hervor: »Wieso? Was wollte er?«

»Mich fragen, ob du schon hier seist. Wenn ja, sollte ich dich umgehend zurückschicken. Er habe es sich anders überlegt und gebe dir den Rat, daß du dir hier jedes Wort sparen solltest.«

»Das wäre auch das Gescheiteste gewesen«, erklärte Peter Krahn mit gepreßter Stimme.

»Er hat sich, offen gestanden, etwas anders ausgedrückt, etwas derber, weißt du – nicht so, daß du dir hier jedes Wort sparen sollst, sondern ...«

Paul Fabrici stockte, wandte sich seiner Frau zu, flocht ein: »... und das galt einwandfrei dir ...«

Daraufhin setzte er, wieder mit Peter sprechend, den unterbrochenen Satz fort: » ... sondern daß du dich hier am Arsch lecken lassen sollst.«

Ein erstickter Laut drang aus dem Mund Mimmis. Paul, dessen Zigarre nur noch ein kurzer Stummel war, zog zweimal kräftig an ihr.

»Und daran, Peter, habe ich deinen Vater erkannt, deshalb war ich sicher, daß kein anderer am Apparat war, als der alte Jupp Krahn. So, hat er dann gesagt, und jetzt kannst du mich anzeigen wegen Beleidigung, diese Strafe zahle ich gerne. Bist du verrückt? war meine Antwort. Ich dich dafür anzeigen? Beglückwünschen tu' ich dich dafür, beglückwünschen, hörst du! Was glaubst du denn, was *ich* an deiner Stelle gesagt hätte? Kein Vergleich mit dem vor dir, dessen darfst du sicher sein.«

Neuerlich entrang sich Mimmis Innerem ein ähnlicher Laut wie soeben, und wieder streifte sie ein Blick ihres Gatten, der Unheil ankündigte.

»Ich möchte jetzt doch gehen«, sagte Peter Krahn, seinen Stuhl zurückrückend.

Paul Fabrici hob die Hand.

»Du weißt ja noch gar nicht, was dein Vater und ich vereinbart haben.«

»Was denn?«

»Du fährst nach Nickeroog.«

»Ich?!« stieß Peter Krahn perplex hervor.

»Ja, du.«

»Was soll ich denn dort?«

»Die Karin holen.«

»Aber ...«

Mimmi Fabrici wurde lebendig, ohne Rücksicht auf die Gefahr, in die sie sich dadurch brachte.

»Das wird er nicht tun, Paul!« sagte sie mit dem Löwenmut einer Mutter.

Ihr Gatte schien überrascht. Erstaunt drehte er sein Gesicht zu ihr herum, als habe er ihre Anwesenheit völlig vergessen gehabt und nehme sie jetzt erst wieder wahr. Er musterte sie und fragte: »Wer wird was nicht tun?«

»Er« – sie zeigte auf Peter Krahn – »wird nicht nach Nickeroog fahren.«

»Und wer will ihm das verbieten?«

»Ich.«

»So, du?« Pauls Stimme wurde etwas härter. »Als erwachsener Mensch kann er fahren, wohin immer er will ...«

»Aber nicht, um Karin zu holen.«

»Doch, gerade dazu.«

»Dann werde ich vor ihm dort sein, um das zu verhindern.«

Die Explosion, die schön längst wieder in der Luft hing, war zum zweitenmal heute fällig.

»*Was* wirst du?!« brüllte Paul auf, wobei ihm die geschwollenen Adern am Hals zu platzen drohten. »In Nikkeroog wirst du sein?!« Er näherte sich ihr drohend. »Ich werde dir sagen, wo du sein wirst!« Er hob die Hand. »Im Krankenhaus wirst du sein, hörst du, wenn du glaubst, dich hier aufspielen zu können!«

Viel hätte nicht gefehlt, und er hätte in der Tat zugeschlagen. Peter Krahn glaubte schon, dazwischengehen zu müssen, aber das wurde dann doch nicht notwendig. Schweratmend ließ Paul Fabrici die Faust, auf die seine Frau mit entsetzt aufgerissenen Augen gestarrt hatte, sinken. So etwas hatte Mimmi von ihm noch nie erlebt. In einem Trivialroman hatte sie einmal von einem ›menschlichen Vulkanausbruch‹ gelesen und sich nicht das Richtige darunter vorstellen können. Nun war ihr einer vorgeführt worden.

Paul Fabrici wischte sich über die Stirn.

»Komm«, sagte er kurz zu Peter Krahn, nahm ihn am Oberarm und zog ihn mit sich aus dem Zimmer, ging hinüber in seinen Arbeitsraum und steckte sich dort erst einmal wieder eine gute Zigarre an.

Peter war Nichtraucher.

Dann tranken beide einen Schnaps. So glättete vor allem Paul Fabrici die Wogen in seinem Inneren, aber auch das seelische Gleichgewicht Krahns verlangte und fand dadurch die nötige Wiederherstellung.

Schließlich sagte Fabrici: »Du fährst also?«

Zögernd antwortete Krahn: »Ich weiß nicht ...«
»Du fährst, basta.«
»Und wann?«
»Das liegt bei dir. Möglichst rasch, würde ich sagen. Was ist dir lieber – Eisenbahn oder Auto?«
»Ich fahre eigentlich ganz gern mit der Bahn.«
»Recht hast du, ich auch. Da ist man am Ziel viel besser ausgeruht. Dann laß uns gleich mal nachsehen ...«

Paul Fabrici war ein Mann, der Nägel mit Köpfen machte. Rasch nahm er einen Fahrplan aus der Schreibtischschublade und suchte mit seinen dicken Fingern den besten Zug heraus.

»Dat is er, Peter«, sagte er. »Sieh her. Zwölf Uhr ab Hauptbahnhof. Biste um sechzehn Uhr in Norddeich. Mit dem Schiff um zwanzig Uhr auf Nickeroog. Dat schaffste janz jemütlich.«

Der Dialekt bewies, daß Fabricis Zorn schon wieder ziemlich verraucht war.

»Und was mache ich, wenn Karin mich zum Teufel jagt?« fragte Peter Krahn.

»Wat sääste?«

»Wenn Karin mich zum Teufel jagt, was mache ich dann?«

»Biste jeck? Bloß nichts jefallen lassen! Wer nur einmal einer nachgibt, die er heiraten will, der bleibt sein Leben lang ein Sklave. Von Anfang an Zunder geben, dat et knallt! Dat sind die besten Ehen, in denen die Schränke rappeln. Hast du mich vorhin nit jehört? Hast du nit jesehen, wie sie zitterte?«

»Ich möchte nicht, daß Karin zittert.«

»Dat wirst du ja sehen.« Paul legte dem jungen Mann den Arm um die Schulter. »Du sollst nur wissen, daß ich ob ding Linie steh'. Mer müsse zosammehalte. Wenn uns de Frauen wat wollen, immer kontra! Peter, ich habe bald drei Jahrzehnte Ehe auf'm Buckel – mich erschüttert kein Kriech mehr. Mein Fell is hart jeworden wie Nilpferdhaut.

Dat lernste ooch noch. Mer Männer müssen uns alle einig sein. Sobald die Frau kütt und uns erziehen will – sofort Zunder jeben, wiederhole ich. Merk dir dat.«

Peter Krahn nickte. Er kam sich in seiner Haut aber überhaupt nicht kriegerisch vor, wenn er an Karin dachte, und wünschte sich, gar nicht hierhergekommen zu sein, wo ihn die Entwicklung überrollt hatte. Doch nun gab es kein Zurück mehr, jetzt mußte er fahren. Unsicher schaute er Paul Fabrici an.

»Nimm den Fahrplan mit, steck ihn ein«, sagte Paul Fabrici und schob ihm selbst das Kursbuch in die Jackettasche.

Peter ließ auch das mit sich geschehen. Das Buch war gar nicht besonders dick und schwer und schien dennoch einen Zentner in Peters Tasche zu wiegen. Er zog seinen Körper nach vorn. Wie ein gebrochener Mann schlich er aus dem Arbeitszimmer Fabricis und holte draußen auf der sonnigen Straße tief Luft.

Heiß brannte die Sommersonne schon am Morgen vom Himmel herunter. An einigen Stellen war der Asphalt noch vom Vortag in großen Placken geschmolzen und aufgetreten.

Nickeroog, dachte Peter Krahn. Karin! Ich habe mich doch ihr gegenüber noch gar nicht ausgesprochen. Ich habe ihr immer nur gesagt: ›Du bist ein nettes Mädchen.‹ Und jetzt soll ich sie einfach wegholen und ihr erklären: ›Los, komm mit, keinen Widerspruch, ab nach Düsseldorf, du sprichst mit deinem zukünftigen Mann, der bin ich, ich brauche eine Frau fürs Geschäft und keine Schönheitskönigin oder eine Filmdiva, verstanden!‹

Die tritt mir ja in den Hintern, dachte Peter Krahn.

In seinem Auto fing er an zu schwitzen. Bis er die Firmenzentrale, wo er von seinem Vater schon erwartet wurde, erreicht hatte, war er ganz naß.

Jupp Krahn, der Alte, blickte düster.

»Na?« fragte er.

»Ich soll die holen, Vater«, antwortete der Junge deprimierten Tones.

»Das weiß ich. Der Fabrici hat mich inzwischen schon angerufen. Was mich interessiert, ist, ob es stimmt, daß du darauf eingegangen bist.«

»In gewisser Weise schon, Vater.«

»In gewisser Weise?«

Peter nickte.

»Mensch«, regte sich der Alte auf, »was heißt das? Ich will's klipp und klar wissen – ja oder nein?«

»Ja.«

»Na also.«

»Aber das bedeutet nichts, Vater«, sagte der Junge rasch.

»Warum bedeutet das nichts?«

»Ich habe ja noch nicht einmal die Adresse von der. Der Fabrici hat vergessen, sie mir zu geben, und ich werde ihn nicht mehr danach fragen.«

»Das rettet dich nicht, Junge.«

»Wieso nicht?«

»Die Adresse hast du schon. Er hat sie mir am Telefon durchgegeben, eben weil er vergessen hatte, sie dir zu nennen.«

Es stimmte also das, was Jupp Krahn gesagt hatte – ›Das rettet dich nicht, Junge.‹

Der Kelch ›Nickeroog‹ würde an seinem Sohn nicht vorübergehen, das stand fest.

Karin Fabrici lag in ihrem Bett und hatte die erste Prozedur ihres vierundzwanzigstündigen Filmstarlebens schon hinter sich. Nach dem Bad hatte sich eine Masseuse ihrer angenommen, von der sie unter Zuhilfenahme wohlriechender Öle richtig durchgewalkt worden war, und vor kurzem erst waren zwei eifrige junge Mädchen – eine Maniküre und eine Pediküre, angesetzt auf Karins Finger- und Zehennägel – aus dem Zimmer gegangen, um einer Diplomkosmetikerin das Feld freizugeben. Letztere hatte noch etwas auf sich warten lassen. Karin hatte die Gelegenheit dazu benutzt, ihren Morgenrock, unter dem sie nur Slip und BH trug, abzustreifen und für ein paar Minuten noch einmal ins Bett zu schlüpfen, um sich ein bißchen von ihrer durch die ungewohnte Massage hervorgerufenen Erschöpfung zu erholen. Rasch war sie eingeschlafen und hatte einen Traum. Der Traum knüpfte an tatsächlich Erlebtes am Abend zuvor an.

Karin stand auf ihrem Balkon im Mondschein und sah hinab auf das leuchtende Meer, auf das sich küssende Liebespaar in den Dünen, auf die Körbe und Burgen, Wimpel und die erloschenen Lampions. Soweit die Wirklichkeit, mit welcher Karins nunmehriger Traum übereinstimmte. Dann aber trennte sich letzterer von der Realität und versetzte die schlafende Karin in eine Wunschwelt.

Ein leichter Geruch nach einer Zigarette wehte um die Ecke der Trennwand des Balkonabschnitts Karins. Und bevor Karin noch wußte, ob sie wieder ins Zimmer zurückgehen oder weiter den Abend in einer Stille genießen sollte, sagte eine ach so bekannte Stimme hinter der Trennwand:
›Die Welt ist herrlich.‹

›Ja‹, antwortete Karin mit verstellter Stimme, um nicht erkannt zu werden. In Gedanken setzte sie hinzu: Ja, das ist sie, Walter.

›Sie kann aber auch sehr grausam sein‹, fuhr er fort.
›Ja.‹
›Der Mond ist schön.‹
›Wunderbar.‹
›Aber nur von ferne.‹
›Man muß sich ihm nicht nähern.‹
›Seine Ähnlichkeit mit mancher Frau ist groß.‹
›Das verstehe ich nicht‹, erwiderte Karin.
›Dann will ich es Ihnen erklären. Gewisse Frauen sind schön, aber kalt – wie der Mond; kalt, wenn man ihnen näherkommt.‹
›Sprechen Sie aus Erfahrung?‹

›Ja.‹

Er sagte dies sehr traurig. Die träumende Karin hatte sich das so gewünscht; ihr Wunsch war also in Erfüllung gegangen.

›Sie scheinen darunter zu leiden‹, fuhr sie fort. Nach wie vor verstellte sie dabei ihre Stimme.

Er seufzte schwer. Das sagte mehr als Worte.

›Weiß denn die Dame das?‹ fragte Karin.

›Nein.‹

›Warum nicht?‹

›Weil ich es ihr nicht verraten habe.‹

›Dann müssen Sie das tun. Daraus gewänne die Dame nämlich die entscheidene Einsicht.‹

›Welche entscheidende Einsicht?‹

›Daß Sie sie lieben.‹

Er antwortete nicht. Karin erschrak.

›Oder lieben Sie sie nicht?‹ fragte sie bang.

›Doch.‹

Karin lachte glücklich und unvorsichtig.

›Sie kommen mir bekannt vor‹, sagte er prompt. ›Wer sind Sie?‹

Karin schlüpfte in ihre Rolle zurück, sie erwiderte mit fremder Stimme: ›Sie irren sich, wir haben uns noch nie gesehen.‹

›Ich weiß nicht, ich …‹

›Sie können sicher sein, wir sind uns noch nie begegnet‹, untermauerte Karin ihre Lüge, die auch ihr Gewissen im Traum nicht im geringsten belastete.

›Und wenn ich Ihnen vorschlage, das zu ändern?‹ fragte er.

›Was zu ändern?‹ erwiderte sie.

›Daß wir uns noch nie begegnet sind.‹

›Sie bitten mich um ein Rendezvous?‹

›Ja.‹

›Wann?‹

›Möglichst bald.‹

›Sie haben's eilig.‹

›Ja, ich spüre etwas zwischen uns ...‹

Karin lachte tonlos in sich hinein; das war gefährlich.

›Und was sollte Ihre Freundin dazu sagen?‹

›Welche Freundin?‹

›Die Dame, die Sie lieben. Oder weilt die gar nicht hier auf Nickeroog?‹

›Doch.‹

›Na also. Sie würde uns sehen. Die Insel ist klein. Was würde sie sagen?‹

›Nichts.‹

›Nichts?‹

›Es wäre ihr egal. Ich bin ihr gleichgültig.‹

›Sind Sie dessen sicher?‹

›Absolut. Die haßt mich sogar.‹

›Haßt Sie?‹

›Ich hatte mit ihr, seit wir uns kannten, eigentlich nur Streit. Ich bin ein Riesenidiot, wissen Sie.‹

›Nein, das sind Sie nicht. Ich glaube das nicht.‹

›Doch, doch.‹

›Nein.‹

›Wenn ich Ihnen erzählen würde, wie ich mich aufgeführt habe ...‹

›Wie denn?‹

›Wie ein Tyrann, ein Despot, ein Pascha, der ein Verfügungsrecht über sie hat. Das hat sie sich natürlich nicht gefallen lassen.‹

›Was tat sie denn daraufhin.‹

›Sie setzte ihren Kopf durch.‹

›Vielleicht war das falsch von ihr. Vielleicht wären doch Sie im Recht gewesen.‹

›Ich?‹

›Ja.‹

›Nein, auf keinen Fall. Das Ganze quält mich seitdem; und ich weiß genau, daß ich derjenige war, der sich selbst disqualifiziert hat.‹

›Sie sind ja voller Reue, wenn ich Sie richtig verstehe.‹
›Ja, bin ich.‹
›Haben Sie noch nicht daran gedacht, der Dame das zu sagen?‹
›Ich möchte nicht nachträglich noch geohrfeigt werden.‹
›Ach was.‹
›Doch, doch, die ist kein sanftes Lämmchen, eher schon eine fauchende Katze.‹
›Nein.‹ Karin mußte auf ihre Stimme achten. ›Dann haben Sie einen ganz falschen Eindruck von ihr gehabt.‹
›Woher wollen Sie das wissen?‹
›Weil ich ...‹ Sie unterbrach sich. ›Weil ich auch eine Frau bin, auf deren Urteil hier deshalb mehr Verlaß ist als auf das Ihre.‹
Um ein Haar wäre ihr etwas viel Verräterischeres herausgerutscht.
›Von Ihnen kann man offenbar lernen‹, sagte er.
›Dann befolgen Sie meinen Rat und reinigen Sie die Atmosphäre zwischen Ihnen und der Dame.‹
›Mal sehen‹, seufzte er. ›Um ein Haar wäre ich ja nach unserem Streit schon abgereist.‹
›Nur das nicht!‹ stieß Karin erschrocken hervor. ›Sie würden ihr damit sicher sehr weh tun.‹
›Meinen Sie?‹
›Ganz bestimmt.‹
›Und was ist mit dem Rendezvous von uns beiden? Ich würde Sie trotzdem gern kennenlernen. Ich spüre, daß das von Gewinn wäre. Vielleicht würde das meine Probleme mit der anderen Dame lösen.‹
›Durch Vergessen?‹
»Ja.‹
Karin kicherte.
›Das glaube ich nicht.‹
›Wir könnten es ja darauf ankommen lassen.‹
›Wissen Sie, was Sie von mir erwarten?‹
›Was?‹

»Daß ich einer anderen ins Gehege komme. Ich mache das nicht gerne.‹

»Es wäre sehr gut möglich, daß die Betreffende gar nichts dagegen hätte.‹

Karins Kichern verstärkte sich.

›Das könnte zutreffen, ja.‹

›Nicht wahr? Je länger ich mit Ihnen sprech–‹

Soweit die Schilderung des jäh abreißenden Traumes von Karin, der aus einem langen Dialog allein bestand. Sein abruptes Ende fand der Traum dadurch, daß die Diplomkosmetikerin ins Zimmer trat und Karin wach wurde. Die Kosmetikerin hatte, nachdem die Maniküre und die Pediküre abgetreten waren, nur ein paar Minuten auf sich warten lassen, eine Tatsache, die angesichts des umfangreichen Traumes Karins kaum glaubhaft erscheinen mag. Die Skepsis löst sich aber in Luft auf, wenn man weiß, ich welch unwahrscheinlich kurzer Zeit die umfangreichsten Träume ablaufen können.

Karin gähnte, lächelte vor sich hin und mußte von der Kosmetikerin dazu ermuntert werden, das Bett, in dem sie so Schönes geträumt hatte, zu verlassen.

Die Kosmetikerin war schon dabei, in einem Tiegel aus verschiedenen Flakons und Töpfen einen Brei zusammenzurühren, aus dem schließlich Karin eine Gesichtsmaske gemacht werden sollte. Die Kosmetikerin war stolz auf ihr ›Diplom‹ und glaubte, diesem Titel einiges schuldig zu sein. Sie war sehr darauf bedacht, die Zusammensetzung ihrer speziellen Gesichtsmaske als ihr absolutes Geheimnis zu bewahren.

Wimpernzupfer, Augenbrauenstifte und Augenbrauenbürstchen, Lidschatten und eine Hormonsalbe gegen Krähenfüße lagen auf einem weißen Frottiertuch, während dreierlei Lippenstifte – rosé für den Morgen, karmin für den Tag und cyclam für den Abend – eine schmale Elfenbeinschale füllten und zusammen mit verschiedenen Pudersorten und der teuersten Make-up-Creme ein Stilleben bildeten.

Vorhanden war auch schon ein künstliches Haarteil mit genau der gleichen Haarfarbe Karins, das dazu dienen sollte, ihre Lockenpracht beim Ball am Abend noch reicher zu gestalten.

Ein Kampf entbrannte, als die Kosmetikerin ans Werk gehen wollte und ihr von Karin entschiedener Widerstand entgegengesetzt wurde.

»Wir beginnen mit der Gesichtsmaske, Fräulein Fabrici.«

»Mit was?«

»Mit der Gesichtsmaske.«

»Für wen?«

Die Kosmetikerin blickte ein bißchen befremdet.

»Für Sie natürlich, Fräulein Fabrici.«

»Wer hatte denn *diese* Schnapsidee?«

Dieser Ausdruck gefiel der Kosmetikerin gar nicht. Sie empfand ihn schmerzlich. Indigniert sagte sie: »Die Maske gehört zu meinem Gesamtauftrag.«

»Soso. Schade, daß meine Mutter nicht da ist. Die würde sich über die Maske freuen.«

Die Kosmetikerin seufzte.

»Das alte Lied«, sagte sie. »Die Jugend glaubt, darüber erhaben zu sein. Aber täuschen Sie sich nicht, Fräulein Fabrici, es gibt auch das, was ich in unserer Branche die ›unsichtbaren Versäumnisse‹ getauft habe. Verstehen Sie, was ich meine?«

»Ja«, nickte Karin. »Trotzdem möchte ich auf die Maske verzichten.«

Die Kosmetikerin zuckte die Achseln, zum Zeichen ihrer Einsicht, daß weitere Bemühungen zwecklos seien. Nach einer gewissen Pause, in der Karin zur Vernunft kommen sollte, fragte die Schönheitskünstlerin: »Und worauf wollen Sie nicht verzichten, Fräulein Fabrici?«

Karin überlegte kurz, dann deutete sie auf das weiße Frottierhandtuch mit den Augenbrauenutensilien und Lidschatten.

Die Kosmetikerin atmete erleichtert auf. Sie hatte schon befürchtet, überhaupt nicht gebraucht zu werden.

Ein feenhaftes, tief ausgeschnittenes Abendkleid aus golddurchwirktem Taft – eine Schöpfung aus dem Pariser Haus Sandrou – und ein mehrere tausend Mark kostendes Weißfuchscape lagen über den Stuhllehnen, dazu hauchdünne Nylonstrümpfe mit Diamantsplitternähten. Unter einem Stuhl stand ein Paar Schuhe mit echtem Blattgold.

Unten im Panzerschrank der Kurdirektion lagen für Karin ein Diadem und ein Diamantkollier bereit. Ein großer weißer Mercedes mit livriertem Chauffeur wartete vor dem Hoteleingang auf sie.

Die Kosmetikerin verdiente größeres Vertrauen, als in den ersten Minuten zu vermuten gewesen war. Karin merkte rasch, daß sie sich in geschickte Hände gegeben hatte. Wichtig war ihr, daß in jeder Hinsicht dezent an ihr gearbeitet wurde, zurückhaltend. Hätte die Kosmetikerin sich daran nicht gehalten, wäre ihr Karin sofort sozusagen in den Arm gefallen. Es bot sich jedoch kein Anlaß dazu. Und dennoch wollte Karin zum Schluß, als die Kosmetikerin erklärte, alles getan zu haben und fertig zu sein, mit dem, was ihr, Karin, aus dem Spiegel entgegenblickte, nicht zufrieden sein. Da stimmte etwas nicht. Aber was? Entweder fehlte irgend etwas – oder es war irgend etwas zuviel. Wohl letzteres.

Das bin ich nicht, dachte Karin, ihr Spiegelbild in Augenschein nehmend. Mitten in diese Musterung hinein klopfte es. Fragend schaute die Kosmetikerin Karin an, und diese nickte zustimmend. Durch die von der Kosmetikerin geöffnete Tür stürmten zwei aufgeregte junge Männer – ein Reporterteam. Der eine von ihnen ließ sich gleich an der Schwelle auf ein Knie nieder und machte mit Blitzlicht und riesenhafter Kamera zwei, drei Aufnahmen von der neuen ›Miß Nickeroog‹, deren Filmstartag begonnen hatte. Der andere des Zweigespanns war der Texter. Beide kamen von der Redaktion der kleinen, sich aber sehr wichtig nehmenden Insel-Zeitung. Der Texter fragte nicht lange, trat näher, zog einen Stuhl heran und setzte sich ohne Aufforderung Karin gegenüber.

»Sie lassen uns auch leben, das ist nett von Ihnen«, sagte er und zog einen Notizblock nebst Kugelschreiber aus seiner Tasche. »Ich danke Ihnen, Sie werfen uns nicht hinaus, vielen Dank.«

So wird man von der Presse überfahren.

»Wer sind Sie denn?« fragte Karin.

Der Reporter sagte es ihr. Erbitterten Tones fügte er hinzu: »Die Großen in Hamburg haben uns ja schon wieder die Butter vom Brot gestohlen. Weiß der Teufel, wie die das in dieser Geschwindigkeit immer machen. Große Hexerei, muß ich schon sagen. Deshalb wären wir Ihnen dankbar, wenn wir von Ihnen ein bißchen was kriegen würden, was die noch nicht haben.«

»Ich verstehe Sie nicht«, sagte Karin, und es dauerte eine Weile, bis ihr der Reporter beigebracht hatte, daß ihre Fotos bereits eine Seite der größten deutschen Illustrierten füllten.

Ein leichter Schauer lief Karin über den Rücken.

»Gibt's die auch schon in Düsseldorf zu kaufen?« wollte sie wissen.

»Was? Die Illustrierte? Selbstverständlich. In ganz Deutschland. Warum fragen Sie?«

»Nur so.«

»Sind Sie Düsseldorferin?«

»Ja.«

»Aha.«

Das eigentliche Interview hatte begonnen. Die Kosmetikerin sah, daß sie überflüssig geworden war, und packte ihren Kram zusammen.

Karin hatte es sich als Backfisch schon ganz toll vorgestellt, einmal selbst interviewt zu werden, und sie fand vorerst die ganze Art der Befragung höchst lustig und unterhaltsam.

»Hat Ihre Heimatstadt mit Ihrem Aussehen etwas zu tun, Fräulein Fabrici?«

»Wie bitte?«

»Sind Düsseldorferinnen von Haus aus hübscher als meinetwegen Kölnerinnen?«

Karin hob abwehrend beide Hände.

»Ich werde mich hüten, diese Frage zu beantworten.«

»Warum?«

»Um nicht ganz Köln gegen mich aufzubringen. Die Konkurrenz zwischen den beiden Städten ist schon erbittert genug.«

»Erbittert?«

»Ja.«

»Wenn Sie das sagen, wollen Sie dabei unsere Leser etwa an die alljährlichen Karnevalsumzüge erinnern?«

»Nicht nur daran.«

Karin lachte, zusammen mit dem Reporter, der sich eine Notiz machte und dann fortfuhr: »Bleiben wir ein bißchen bei dieser Konkurrenz: Wer hat da die Nase vorn – Düsseldorf oder Köln?«

Die helle Karin mußte nicht im geringsten überlegen, um zu antworten: »Weder Düsseldorf noch Köln. Das ist ein ständiges Brust-an-Brust-Rennen.«

»Bravo!« rief der Reporter, hätte jedoch trotzdem Karin noch gerne aufs Eis gelockt, weshalb er weitermachte: »Es wird aber doch wohl irgendein Gebiet geben, auf dem Köln von Ihrer Heimatstadt distanziert wird?«

»Sicher.«

»So?« freute sich der Zeitungsmensch. »Auf welchem denn?«

»Auf dem der Radschläger.«

»Richtig«, stimmte der Reporter amüsiert zu. »Das wird auch der letzte Kölner neidlos anerkennen.«

Karin war noch nicht fertig.

»Umgekehrt«, sagte sie, »haben die Düsseldorfer gegen eine Spezialität der Kölner nichts zu bieten.«

»Und die wäre?«

»Tünnes und Schäl.«

»Sie sind eine Expertin darin«, erklärte der Reporter beeindruckt, »kein böses Blut – nicht das kleinste Tröpfchen – zu erregen.«

Er gab es auf, Fangstricke auszulegen, und begnügte sich damit, die üblichen Fragen zu stellen, die nicht den Anschein erweckten, besonders intelligent, interessant oder taktvoll zu sein.

»Haben Sie Geschwister?«

»Nein.«

»Leben Ihre Eltern noch?«

»Ja, Gott sei Dank.«

»Was macht Ihr Vater?«

»Er ist Geschäftsmann.«

»Erfolgreicher?«

Das war eine jener besonders taktvollen Fragen, die in solchen Interviews gestellt werden.

»Erfolgreicher«, antwortete Karin wahrheitsgemäß. Was aber hätte sie gesagt, wenn sie sich dem Zwang gegenüber gesehen hätte, entweder ihren Vater zu blamieren oder zu lügen?

»Nähen Sie Ihre Kleider selbst?«

»Nein.«

»Das heißt also, daß Ihr Vater Sie finanziell entsprechend ausstattet?«

»Er – und meine Mutter.«

»Verfügt sie über ein eigenes Budget?«

»Ja.«

»Sind Sie verlobt?«

»Nein.«

»Aber Sie waren sicher schon verliebt?«

Karin lachte.

»Ja.«

»Mehrmals?«

»Ja.«

»In wen am heftigsten?«

»In unseren Geografielehrer in der Sexta.«

Nun grinste der Reporter.

»Sah er gut aus?«

»Fantastisch! Sehr melancholisch, wissen Sie.«

»Melancholisch?«

»Er hatte viel Ärger.«

»Mit Ihnen?«

»Nein.«

»Mit wem dann?«

»Mit seinen drei Söhnen. Keine guten Schüler, wissen Sie.«

»Ach, er war verheiratet?«

»Schon etliche Jahre und ganz, ganz fest.«

Den größten Teil all dieser Fragen und Antworten schien der junge Zeitungsmensch im Kopf zu behalten, denn er benützte seinen Kugelschreiber nur selten. Stach allerdings eine Antwort Karins hervor, schrieb er eifrig.

»Wie oft im Jahr fahren Sie in Urlaub?«

»Einmal.«

»Wo hat's Ihnen bisher am besten gefallen?«

Die Antwort, die der Reporter darauf erwartete, war sonnenklar. Karin versagte sie ihm nicht.

»Auf Nickeroog.«

»Was halten Sie von den Männern hier?«

»Sie sind alle reizend.«

»Ist einer unter ihnen, dem es schon gelang, besonders reizend zu sein?«

Einen ganz kleinen Augenblick zögerte Karin, dann erwiderte sie: »Nein.«

Und das ist die reine Wahrheit, dachte sie trotzig. Besonders reizend war der nicht, nicht einmal normal reizend. Reizend nenne ich etwas anderes, aber ...

Karin konnte diesen Gedankengang nicht vollenden, da der Zeitungsmensch sie mit seinen Fragen schon wieder unter Beschuß nahm.

»Haben Sie ein besonderes Hobby?«
»Ja.«
»Welches?«
»Wenn ich Ihnen das sage, lachen Sie.«
»Ich lache gerne.«
»Ich sammle Briefmarken.«
Der Reporter verzog keine Miene.
»Und wieso soll ich darüber lachen?«
»Weil nur Männer Briefmarken sammeln. Mädchen nicht. Oder haben Sie schon jemals etwas anderes gelesen?«
Der Reporter schaute verdutzt, grinste dann, schrieb ein paar Worte in sein Notizbuch.
»Stimmt«, sagte er dabei. »Ich könnte mir vorstellen, daß das für unsere Leser ein eigenes Thema wäre. Vielleicht äußern sich ein paar dazu.«
»Ich spiele aber auch gern Tennis und reite«, gab sich Karin den normalen Anstrich eines jungen Mädchens, das heutzutage interviewt wird.
»Sind Sie schon gestürzt?«
»Vom Pferd?«
»Ja.«
»Zweimal, aber glimpflich.«
»Reiten Sie auf einem eigenen Pferd?«
»Nein.«
»Warum nicht? Wenn Ihr Vater ein erfolgreicher Geschäftsmann ist, hätte er Ihnen das doch schon ermöglichen können?«
»Sicher, aber so dumm ist er nicht.«
»Dumm?«
»Er ist dafür, sagt er, daß seine Tochter auf dem Teppich bleibt.«
Für diese und die nächste Antwort erntete Karin, als das Interview veröffentlicht wurde, die meisten Sympathien bei den Lesern.
»Und was halten davon Sie, die Tochter?«

»Daß er hundertprozentig recht hat.«

Das war natürlich einen neuen Eintrag ins Notizbuch wert. Die ganze Ernte des Journalisten, die er sich nun schon gesichert hatte, ging bereits weit über jeden Bedarf hinaus, und er hätte längst Schluß machen können, aber gerade jungen Reportern wird in der Redaktion, ehe sie hinausgeschickt werden, eingehämmert, daß das Material, mit dem sie zurückzukommen haben, eigentlich nie umfangreich genug sein kann. Gesiebt, ausgesondert wird dann von den vorgesetzten Redakteuren, den alten Füchsen, deren Aufgabe um so leichter ist, je reicher ihnen Material zur Selektion zur Verfügung gestellt wird. Sehr oft bleibt davon am Ende ohnehin wenig genug übrig.

Langsam hatte aber Karin nun doch genug. Ihre Antworten verloren an Liebenswürdigkeit.

»Waren Sie, als Tennisspielerin, schon einmal in Wimbledon?«

»Nein.«

»Würden Sie gerne hinfahren?«

»Nein.«

»Nein?« Der Reporter schüttelte ungläubig den Kopf. »Warum nicht?«

»Was sollte ich dort? Ich würde schon im ersten Spiel ausscheiden.«

Der Reporter wußte nicht, ob er lachen sollte; er entschied sich für ein flüchtiges Lächeln.

»Ich dachte als Zuschauerin«, sagte er überflüssigerweise.

»Zuschauen kann ich auch in Düsseldorf. Am Fernseher.«

»Hm.«

Die Luft war raus, das spürte nun auch der dickfellige Zeitungsmensch und kam zum Schluß.

»Eine letzte Frage, die wir auch Ihren Vorgängerinnen der letzten drei Jahre gestellt haben: Welches ist Ihr Lieblingsgericht?«

»Gar keines.«

»Aber ich bitte Sie, es gibt für jeden ein Lieblingsgericht, also wird es auch für Sie eines geben.«

»Nein.«

»Und warum nicht?«

»Weil ich nicht gern mit der Justiz zu tun habe.«

Der Reporter sagte gar nichts mehr, sondern stand auf und sah sich nach seinem Kollegen, dem Fotografen, um, ohne ihn zu entdecken. Dieser hatte nämlich das Zimmer längst unbemerkt verlassen, um sich unten in der Hotelbar zu stärken. Dort suchte und fand ihn der Texter, der die Gewohnheiten seines Kollegen kannte, für die der Mann eigentlich – oder ganz sicher – noch viel zu jung war.

Ein Blick in die Augen des Fotografen genügte dem Texter, um hervorzustoßen: »Komm, du Trunkenbold, pack deine Sachen zusammen.«

Der Bildreporter hätte sich noch gerne ein bißchen mehr Zeit gelassen und schlug deshalb dem Texter vor, auch ein Glas zu trinken; doch er drang damit nicht durch. Im Auto fragte er: »Was war denn noch bei der?«

»Zuletzt wurde sie schwierig.«

»Inwiefern?«

»Anscheinend hatte sie die Nase voll.«

»Wirst wohl in ihre Intimsphäre eingedrungen sein.«

»Diesbezüglich haben wir uns ja immer sozusagen auf die Theorie zu beschränken. Die Praxis bleibt uns verschlossen.«

Der Fotoreporter schnalzte mit der Zunge und sagte: »Für die Praxis mit der würde ich allerdings meinen guten Ruf hingeben.«

»Junge«, seufzte daraufhin der Texter, »an so eine kommt unsereiner nicht ran; kein Arbeitnehmer, meine ich. Solche Weiber ziehen sich andere Kontoinhaber an Land.«

Karin Fabrici, von der in dieser Weise gesprochen wurde, hatte sich inzwischen auf ihrem Zimmer noch einmal vor den Spiegel gestellt und kaum mehr ihren Augen getraut. Ihr Eindruck war noch enttäuschender als in der Minute, in der die Diplomkosmetikerin von ihr abgelassen hatte. Ein völlig fremder Mensch schaute ihr entgegen, ein Puppengesicht, wie man es so oft in Zeitschriften und Filmprospekten sieht, ein Lärvchen, aufgemacht, seelenlos, mit Löckchen und Kußmündchen, verführerischem Augenaufschlag und erstarrtem Lächeln.

Die ersten Stunden ihres Filmdaseins waren vorbei. Der Uhrzeiger rückte auf halb elf zu. Unten vor dem Portal wartete der schwere Mercedes auf sie.

Sie warf einen Blick in das Programm, das man ihr zur Verfügung gestellt hatte. 10.45 Uhr: Abfahrt zu Probeaufnahmen in einem provisorischen Filmstudio. 12 Uhr: Empfang durch den Produktionsleiter. 13 Uhr: Mittagessen im Kasino. 14.30 Uhr: Siesta. 16.00 Uhr: Tanzteebeginn mit Modenschau des Pariser Salons Sandrou im Kurhaus ...

Karin warf das Programm auf den Tisch und wischte sich über die Stirn. Ihr wurde fast schwindlig vor all diesen Verpflichtungen und Ehrungen, und sie wünschte sich spontan weit weg, wollte allein am Strand in ihrem Korb Nr. 45 bei der kleinen, halb verfallenen Sandburg liegen, um zu träumen. Zu träumen von ...

Wieder klopfte es an der Tür.

Das wird der Chauffeur sein, dachte Karin und nahm den Seidenmantel vom Haken. Ich versäume mich hier.

»Ja?« rief sie. »Kommen Sie nur herein!«

Sie schlüpfte in ihren Mantel, fand das Ärmelloch nicht und ward so davon abgehalten, zur Tür zu blicken. Jemand betrat den Raum.

»Guten Morgen, gnädiges Fräulein«, sagte eine Stimme, und ein freudiger Schock durchzuckte Karin Fabrici.

Er!

Er stand in ihrem Zimmer. *Er* war gekommen, um mit ihr zu sprechen. Ihr Traum bewahrheitete sich.

Vergib dir aber jetzt nichts mehr, ermahnte sie sich

selbst. Wirf dich ihm nicht an den Hals. Er soll schon merken, zu Beginn wenigstens, daß hier er derjenige ist, der Buße zu tun hat, und nicht ich.

»Guten Morgen«, sagte sie nicht zu warm und nicht zu kalt; so in der Mitte.

Das Ärmelloch verweigerte sich ihr immer noch. Die Verrenkungen, zu denen sie sich dadurch gezwungen sah, um es zu finden, wirkten komisch. Rasch trat er hinzu und leistete ihr den benötigten Kavaliersdienst. Sie bedankte sich, als sie den Mantel endlich anhatte.

Die Blicke, mit denen er sie musterte, gefielen ihr nicht ganz. Sie hatten einen zweifelnden Charakter.

»Wollen Sie sich nicht setzen?« fragte sie ihn.

»O nein«, erwiderte er. »Ich sehe doch, Sie sind auf dem Sprung. Ich will Sie nicht aufhalten.«

»Aber Ihr Besuch hat doch irgendeinen Zweck?«

Das klang nicht besonders gut. Karin wußte dies auch im selben Augenblick, in dem sie es gesagt hatte, und sie hätte es deshalb gerne gelöscht, wie auf einem Tonband. Leider ging das nicht.

»Ich wollte Sie beglückwünschen«, erwiderte er, doch sein Gesicht strafte ihn dabei Lügen.

»Zu was?«

»Zu Ihrer gestrigen Wahl.«

»Danke.«

Eine Pause trat ein, in der jeder spürte, daß dieses Gespräch nicht gut lief, und das machte Karin nervös.

»Was sehen Sie mich so an?« fragte sie.

»Verzeihen Sie. Sind Ihnen meine Blicke unangenehm?«

»Nein, das nicht, aber ...«

»Ich versuche Sie so anzusehen wie immer.«

»Sie versuchen es?«

»Ja.«

»Aber es gelingt Ihnen nicht?«

Er zögerte, erwiderte jedoch dann: »Offengestanden nein.«

»Warum nicht?«

»Weil Sie sich ziemlich verändert haben. Damit muß ich erst fertig werden.«

»Fertig werden? Das klingt nicht gerade danach, daß Sie begeistert wären?«

Er schwieg.

»Keine Antwort ist auch eine Antwort«, sagte sie daraufhin und setzte hinzu: »Meine ›Veränderung‹, wie Sie es nennen, gefällt Ihnen also nicht?«

»Ganz und gar nicht«, zögerte er nun nicht mehr zu antworten.

»Aber mir«, behauptete Karin, in der sich der alte Widerspruchsgeist regte.

»So?« Er zog die Mundwinkel nach unten. »Und ich hoffte, Sie seien für diese Kleckserei nicht verantwortlich.«

»Kleckserei?«

»Man habe Sie dazu vergewaltigt, dachte ich.«

»Kleckserei?« wiederholte sie.

»Sehen Sie sich doch an im Spiegel.«

»Das habe ich schon getan.«

»Und? Hatten Sie nicht den Eindruck, daß Sie mit dem Gesicht in einen Farbenkübel gefallen sind?«

Die Funken sprühten wieder zwischen den beiden. So etwas wollte sich Karin nicht sagen lassen, jedenfalls nicht von einem Menschen, der, wie sie dachte, allen Grund hatte, ihr gegenüber bescheidener aufzutreten.

»Sie haben ja keine Ahnung von solchen Dingen«, giftete sie ihn an. »Was verstehen Sie von Kosmetik? Ich nehme an, daß sich dort, wo Sie herkommen, die Mädchen einmal am Tag das Gesicht mit kaltem Brunnenwasser waschen, und damit hat sich's. Erzählen Sie mir deshalb lieber etwas vom Landleben, wenn Sie mit mir sprechen; davon mögen Sie etwas verstehen.«

»Es würde Ihnen nicht schaden, den Kopf in sauberes, kaltes Brunnenwasser zu stecken. Erstens bekämen Sie davon ein reines Gesicht, und zweitens verschwänden die Flausen, die man Ihnen in den Kopf gesetzt hat.«

Karin verlor die Beherrschung.

»Hinaus!« rief sie, zur Tür zeigend. »Verlassen Sie mein Zimmer, ich will Sie nicht mehr sehen!«

Wortlos ging er. Die Tür klappte zu, und Karin Fabrici stand zitternd vor Erregung und allein in ihrem Zimmer, so wie sie es verlangt hatte.

Auf der kleinen Kommode schlug diskret eine Tischuhr. 11.30 Uhr. Unten vor dem Eingang des Hotels stand der weiße Mercedes. ›Miß Nickeroog‹ war überfällig, sie wurde längst erwartet, aber oben saß eine arme, unglückliche Karin Fabrici im Sessel und weinte in ihr Taschentuch hinein.

Johannes M. Markwart, der Kurdirektor und Baron v. Senkrecht, die alle drei kurz darauf ins Zimmer traten, um Karin aufzustöbern, standen ratlos vor ihr und wußten nicht, was sie sagen und machen sollten. Aber fest stand, daß kein längerer Aufschub mehr möglich war.

»Gnädiges Fräulein«, ergriff der Kurdirektor die Initiative, »wie haben keine Zeit mehr; aus dem Studio wurde schon zweimal angerufen, wo Sie bleiben. Tut mir leid, daß Sie –«

»Weinen können Sie später«, fiel Markwart ein.

»Nehmen Sie sich bitte zusammen, gnädiges Fräulein«, sagte der Baron. »Die Zeit drängt wirklich.«

»Was ist hier geschehen?« fragte der Kurdirektor. »Haben Sie über den Service zu klagen? Ist Ihnen jemand zu nahe getreten, ein Kerl vom Personal etwa?«

Karin schüttelte den Kopf, wischte sich mit dem Taschentuch über die Augen.

»Das kann alles noch geklärt werden – morgen oder übermorgen«, ließ sich Markwart vernehmen. »Höchstwahrscheinlich besteht aber dann gar kein Anlaß mehr dazu, ich kenne das.«

»Die sind doch alle hysterisch«, flüsterte er dem Kurdirektor zu.

»Sie müssen sich jetzt am Riemen reißen, gnädiges Fräulein, gestatten Sie mir dieses soldatische Wort«, sagte der Baron. »Ein deutsches Mädchen darf sich nicht einfach so gehen lassen, wenn es die Pflicht hat ...«

Er wußte anscheinend nicht mehr weiter, räusperte sich.

»Sie wissen schon, was ich meine«, schloß er.

»Also los!« befahl Johannes M. Markwart, der Hauptverantwortliche für die ganze Veranstaltung, die nicht mitten im Ablauf steckenbleiben durfte, und griff nach Karins Oberarm, um sie zur Tür zu führen.

Erst mußte sich Karin jedoch noch einmal vor den Spiegel stellen, da die Tränen in ihrem Gesicht Zerstörungen hervorgerufen hatten, mit denen sie sich nicht der Öffentlichkeit präsentieren konnte. Dann wurde sie von den drei Herren hinunter zu dem weißen Mercedes geleitet. Der livrierte Chauffeur riß bei ihrem Erscheinen den Wagenschlag auf und salutierte militärisch. Im Nu sammelte sich eine kleine Menschenmenge an, die der Abfahrt rufend und winkend beiwohnte.

Karin blickte, als sich der Wagen in Bewegung setzte, in den Rückspiegel und sah in der Menge den Mann, der ihren Tränensturz ausgelöst hatte, stehen, still, braungebrannt, beobachtend. Sie sah auch noch, wie er sich abwandte und die Richtung zum Strand einschlug, als wolle er noch einmal den Korb und die kleine Strandburg an der niedrigen Düne aufsuchen, ehe er vielleicht Nickeroog zu verlassen gedachte.

Da lehnte sich Karin Fabrici weit in ihren Sitz zurück und schloß die Augen.

Nicht denken, sagte sie sich immer wieder vor, nicht denken. Morgen ist alles vorbei, der ganze Rummel, und du wirst ihn vergessen.

Wen ›ihn‹?
Den Rummel?
Oder *ihn*?

Werde ich den Rummel vergessen können? Ja, den ohne weiteres.

Werde ich aber auch *ihn* vergessen können ...?

Sie hatte die Nase voll – »gestrichen« – würde Peter sagen, der gute alte Peter Krahn. Was der wohl machte – Peter – eine Erinnerung, blaß zwar, doch eminent beständig. Beständig, weil es für Karin in den Notfällen ihres jungen Lebens zur Gewohnheit geworden war, auf Peters Hilfe zu rechnen, und dies mit guten, oft optimalen Ergebnissen. Und warum blaß? Ja nun, dachte Karin, im Grunde ist das so wie mit den alten Fotos: Mit der Zeit verlieren sie ihre Farbe. Und nicht nur mit den Fotos verhält es sich so. Bist du zum Beispiel verknallt, ist die Welt ein Feuerwerk – doch dann?

Deshalb mach dir keine Illusionen. Die Zeit bügelt alles ein, die Knaller verpuffen, die Farben erlöschen. Was bleibt, ist ein bißchen Rauch. So wie bei Mama und Papa ...

Na, bei denen gibt's noch ziemlich viel Rauch.

Und knallen tut's auch.

Nach dieser philosophischen Gewaltanstrengung fühlte sich Karin noch ermatteter als zuvor.

Ergeben schloß sie im üppigen Mercedes-Sitz die Augen. Und damit entschwand nicht nur ein lachender, blauer Himmel aus ihrem Bewußtsein, sondern auch all die Fahnen an der Hauptstraße, mit denen Nickeroog sich zur Miß-Wahl geschmückt hatte, die Transparente, das »WILLKOMMEN – IHRE KURDIREKTION«, die Geschäfte, die Cafés, die Tankstellen. Und vor allem die neugierigen Gesichter, die dem lautlos summenden weißen Traumwagen nachstarrten.

Irgendwann gab es einen sanften Ruck.

»Wir sind da!« Der Chauffeur kletterte hinter seinem Steuer hervor, nahm die Mütze ab und riß den Schlag auf.

»Wir sind da«, das schon. Aber wo, verdammt nochmal, waren sie? Ein Studio? Das sollte ein Filmstudio sein?

So sah das zwischen Obstbäume gedrückte Bauernhaus nun wirklich nicht aus. Weiß verfugte Klinker, ein schwarz-graues Rietdach, kleine Fenster – hübsch, zweifellos – dahinter eine Scheune. Mit den großen Firstbalken gleichfalls äußerst dekorativ.

Aber ...

Die Tür flog auf. Es gab kein »aber« mehr. Heraus schoß ein Mann, eine Art schwarzer, tanzender Derwisch, Derwische jedoch tragen meist Turbane auf dem Kopf, der hier trug nichts, nichts als eine braunverbrannte, glänzende Spiegelglatze, die er herumhüpfend und heranrasend in kurzen kreisförmigen Bewegungen zu polieren versuchte. Zu der Spiegelglatze trug er schwarze Jeans und ein schwarzes Hemd. Und zu den weit aufgerissenen blauen Augen eine Brille mit taubenblauer, ovaler Fassung.

Hinreißend. Umwerfend. – Beängstigend ... Karin sog Luft ein und machte sich auf alles gefaßt.

Da kam's auch schon.

»Ja wie find' ich das denn? Ja was glauben Sie eigentlich? Ja, meinen Sie, ich hätte meine Zeit gestohlen? Mich eine Stunde warten zu lassen! Ich weiß überhaupt nicht, wann mir das zuletzt passiert ist. Ja, für wen halten Sie mich eigentlich? Ja, für wen?«

Der Derwisch gab weiter in brüllendem Stakkato-Rhythmus irgendwelche Worte von sich und starrte sie durch die blaugefaßte Brille aus seinen blauen Augen an: »Kaum gewählt, schon benimmst du dich wie ein Welthit. Ja glaubst du denn, daß du das geworden bist, – als Miß Nickeroog?«

»Moment mal ...«

Wenn Karin Fabrici sich auf ihre hundertfünfundsiebzig Zentimeter Höhe besann, hatte das noch nie seine Wirkung verfehlt. Hübsch war sie ohnehin – wäre sie sonst gewählt worden? Aber übernahm der Zorn bei ihr das Kommando, konnte sie richtiggehend schön werden. – Hinreißend schön sogar!

»Entschuldige mal ...«

»Entschuldige mal? Mir ist nicht bewußt, Ihnen jemals das Du angeboten zu haben. Würde ich auch nicht tun, daß kann ich Ihnen versichern. Eher würde ich mir den Kopf rasieren lassen wie Sie, als mich mit so 'nem Brüllaffen zu duzen.«

Nun herrschte erst mal Schweigen.

Dem Derwisch war der Kiefer herabgefallen. Wie sollte er da noch brüllen?

Er starrte sie an. Er nahm die Brille ab, betrachtete sie, als habe er nie im Leben etwas Ähnliches in der Hand gehabt, setzte sie wieder auf und starrte weiter.

Schließlich räusperte er sich.

»Ja nun«, flüsterte er heiser, »jetzt weiß ich ja, mit wem ich es zu tun habe. Könnten wir dann endlich anfangen?«

Karin nickte.

Sie selbst wußte zwar noch immer nicht, mit wem sie's zu tun hatte, aber was er zuletzt gesagt hatte, klang ganz friedlich.

»Konrad« stellte er sich vor. »Max Konrad.«

Die Hand streckte er nicht aus, vielleicht hatte er Angst, sie würde hineinbeißen, die Glatze aber ließ er in Ruhe.

Karin verkniff sich weitere Bemerkungen. Ihr Blick fiel auf ein Schild: »MK-FILM HAMBURG«.

»Das bin ich«, sagte Konrad, und das stimmte: Bei Max Konrad handelte es sich nicht nur um den Eigentümer, sondern um den Produktionschef, Regisseur und häufig genug, wie zum Beispiel heute, auch den Kameramann der »MK-FILM HAMBURG«. Man könnte also von einem Ein-Mann-Unternehmen reden, würde nicht Konrads Freundin Nicki in ihrer Dreizimmer-Wohnung in Hamburg-Wandsbeck gelegentlich den Telefonhörer abnehmen, um sich mit bedeutungsschwangerer Stimme zu melden: »Hier spricht das Sekretariat der »MK-FILM«. Selbstredend auch hatte Max Konrad »um ein Haar« mit der Bavaria einen ganz heißen Thriller gedreht. Die Kinsky hatte er als Hauptdarstellerin schon in der Tasche, aber da war diese dämliche Bank, die im letzten Augenblick ihre todsichere Zusage zurückzog ... Läßt er sich deshalb unterkriegen? Hatte er nicht trotzdem seine Marktlücke gefunden: Die filmerische Gestaltung der Aktivitäten der Kurverwaltung Nickeroog?

Bei dieser Aufgabe erlebte Max schon manche Schereien, aber ein so bescheuerter Spät-Teeny wie diese Fabrici, die glaubte, sie könne ihn in die Ecke stellen, schmerzte nun doch.

Doch Geschäft ist nun mal Geschäft. Und sie war die diesjährige Miß!

Nix zu machen.

Halb resigniert rückte Max Kabel und Gerät zurecht. Die Kamera hatte er schon auf dem Stativ. Spot eins und Spot zwei standen bereit, bei Spot drei mußte er vielleicht die Position wechseln.

In der Mitte des Raumes wartete ein Stuhl.

Nur, die Kleine wollte sich nicht draufsetzen. Die Kleine? – Mann o Mann, Gardemaß und einen Busen, eine Figur vielleicht!

Max fühlte sich versöhnlicher gestimmt. Was fehlte, war sein Whiskey. Den letzten hatte er vor drei Stunden zu sich genommen, kurz vor dem Frühstück. Das war lange, lange her.

Max fühlte Mangel.

Die »Kleine« hatte jetzt wenigstens die Hände auf der Stuhllehne.

Sie sah sich um. »Was ist denn das? Soll das ein Studio sein? Das hab' ich mir immer anders vorgestellt ...«

Ihr Blick glitt über die Wände. Max' Fotografen-Auge erwachte. Hinreißend – alles was recht ist! Mit der Schnute noch besser als die Kinsky.

An den Wänden befanden sich Regale. Auf den Regalen wiederum standen Pokale.

Karin wunderte sich. »Sind Sie Sportler?« erkundigte sie sich höflich.

»Himmel Arsch« schrie Max. »Die Scheiß-Dinger kann ich für Sie doch nicht abräumen. LOGO – brauch' ich sie nicht. Die Ecke reicht ja zehnmal. Sportler? Ich? Seh' ich so aus. Sport ist Mord ... Die sind Sportler.«

»Wer?«

»Sie sitzen hier im Gemeinschaftsraum des Privatfischervereins Nickeroog, meine Dame. Oder meinen Sie vielleicht, dies hier wär' ein Filmstudio? Soll ich Sie vielleicht nach Hamburg in mein Studio bringen? Glauben Sie, diese Arschgeigen von der Kurverwaltung bezahlen mir das?« Er holte tief Luft: »Bilden Sie sich ein, das alles würde sich für mich lohnen?« – Das war der Satz, der Max Konrad auf den Lippen schwebte. Ganz hastig schluckte er ihn hinunter: Verdammt nochmal, denk klar. Wenn ich wenigstens einen Whiskey hätte ... Er wird sich ja lohnen. Und wie ...

»Entschuldigen Sie mal.«

Max lief hastig in die kleine Küche, schnappte sich die Flasche Korn im Eisschrank, setzte sie an den Hals. Schon wurde es ihm besser, und er konnte endlich das, was er sich so sehnlich herbeigewünscht hatte – klar denken.

Klar zu denken bedeutete in dieser Sekunde, zwei Erkenntnisse zu verarbeiten: Die Erste: Du hast dich wieder mal benommen wie der Knallkopf, der du nun mal bist. Die Zweite: Fantastisch! Das Mädchen ist wirklich gut. Gut? Superklasse – Weltspitze ist die doch! Andererseits, leider, leider, hat sie Erbsen im Hirn und Haare auf den Zähnen. Mit Vorsicht zu genießen. Brisant. Ne Handgranate ...

Also, was tun, Maxe?

Charme ist angesagt.

Ein geradezu unbezwingliches Strahlen auf dem Gesicht, die Arme ausgebreitet, eilte Max Konrad in sein »Studio« zurück. Auf den ausgebreiteten Armen hielt er ein

Tablett. Darauf stand zwar nichts weiter, als eine Flasche Mineralwasser und ein Glas, doch er kredenzte beides der neuen Miß Nickeroog, als habe er mindestens einen Moët Chandon Reserve anzubieten.

Karin Fabrici wiederum hatte inzwischen auf dem Stuhl Platz genommen. Sie wartete auf die Dinge, die kommen mußten. Sie kamen. Er wäre zuvor etwas undiszipliniert gewesen, entschuldigte sich Max, doch er sei nun einmal meist am Vormittag etwas indisponiert, die Nerven, wissen Sie: »Ich bin Künstler, arbeite die Nächte durch. Alle Kreativen haben's nun mal mit den Nerven. Eine Berufskrankheit.«

Karin nickte ziemlich distanziert. Immerhin, sie nickte.

Max schwenkte die Mineralwasserflasche hin und her, um sie, als er feststellen mußte, was darin war, so rasch abzustellen, als habe er ein glühendes Eisen in der Hand; trotzdem flüsterte er heiser, sähe er in dieser, ihrer Begegnung mehr als einen Zufall. »Karin, ich kann Sie doch Karin nennen?«

Er könne – beschied Karin.

»Na sehen Sie«, strahlte Max glücklich, »wo war ich ... Zufall kann Magie sein. Er bringt immer eine Wende. Und es ist ein Zufall, ein glücklicher, ein geradezu außerordentlich glücklicher Augenblick, der uns zusammenführt. Sicher, wäre ja gelacht gewesen, wenn Sie diese alberne Mißwahl nicht gewonnen hätten. Mir war das von der ersten Sekunde an klar, als Sie da als Außenseiterin auftauchten. Nur die, keine andere, sagte ich mir. Den Rammköpp in der Jury ist es ja schließlich auch aufgegangen. Aber eine Mißwahl in Nickeroog – oder Piesepopel – was ist das schon? Peanuts, nichts weiter. Grundsätzlich, im Hinblick auf den Beruf, auf die Kunst, oder im Hinblick auf Ihre persönliche, finanzielle Perspektive Kleinkram. Provinzspektakel.«

Er schrie nun nicht länger, leise sprach Max Konrad, leise und suggestiv. Dem Korn sei's gedankt. Er hatte ihm seine Form wiedergebracht: »Sehen Sie mal, es gibt, ich sagte das ja schon, es gibt so was wie magische Augenblicke. Daß wir hier sitzen, wir beide, zusammen, in dieser lächerlichen Bude und in diesem lächerlichen Nickeroog, das ist ein solcher Moment. Schicksal, klingt mir viel zu geschwollen – aber ein bißchen ...«

Er schnippte bedeutungsvoll mit Daumen und Zeigefinger. »Ein bißchen Schicksal ist es wohl schon.«

Karin schluckte. Was für ein Vogel?! Was quatscht der daher? Sie verstand kein Wort. Auf was wollte der wohl hinaus.

Und dann begriff sie.

Max Konrad war hinter eine seiner Kameras gerannt, hatte in einem dicken Aktenkoffer herumgestöbert und drückte ihr nun etwas Rechteckiges in die Hand, eine Mappe, ähnlich wie sie sie aus den Angeboten von Pap's Supermarkt kannte. Nur daß darin weder von Erbsen- noch Tomatensuppe oder Brühwürstchen die Rede war – nein, Damenfotos fielen ihr entgegen.

Sie blätterte.

Die Mädchen waren okay. Die Kleider, die sie trugen, eigentlich auch – von den Badeanzügen mal abgesehen, die fand sie schon ziemlich ordinär. Daß unter den Namen Körpermaße standen, Größe, Brust- und Beckenumfang, daran war sie inzwischen bereits gewöhnt, anders ging das wohl in dieser Branche nicht.

»Das sind einige meiner Models. Klasse Mädchen, nicht? Ein paar habe ich in Nickeroog eingesammelt, gebe ich zu, aber die dann aufzubauen war meine persönliche Leistung. Eine Leistung, die vor allem den Damen zugute kam, das kann ich Ihnen versichern. Von meinen Models verdient keine weniger als – Kunstpause – dreitausend D-Mark am Tag.«

Er starrte sie an. Erwartete er jetzt, daß sie in Ohnmacht fiel? Na schön, okay, Karin Fabrici dachte praktisch, wie immer beim Aufklingen von Zahlen erwachte das väterliche Blut in ihr. Dreitausend Piepen für einen Tag – im Monat wären das? Aber das brauchst du gar nicht zu rechnen. Die kriegen so einen Auftrag zweimal im Monat. Oder dreimal. Und dafür die ganze Hysterie? Rein in die Klamotten, raus aus den Klamotten. Rumreisen, Hotelzimmer ... wie der?

Die Billardglatze stierte noch immer, als hätte sie das Angebot ihres Lebens gemacht. Ja Himmel Herrgott – für wen hält der dich eigentlich?

»Für wen halten Sie mich eigentlich?«

Die Frage, inklusive Karins verächtlichem Blick steckte Max nicht nur weg, er doppelte sogar nach: »Für ein Mädchen, das weiß, was es will. Dem klar ist, daß sich eine solche Chance nicht wiederholen wird. Sehen Sie mal – aus Ihrem Profil kitzele ich eine zweite Claudia Schiffer heraus. Den Busen haben Sie ja sowieso ...«

Max Konrads Zunge leckte verzückt die feuchte Oberlippe: »Für eine Frau wie Sie habe ich Kunden, die ich sogar ohne weiteres auf sechs treiben kann.« Sechs? – Bei ihm klang es wie Sex ... »Sechstausend am Tag natürlich. Plus Spesen«, jubelte er und begann aufs neue seinen Turnschuh-Derwisch-Tanz, rannte mit einem neuen Prospekt zu ihr zurück, wedelte damit vor ihrer Nase, wobei er gleichzeitig wieder mit der Linken seine verrückte Glatzen-Massage abzog. »Ohne weiteres sechs ... Ohne weiteres ... Garantiert ... Und wenn Max Konrad was garantiert, ist das sicher wie ... wie ... wie ... Mensch schauen Sie sich das doch mal an.«

Was Karin Fabrici sich ansehen sollte war der Inhalt einer weiteren Mappe. Diese Mappe war die luxuriöseste von allen. Dunkelviolett satinierter Karton mit winzigen Goldfleckchen darauf. Und als ob dies nicht genügte, zog sich quer von der linken zur rechten Ecke ein schwarzer Spitzen-Aufdruck.

Karin öffnete sie mit unbehaglichem Gefühl und erstarrte.

Mädchen. Was sonst. Aber keine darunter, die auch nur im entferntesten eine Parallele zu ihr oder einer Claudia Schiffer aufweisen konnte. Das war's ja nicht, was ihr das Blut in die Stirn trieb. Es waren die Fetzen und Fetzchen, die sie trugen. Blau, gelb, rot und grün. – Seide, Nylon, Spitze, Bändchen, der Skandal aber waren die Körperstellen, die diese Fetzen und Fetzchen enthüllten.

»Na, was hältste davon?«

»Kann ich Ihnen sagen«, schrie Karin, »daß Sie ein ganz mieses Schwein sind«, und knallte dem Derwisch den Prospekt vor die Füße.

Sie rannte hinaus.

Da war niemand, der ihr folgte. Der weiße Rolls Royce wartete, der Chauffeur kletterte gerade hinter seinem Sitz hervor, um ihr zu öffnen. Fahrzeug und Mann erschienen ihr wie eine unwirkliche, aber rettende Insel in einem Meer von schmutziger Dämlichkeit.

Peter Krahn fühlte sich gar nicht wohl, als er an der Mole von Nickeroog die Fähre verließ und zusammen mit einem Schwarm von Sommergästen den weißen Strand betrat, der, geschmückt mit Fahnen und Girlanden, die Neuankommenden empfing. Kleine Pferdekutschen standen bereit, welche die Gäste zu dem zwei Kilometer entfernten Hotelort bringen sollten. Ein Schwarm von Eisverkäufern fiel mit Rufen und Anpreisungen über die neue Kundschaft her. Da auf diesem Dampfer eine Reisegesellschaft, die angekündigt worden war, eintraf und mit einem großen Transparent über ihren Häuptern (›Immer fröhlich, immer froh – mit Reisedienst Franz Ommerloh‹) vom Schiff marschierte, hatte sich am Ufer auch eine Blaskapelle eingefunden und spielte einen flotten Marsch. Bekannte schüttelten sich die Hände, Verwandte lagen sich in den Armen, eine Gruppe von Studenten empfing einige Kommilitonen mit einem dröhnenden »Gaudeamus igitur«, und zwei Frauen mittleren Alters sahen so aus, als landeten sie auf der Insel, um ihre Ehemänner aus einem Sündenbabel herauszuholen.

Peter Krahn stand am Strand, fühlte, wie der feine weiße Sand in seine offenen Schuhe drang, und sah sich ratlos um. An einem Mast entdeckte er ein Spruchband, dessen Text ihn zusammenzucken ließ: ›Miß Nickeroog heißt auch Sie willkommen‹. Und an einer Kioskwand hieß es: ›Wollen Sie Miß Nickeroog sehen, kommen Sie abends ins Kurhotel‹.

Peter Krahn erlitt dadurch einen kleinen Schock, der ihn plötzlich erkennen ließ, daß er sich in Düsseldorf vom alten Fabrici eine Aufgabe hatte aufbürden lassen, der er hier – das wußte er jetzt – nie und nimmer gewachsen war.

In einem Anfall von Reue über sein wahnwitziges Unternehmen ging er zu dem Häuschen der Schiffahrtsgesellschaft und studierte den Fahrplan der Rückfahrten. Aber er hatte ausgesprochenes Pech, denn dieses Schiff war das letzte, blieb in Nickeroog liegen und nahm erst am nächsten Morgen um 7.30 Uhr wieder Kurs auf Norddeich.

Unschlüssig sah sich Peter Krahn um. Dann zuckte er, in sein Schicksal ergeben, die Achseln und bestieg mit einigen anderen Nachzüglern eine der kleinen Pferdekutschen. Gemächlich rollte das Gefährt den Strand entlang, an den die langen Wellen der Flut klatschten, die kurz zuvor eingesetzt hatte. Überall sah man lustige Menschen, die den Kutschen zuwinkten, braungebrannte Leute, welche die »Bleichgesichter« mit spöttischen Zurufen bedachten, junge Pärchen, die zwischen den Dünen nicht ihr Heil, aber ihr Glück suchten. Sogar auch einige flotte Reiter, die ihren Abendritt machten, ließen sich bewundern.

Die Braungebrannten weilten schon länger auf der Insel und hatten ihre Luxuskörper der Sonne ausgesetzt; die ›Bleichgesichter‹, das waren jene, deren Urlaub erst begann.

Peter Krahn fuhr sich mit dem Finger zwischen Hals und Kragen. Er fühlte sich unbehaglich. »Die ›Miß Nikkeroog-Transparente‹ hatten ihn sozusagen aus der Bahn geworfen.

»Gestatten«, sagte er zu dem Mann, der neben ihm saß, »Peter Krahn.«

Damit hatte der andere, der einen Stumpen paffte, wohl nicht gerechnet. Er schien überrascht.

»Angenehm«, erwiderte er notgedrungen. »Franz Joseph Biechler.«

Aus Potsdam stammt er nicht, erkannte Krahn sehr wohl und sagte: »Ich habe gesehen, daß Sie nicht mit unserem Schiff ankamen.«

»Nein.«

»Sie haben jemanden erwartet?«

»Ja.«

»Aber der kam nicht?«

»Nein.«

Kein gesprächiger Typ, dachte Peter Krahn und wollte auch wieder in Schweigen versinken, um den anderen in Ruhe zu lassen. Doch nun sagte dieser: »Sie sind Rheinländer?«

»Ja. Hört man das?«

»Sehr gut. Ich bin Bayer.«

»Mit einem Berliner hätte ich Sie auch nicht verwechselt.«

Das Eis war gebrochen. Beide grinsten.

»Wie war Ihr Name?« fragte der Münchner.

»Peter Krahn.«

»Der meine Biechler. Franz Joseph Biechler.«

»Den Vornamen hätten Sie nicht wiederholen müssen. Der prägt sich einem schon beim erstenmal ein, so markant ist er.«

»Denken Sie jetzt an den österreichischen Kaiser oder an unseren bayerischen?«

»An den bayerischen – aber ich höre von Ihnen zum ersten Mal, daß der zu seinen Lebzeiten zum Kaiser ausgerufen worden ist.«

»Wer?«

»Euer Franz Joseph.«

»Der nicht, nein, aber von dem rede ich ja auch gar nicht.«

»Von wem dann?«

»Vom Franz«, fuhr Biechler fort zu blödeln.

Krahn guckte dumm.

»Vom Kaiser Franz«, half ihm Biechler auf die Sprünge.

»Ach«, leuchtete es im Gesicht Krahns auf, »vom Beckenbauer. Ja, der sticht jedes gekrönte Haupt aus, für den schlägt jedes bayerische Herz, das glaube ich. Oder hat es ihm geschadet, daß er München verlassen hat?«

»Nach Amerika?«

»Und anschließend wieder zurück.«

»Überhaupt nicht«, sagte Biechler mit der Hand winkend. »Von gekrönten Häuptern – um auf Ihren Ausdruck zurückzukommen – ist man es heutzutage ja gewöhnt, daß sie ins Exil gehen. Nur war es früher so, daß sie von ihren Völkern vertrieben wurden ...«

»Und heute?«

»Vom Finanzamt.«

»War es das allein, daß bei Beckenbauer der Fall zutraf?«

»Nein, nicht ganz, aber das andere, was noch hinzukam, hätte er verkraften können, ohne zu emigrieren.«

Die großen, weißen Hotels tauchten vor ihnen auf. Die Kutsche fuhr unter einem Transparent hindurch, auf dem die Gäste noch einmal willkommen geheißen wurden. Peter Krahn fühlte sich wieder an Karin erinnert, und das alte Unbehagen stellte sich ein.

»Ihnen ist aufgefallen«, sagte Biechler, »daß ich am Strand quasi versetzt wurde.«

»Ja. Auf wen haben Sie denn gewartet?«

»Auf meinen Freund mit seiner Frau. Gott sei Dank kamen sie nicht«, erwiderte Biechler. »Dazu kann ich die beiden nur beglückwünschen.«

»Beglückwünschen? Wieso?«

»Ich kenne den, wissen Sie. Den hätte hier sehr rasch keiner mehr aushalten können. Der lebt nämlich in der Ramsau bei Berchtesgaden. Einen größeren Unterschied können Sie sich gar nicht vorstellen. Daher bin ich für ihn froh, daß er es sich anscheinend im letzten Moment wieder anders überlegt hat.«

»Ist es denn hier so schlimm?«

»Na ja«, seufzte Franz Joseph Biechler, zwei gewaltige Wolken aus seinem Stumpen holend.

»Haben Sie Langeweile?«

»Wenn wenigstens das Bier besser wäre«, lautete Biechlers Antwort, »dann ließe sich alles andere ertragen, das Salzwasser, der ewige Wind, das Geschrei der Möwen, der Sand zwischen den Zehen, die Sprache der Fischer, die kein Mensch versteht ... und so weiter und so fort. Sie werden das alles selbst erleben.«

»Ich frage mich nur, warum Sie dann hierhergefahren sind.«

»Man hat mich dazu gezwungen.«

»Wer?«

»Meine Frau«, sagte Biechler düster, Krahn seinen Ringfinger mit dem Ehereif vor Augen haltend. Und er fuhr, nachdem der Düsseldorfer gelacht hatte, fort: »Warten Sie nur, bis Sie selbst auch soweit sind, dann werden Sie erfahren, was mit einem Mann alles geschehen kann, wenn er sich einer Frau ausliefert. Sie sind noch jung, und trotzdem hat es keinen Zweck, Ihnen zu raten, sich vor solchem Wahnsinn zu bewahren. Den Fehler, zu heiraten, macht fast jeder; diesbezüglich scheint es sich um eine Besessenheit unter den Männern zu handeln.«

Als die Strandpromenade unter der Kutsche wegrollte und ihnen die eleganten Damen und Herren zulächelten, als die vornehmen Lokale und Bars mit den Neonreklamen und den Spiegelwänden in Marmoreinfassungen vor ihnen auftauchten, wäre Peter Krahn am liebsten ausgestiegen und zu Fuß zum Anlegeplatz des Schiffes zurückgegangen. In Düsseldorf war er ein selbstbewußter junger Mann mit einem vermögenden Elternhaus im Rücken, hier fühlte er sich unsicher, völlig fehl am Platze und schon von vornherein blamiert.

Hier kann doch jeden Augenblick Karin auftauchen, sagte er sich. Was mache ich dann? Was sage ich ihr?

»Herr Krahn«, faßte der erfahrene, doppelt so alte Franz Joseph Biechler aus München das, was er gesagt hatte, zusammen, »ich empfehle Ihnen nur eines: Lassen Sie sich im Urlaub hier von keiner einfangen; fahren Sie so in Ihre Heimat zurück, wie Sie hierhergekommen sind – allein.«

Vor dem Kurhaus hielt man an und überließ es den Gästen, sich zu ihren Hotels und Pensionen zu begeben. Bedienstete aller Häuser mit Schildern oder beschrifteten Mützen holten ihre Schutzbefohlenen ab, und bald stand Peter Krahn allein und verlassen vor dem Kurhaus, eine Reisetasche neben sich und ein Gefühl der Beklemmung in der Brust.

Franz Joseph Biechler hatte ihm die Hand geschüttelt und sich mit einem »Alles Gute, vielleicht sehen wir uns noch einmal«, verabschiedet und rasch entfernt.

Ein freundlicher älterer Mann trat auf ihn zu und grüßte.

»Kann ich Ihnen irgendwie behilflich sein? Suchen Sie etwas? Ein Zimmer?«

»Ja.«

»Mit oder ohne Dusche und WC?«

»Mit.«

»Der Preis?«

»Spielt keine Rolle.«

Das hört man gerne, dachte der ältere Herr und wurde noch freundlicher.

»Dann wüßte ich das Richtige für Sie.«

»Wo?«

»Bei mir.«

Es stellte sich heraus, daß Peter Krahn mit einem ehemaligen Hotelportier namens Karl Feddersen sprach, der sich nach einem arbeitsreichen, sparsamen Leben eine eigene kleine, aber elegante Pension zugelegt hatte. Sie sollte ihm erstens seinen Ruhestand sichern und ihm zweitens die Möglichkeit bieten, die Hände nicht völlig in den Schoß legen zu müssen. Feddersen vertrat nämlich den Standpunkt vieler, daß der Mensch etwas zu tun haben müsse, solange er sich noch außerhalb des Grabes bewegen könne. Und was hätte sich dazu für einen ehemaligen Hotelportier besser geeignet als eine eigene Pension, die in Betrieb zu halten war? Stützen konnte sich Feddersen dabei auf eine wesentlich jüngere Gattin und eine noch viel, viel jüngere Tochter, die er erst als guter Vierziger gezeugt hatte. Zuvor in seinem Leben hatte er zu solchen Dingen – wie Heirat und Vaterschaft – keine Zeit gehabt.

»Wohin müssen wir?« fragte Krahn.

Feddersen zeigte ihm die Richtung, dabei sagte er: »Fahren wir oder gehen wir zu Fuß?«

»Wie weit ist es denn?«

»Sieben Minuten.«

»Dann gehen wir. Vom Sitzen tut mir heute schon der Hintern weh.«

»Woher kommen Sie denn?«

»Aus Düsseldorf.«

»In Düsseldorf«, sagte Feddersen erfreut, »habe ich auch ein paar berufliche Jahre verbracht. War eine schöne Zeit. Hübsche Mädchen.«

»Sind sie das nicht überall?«

»Doch«, lachte Feddersen.

Er war noch sehr rüstig. Wie zum Beweis dafür sagte er schon nach wenigen Schritten: »Geben Sie mir Ihre Reisetasche.«

»Was?« antwortete Peter Krahn. »Ich Ihnen? Soll das ein Witz sein?«

»Sie sind der Gast und haben Anspruch darauf, Ihr Gepäck nicht selbst schleppen zu müssen.«

»Nee, nee«, grinste Peter. »Keine Sorge, dazu reichen meine Kräfte schon noch aus.«

Feddersen warf von der Seite her einen prüfenden Blick auf die ganze Gestalt Krahns.

»Gut bei Kräften scheinen Sie ja zu sein.«

Mit verstärktem Grinsen entgegnete der junge Düsseldorfer:

»Das macht mein Beruf.«

»Was sind Sie denn?«

»Gelernter Metzger.«

»Im Angestelltenverhältnis?«

Anscheinend war Karl Feddersen ein Mann, der den Dingen gern auf den Grund ging.

»Nein«, erwiderte Peter Krahn. »Bei meinem Vater.«

Die Pension, der sich die beiden bald näherten, war erst vor zwei Jahren erbaut worden und zeigte in der Abendsonne ihr bestes Gesicht. Alles an ihr war neu und solide und ließ ahnen, daß keineswegs schon alle Bindungen an eine Bank gekappt waren. Am Eingang standen zwei Damen – Mutter und Tochter, wie eine große Ähnlichkeit der beiden vermuten ließ – und blickten verschreckt. Sie hatten die zwei Männer kommen sehen.

»Margot«, sagte Karl Feddersen zur Älteren, die seine Frau war, »ich bringe dir einen neuen Gast.«

Margots Reaktion war kein Jubelruf.

»Du liebe Zeit! Das dachte ich mir!«

»Aber ...«

Er verstumme, er schien Böses zu ahnen.

»Wir sind voll, Karl.«

Seine Befürchtung hatte sich also bestätigt.

»Aber als ich wegging, Margot ...«

» ... hatten wir noch ein Zimmer frei, ja. Inzwischen rief jedoch Frau Seeler aus Bremen an, und ich habe es an die vergeben.«

»Wann kommt sie?«

»Morgen.«

Die Panne war sowohl Herrn als auch Frau Feddersen sichtlich unangenehm.

»Ich kann Sie nur um Entschuldigung bitten«, sagte der Pensionsbesitzer zu Krahn. »Mir ist das sehr peinlich.«

»Aber ich bitte Sie«, antwortete Peter Krahn, »Sie haben es doch nur gut gemeint.«

Dann fiel sein Blick wieder auf die jüngere der Feddersen-Damen, die ihn überhaupt mehr zu interessieren schien, als jede andere Person hier.

»Ich hätte Sie nicht herlocken dürfen«, meinte der Pensionsinhaber.

Zu ihm sagte seine Frau: »Du mußt dem Herrn morgen ein Zimmer besorgen. Heute nacht kann er ja noch bei uns bleiben.«

»Selbstverständlich«, nickte Feddersen und fragte Krahn: »Wären Sie damit einverstanden?«

»Mit was?« erwiderte Krahn, dessen Aufmerksamkeit irgendwie gestört war.

»Daß Sie heute bei uns bleiben, und ich Ihnen morgen ein Zimmer in einem anderen Haus besorge.«

»Aber das macht Ihnen doch mehr Umstände als mir. Es wird sich doch auch heute schon etwas Geeignetes für mich finden lassen.«

Herr und Frau Feddersen blickten einander an. Plötzlich meldete sich ihre Tochter zu Wort.

»Wollen Sie denn nicht die eine Nacht bei uns bleiben?« fragte sie Krahn.

»Doch«, nickte er eifrig, »das möchte ich schon, sehr gern sogar, aber« – er zuckte die Schultern – »man hört doch immer, daß das keine Begeisterung erregt ...«

»Daß was keine Begeisterung erregt?«

»Na, die Bettwäsche für eine Nacht und so, meine ich ... und ...«

Das Feddersen-Trio lachte.

Kurze Zeit später stand Peter Krahn in einem sehr hübschen Zimmer, sah sich um und sagte zur Tochter des Hauses, die es ihm gezeigt hatte: »Aus dem so rasch wieder auszuziehen, wird mir in der Tat nicht leichtfallen.«

Ohne zu zögern, erwiderte sie: »Eventuell findet sich eine Lösung ...«

»Ja?« meinte er hoffnungsvoll.

»Ich finde, das sind wir Ihnen schuldig, Herr ...«

»Krahn. Peter Krahn. Aus Düsseldorf.«

»Freut mich«, lächelte sie. »Heidrun Feddersen. Aus Nickeroog.«

Das brachte natürlich beide zum Lachen. Mit dem Auspacken eilte es Peter nicht so sehr, deshalb hätte er sich noch gerne mit Heidrun ein bißchen länger unterhalten, doch das ging nicht, denn das Mädchen wurde von ihrer Mutter nach unten gerufen.

»Wenn Sie etwas brauchen«, sagte sie auf der Schwelle, »lassen Sie es mich wissen, ja?«

»Wahrscheinlich brauche ich viel«, rutschte es Peter heraus.

Die Tür klappte zu. Hurtige Schritte, welche die Treppe hinabliefen, wurden vernehmbar. Peter sah die Beine, die dieses Geräusch verursachten, deutlich vor sich. Versonnen war sein Blick, der durch die Tür hindurchging.

Verdammt hübsches Mädchen, dachte er und erschrak. Karin fiel ihm ein, Karin, die eindeutig noch hübscher war und wegen der er die Reise nach Nickeroog angetreten hatte.

Das Zimmer hatte nicht nur Dusche und WC, sondern auch Fernseher und Telefon. Das Telefon erinnerte Peter an die Bitte seiner Mutter, nach der Ankunft auf Nickeroog anzurufen und Bescheid zu geben, daß alles in Ordnung sei. Er erledigte dies.

»Wann kommt ihr zurück?« fragte ihn Mutter.

»Wer ›ihr‹, Mama?«

»Du und Karin.«

»Kann ich nicht sagen. Die habe ich ja noch nicht getroffen.«

»Sag uns aber gleich Bescheid, wenn das der Fall war.«
»Ja, mache ich.«
»Paß auf dich auf, fall mir nicht ins Meer.«
»Keine Sorge. Grüße an Papa. Wiedersehen, Mama.«
»Wiedersehen, Junge.«
Nach diesem Telefonat packte Peter die Reisetasche aus, hing seine Sachen in den Schrank und wechselte, nachdem er sich geduscht hatte, das Hemd. Dann ging er hinunter, in der Hoffnung, Heidrun zu treffen. Er hatte Glück. Im Flur begegnete sie ihm, einen Staublappen in der Hand. Sie hatte schwarzes Haar, schwarze Augen und einen schwarzen Humor.

»Wenn ich einmal tot bin«, sagte sie zu Peter, »lasse ich mir Besen, Staubsauger und Staublappen in den Sarg legen. Sie sind meine treuesten Begleiter.«

Da heißt es bei uns immer, daß die an der Küste alle blond und blauäugig sind, dachte Peter. Blödsinn!

»Ich habe telefoniert, Fräulein Feddersen«, erklärte er.
»Sagen Sie Heidrun zu mir.«
»Gerne – wenn Sie Peter zu mir sagen.«
»Ist gut, Peter. Telefongespräche werden automatisch registriert. Das Problem mit Ihrem Zimmer ist gelöst. Sie können drin wohnen bleiben.«
»Und die Dame aus Bremen?«
»Bekommt ein anderes.«
»Hat jemand abgesagt?«
»Ja«, nickte Heidrun. Das war aber eine Lüge.

Ein wenig verlegen fragte Peter, ob ihn diese Regelung irgendwie binde.

»Wieso binde?« antwortete Heidrun. »Was meinen Sie damit?«

»Es könnte sein, daß ich das Zimmer morgen gar nicht mehr brauche. Ich hätte Ihnen das schon eher sagen müssen. Vielleicht reise ich nämlich von Nickeroog schon wieder ab.«

Was heißt ›vielleicht‹? dachte er dabei. Wenn ich Karin

begegne – und warum sollte ich ihr nicht begegnen? –, ist das mit Sicherheit der Fall. Entweder sie erklärt sich bereit, mit mir zu kommen, und wir fahren gemeinsam – oder sie läßt mich abblitzen, meine Mission hier ist damit auch beendet, und ich verschwinde allein; auf jeden Fall schüttle ich den Staub bzw. den Sand Nickeroogs von meinen Füßen; so ist's vorgesehen.

»Das kann ich fast nicht glauben«, erklärte Heidrun.

»Was können Sie fast nicht glauben?« entgegnete Peter.

»Daß jemand nur für einen Tag nach Nickeroog kommt.«

»Doch«, stieß Peter hervor und wiederholte: »Ich hätte Ihnen das wirklich schon eher sagen müssen.«

Heidrun konnte ihre Enttäuschung nicht verbergen.

»Und warum haben Sie es mir nicht schon eher gesagt?«

Peter sah sie voll an. Den Blick wieder senkend, erwiderte er dann: »Weil mein Wunsch, hier länger zu wohnen, so groß war – und noch ist«, setzte er hinzu.

»Dann tun Sie's doch«, sagte Heidrun spontan.

Peter hob seinen Blick wieder. Beide schauten einander an. Es war ein stummes Frage- und Antwortspiel.

Ist denn das die Möglichkeit? dachte Peter Krahn. Gibt's denn das? Wer bin ich denn plötzlich? Ein ganz anderer? Noch vor einer halben Stunde, wenn mir einer erzählt hätte, daß das möglich ist, was mit mir hier vorzugehen scheint, hätte ich ihn nur ausgelacht. Und jetzt ...?

Ganz Ähnliches ging Heidrun durch den Kopf. (Oder sollte man hier nicht besser sagen: durch das Herz?)

Aus einem der unteren Räume drang eine Stimme und schreckte die beiden auf: »Heidrun!«

»Ja, Mutti?«

»Du wolltest doch morgen dein Zimmer räumen. Fang damit am besten heute schon an. Deine Sachen müssen doch alle raus.«

Heidrun gab darauf keine Antwort. Unter Peters Blick errötete sie rasch und heftig. Mutter Feddersen glaubte anscheinend, ihren Vorschlag dringlich genug gemacht zu haben, denn man hörte von ihr nichts mehr.

»Sie wollten also Ihr Zimmer räumen?« sagte Peter zu Heidrun.

»Nicht für Sie«, erklärte Heidrun wahrheitsgemäß.

»Nein, nicht für mich«, nickte Peter. »Für die Dame aus Bremen, nehme ich an.«

»Ja.«

»Damit deren Zimmer ich behalten kann.«

»Das Ganze ist ja nun gar nicht mehr notwendig.«

»Warum nicht?«

»Weil Sie doch abreisen.«

»Nein.«

»Nein?« das war ein kleiner Jubelruf aus Heidruns Mund.

Das heißt ... ich weiß es noch nicht ... es besteht die Möglichkeit ...«

Er unterbrach sich: »Sagten Sie nicht, daß jemand seine Zimmerbestellung abgesagt hat?«

»Sagte ich das?«

»Ja, ich glaube mich daran zu erinnern, daß Sie das sagten.«

»Ich kann mich aber nicht daran erinnern.«

Das Telefon läutete. Man hörte es aus dem Zimmer, aus welchem auch die Stimme von Frau Feddersen gekommen war. Frau Feddersen hob ab und sagte in Abständen: »Guten Tag, Herr Harder ... Danke, und Ihnen? ... Wir sehen uns ja morgen, nicht? ... Nein? Warum nicht? ... Ach Gott, das tut mir aber leid, Sie sind mit dem Fahrrad gestürzt, dabei soll Radfahren jetzt so gesund sein, sagen Sie und alle Leute ... Da kann man mal wieder sehen, nicht? ... ... Lassen Sie sich deshalb keine grauen Haare wachsen, Herr Harder, wir sind voll, Ihr Zimmer steht Ihnen dann später zur Verfügung ... Ja ... Ja ... Ganz bestimmt, ja ... Rufen Sie uns an, wenn Sie wieder auf dem Damm sind, ja?« Wiedersehen, Herr Harder, gute Besserung.«

Man hörte, wie Frau Feddersen auflegte. Nun konnten Heidrun und Peter auf dem Flur ihr Gespräch wieder ungestört fortsetzen.

»Jetzt erinnere ich mich«, sagte Heidrun.

»An was?« fragte Peter.

»Daran, daß jemand seine Zimmerbestellung rückgängig gemacht hat.«

»Heidrun!« rief Frau Feddersen.

»Ja?«

»Du kannst deine Sachen lassen, wo sie sind. Der Herr Harder aus Hannover kommt nicht.«

»Ist gut, Mutti.«

»Wo steckst du eigentlich? Ich brauche dich.«

»Gleich komme ich.«

Heidrun blickte Peter an, der den Kopf schüttelte.

»Alles klar«, meinte sie. »Sie hörten es selbst: Es hat jemand abgesagt, wie ich es Ihnen mitteilte. Nur mein Erinnerungsvermögen war ganz kurz gestört.«

Peter schüttelte den Kopf noch stärker.

»Darüber sprechen wir noch«, entgegnete er mit gespielter Strenge. »Jetzt müssen Sie zu Ihrer Mutter, das rettet Sie im Moment.«

Das Kurhaus erstrahlte im vollen Lichterglanz. Fast alle Plätze waren schon besetzt. Niemand wollte den ›Ball der Miß Nickeroog‹ versäumen, der darauf angelegt war, zum Höhepunkt der Saison zu werden. Die Menschen waren festlich gekleidet, wie schon bei der Wahl, und erhofften sich einen aus dem Rahmen fallenden Abend, der es ihnen ermöglichen würde, ihn den Bekannten zu Hause in den glühendsten Farben zu schildern, um ihren Neid zu erregen.

Peter Krahn gab die Suche nach einem freien Stuhl bald auf. Entdeckte er einen und steuerte er auf denselben zu, wurde ihm regelmäßig gesagt: »Schon besetzt, tut uns leid.«

Jemand rief ihn: »Herr Krahn!«

Franz Joseph Biechler. Er saß inmitten einer Gesellschaft an einem vollen Tisch nahe der Treppe hinunter zur Bar. Peter nickte grüßend und fragte ihn per Zeichensprache, ob er einen Platz habe. Der Münchner schüttelte auch bedauernd den Kopf, erhob sich jedoch und kam, sich durch Stühle und Tische zwängend, auf ihn zu.

Händeschüttelnd begrüßten sich die beiden.

»Sie sind zu spät dran«, sagte Biechler.

»Verrückter Betrieb«, meinte, herumblickend, Krahn.

»Alle wollen dieses Prachtweib sehen.«

»Die Schönheitskönigin?«

»Natürlich.«

»Sie auch?«

»Freilich«, lachte Biechler. »Der Anblick lohnt sich, wissen Sie. Habe die Wahl schon miterlebt. Eindeutige Sache. Ein Superhase, wie wir Bayern sagen. Könnte auch bei uns jeden Blumentopf gewinnen. Mit dieser eine Nacht ...« Er brach ab und kniff ein Auge zusammen. »Allerdings«, besann er sich, »in meinem Alter, da käme, offen gesagt, das Mäderl vielleicht doch nicht mehr so ganz auf seine Kosten. Aber in Ihrem ...«

Er puffte Krahn, der schwieg, zwinkernd in die Seite und lachte lauthals.

»Warum sagen Sie nichts?« fragte er ihn.

»Denken hier alle so?« erwiderte Krahn.

»Todsicher. Jedenfalls die Männer. Sie hätten die bei der Wahl sehen müssen, wie denen das Wasser im Mund zusammenlief. Und Ihnen wäre es genauso ergangen, dafür garantiere ich. Wahrlich, da haben Sie etwas versäumt.«

»Und Sie haben mir erzählt, hier wäre es nur langweilig.«

»Na ja«, grinste Biechler, »es gibt auch Ausnahmemomente, sonst könnte man es ja wirklich nicht aushalten. Meine Frau –«

Das Wort wurde ihm abgeschnitten. Vom Eingang her ertönten Fanfarenstöße.

»Es geht los«, stieß Franz Joseph Biechler hervor, ließ Krahn einfach stehen und hastete zurück zu seinem Platz.

Peter trat hinter eine Säule, um den Einzug Karins, der sich angekündigt hatte, zu verfolgen. Niemand beachtete ihn, die Aufmerksamkeit aller richtete sich auf den Weg, den ›Miß Nickeroog‹ nehmen mußte. Fotoapparate wurden gezückt, und es war sogar ein Kamerateam des ZDF zur Stelle, um Aufnahmen für die ›Drehscheibe‹ zu machen. Dies erreicht zu haben, war die größte Leistung des Veranstalters Johannes M. Markwart.

Körbe voll Blumen und gesonderte Sträuße schmückten das Podium, auf dem Karin in einem goldenen Thronsessel residieren sollte. Der Pomp war reinster Kitsch, so ganz nach dem Herzen des Publikums.

Peter Krahn lehnte sich an die Säule. Affentheater, dachte er unwillkürlich, und das stellte seinem Geschmack ein gutes Zeugnis aus. Er konnte Karin nicht verstehen. Sieht sie denn nicht, fragte er sich, zu welchem Betrieb sie sich hier hergibt? Spürt sie nicht die Gedanken und Wünsche der Männer, von denen Biechler gesprochen hatte? Ahnt sie nicht, was ihr Vater sagen würde, wenn er hier wäre? Oder was ich mir denke und ich sage? Ist ihr das egal?

Und plötzlich dachte Peter Krahn an ein anderes Mädchen. Wäre dies alles hier mit Heidrun Feddersen möglich? Ich weiß es nicht, mußte er sich eingestehen, aber er glaubte es auch nicht.

Die Kapelle stimmte einen feurigen Einzugsmarsch an. Benito Romana war in seinem Element. Heute war er beim Abendessen vorsichtshalber auch nicht wieder der Versuchung erlegen, sich ein ganzes Eisbein einzuverleiben, sondern er hatte nur eine mittlere Portion Spaghetti mit Tomatensauce verspeist. Das paßte auch besser zu seinem Künstlernamen.

Noch sah Peter Krahn die ›Miß Nickeroog‹ nicht. Sie wurde draußen vom Kurdirektor begrüßt, man hörte vereinzelte Rufe. Einige Pagen in weißen Uniformen mit goldenen Schnüren hatten einen roten Läufer ausgerollt. Der Kameramann begann zu drehen. Ein Reporter sprach routiniert den nötigen Text in sein Mikrofon.

»Affentheater«, hörte da Peter hinter sich eine Stimme, als wäre es seine eigene gewesen.

Erschreckt fuhr er herum und sah unmittelbar hinter sich einen Mann stehen, groß, schlank, braungebrannt, im dunklen Anzug, mit einer weißen Nelke im Knopfloch. Die Hände steckten in den Taschen, die Miene war spöttisch. In den Augen lag ein harter Ausdruck. Tadellose Zähne nagten an der Unterlippe. Dies deutete darauf hin, daß sich der Mann in einem Zustand innerer Erregung befand.

»Wie meinen Sie?« fragte Krahn.

»Verzeihen Sie«, antwortete der Unbekannte, »ich sprach nur mit mir selbst. Ich wollte Sie«, fügte er spöttisch hinzu, »nicht stören in Ihrer Andacht.«

»Sagten Sie ›Affentheater‹?«

»Dieser Ansicht werden Sie zwar nicht sein; trotzdem muß ich gestehen, daß ich es sagte, ja.«

»Dieser Ansicht bin ich aber auch.«

»So?« Das klang überrascht.

»Ich war es sogar schon vor Ihnen.«

»Dann kann ich Sie dazu nur beglückwünschen.«

Der Gesichtsausdruck des Unbekannten hatte sich etwas aufgelockert. Das Harte in seiner Miene trat zurück und machte einer gewissen Freundlichkeit Platz.

Inzwischen war Karins Einzug in vollem Gange. Die Musik steigerte sich, Blitzlichter flammten auf, die Leute hatten sich von ihren Stühlen erhoben, um besser sehen zu können. Im Haar Karins, die nach allen Seiten lächelte und immer wieder huldvoll die Hand hob, blitzte das goldene Krönchen, das man ihr schon bei ihrer Wahl aufgesetzt hatte.

»Ich kann das nicht mehr sehen«, knurrte der Unbekannte.

»Mir reicht's auch«, pflichtete Peter Krahn bei.

»Ich mache Ihnen einen Vorschlag: Gehen wir in die Bar und trinken gemeinsam einen Schluck auf unsere unverkennbare Seelenverwandtschaft. Einverstanden?«

An der Theke kamen sich die beiden rasch näher. Natürlich blieb es nicht bei einem Schluck. Das Gespräch kreiste meistens um die gleiche Person.

Peter Krahn sagte: »Die ist verrückt.«

»Wer?«

»Die Karin.«

»Meinen Sie die?«

Der Unbekannte zeigte dabei mit dem Daumen empor zur Decke, über der eine Etage höher die ›Miß Nickeroog‹ auf ihrem Thronsessel residierte.

»Ja, die«, erwiderte Krahn.

»Das ist sie«, nickte der Fremde.

»Zu Hause ist die ganz anders.«

»Wo zu Hause?«

»Bei uns in Düsseldorf.«

Das schlug bei dem Mann mit der Nelke ein wie eine kleine Bombe.

»Kennen Sie die etwa?«

»Von klein auf.«

»Das sagen Sie jetzt erst?«

»Ihr Vater hätte mich sogar gern als Schwiegersohn.«

Der Unbekannte zuckte etwas zurück.

»Das soll er sich mal aus dem Kopf schlagen. Die paßt nicht zu Ihnen.«

»Meinen Sie?«

»Ganz bestimmt nicht. Sie sagen doch selbst, daß sie verrückt ist.«

Peter Krahn war schon beim dritten Klaren angelangt, zu dem er von dem Fremden ermuntert wurde.

»Wer sie am ehesten wieder auf Vordermann bringen kann, ist ihr Vater. Der würde ihr den Hintern versohlen, wenn er hier wäre«, sagte Peter.

»Ein prachtvoller Mensch, scheint mir.«

»Das Gegenteil von seiner Frau.«

»Kennen Sie die auch?«

»Nur zu gut. Die spinnt total, und zwar von jeher, nicht nur ausnahmsweise, wie die Karin, die ich holen soll.«

»Holen?«

»Dazu bin ich hergeschickt worden.«

»Das müssen Sie mir erzählen. Das interessiert mich. Sie müssen mir überhaupt alles erzählen, was mit dieser Familie zusammenhängt.«

Dagegen sträubte sich aber Peter Krahn noch. Er könne sich gar nicht vorstellen, daß einen Fremden das wirklich interessiert, erklärte er; außerdem wolle er nicht indiskret sein, setzte er hinzu und schlug vor: »Sprechen wir von etwas anderem.«

Der Nelken-Mann ließ einen vierten Klaren auffahren.

»Prost, Herr ...«

»Krahn. Peter Krahn.«

»Angenehm. – Torgau. Walter Torgau.«

»Ich bin Ihnen schon um zwei voraus.«

»Sie irren sich, wir liegen gleichauf.«

»Nee, nee, ich kann doch zählen.«

»Sie sind also hergeschickt worden, um Karin zu holen. Von wem?«

»Von ihrem Vater«, erwiderte Peter. »Aber ich sage Ihnen doch, daß das für Sie uninteressant ist. Unterhalten wir uns lieber über Fußball. Wer wird Deutscher Meister?«

Also immer noch keine Bereitschaft zur Indiskretion auf seiten Krahns. Aber lange hielt er nicht mehr stand.

Beim fünften Schnaps löste sich seine Zunge, und er erzählte alles, was der Mann mit der Nelke von ihm erfahren wollte.

In der Hotelbar waren es fünf Korn gewesen, daran erinnerte sich Peter Krahn. Er erinnerte sich nicht gerade haargenau, wie sollte er dies auch in seinem derartigen Zustand, aber mehr als fünf hatte ihm dieser komische Kerl, wie war der Name noch, ach richtig, Torgau, nicht aufgenötigt – dieser Torgau, der ihn wegen Karin löcherte, der nicht genug bekommen konnte, ihm die Würmer aus der Nase zu ziehen.

Fünf! Kein einziger mehr.

Und jetzt?

Jetzt saß Peter Krahn auf einer umgedrehten, zementverschmierten Schubkarre und versuchte, Antworten auf die ungelösten, unglaublich wichtigen Fragen zu finden, die seinen schmerzenden Schädel zusätzlich marterten.

Frage eins: Wegen fünf Korn kann einer doch nicht derart besoffen sein.

Frage zwei: Wer war der Typ überhaupt? – Unwesentlich. Aber wie konntest du Knallkopf bloß loslegen wie ein angestochenes Faß ... Was hatte der überhaupt für ein Interesse an Karin.

Auch dies – relativ unwesentlich.

Frage drei – und viel wichtiger: Wieso sitzt du eigentlich auf einer Schubkarre? Hierauf war die Antwort einfach: Weil du nicht mehr hochkommst. Weil deine Knie weicher sind als durchgekauter Kaugummi. Weil sich dein Kopf dreht, weil, weil, – oh Gott! ...

Frage vier: Wo hast du dann nachgetankt, Himmel Arsch nochmal, das hast du. Fünf Korn, so was steckst du weg mit links. Oder hat der Typ, dieser Torgau, dir ein Pülverchen hineingegeben? Quatsch. So was gibt's doch nur in Krimis. Nein, du hast getankt. Da war doch was ...?

Da hatte sich ihm, fiel ihm ein, in der ganzen abendlichen Schicki-Micki-Pracht der Kurstraße eine Art menschliche Oase aufgetan. Eine Ecke zwischen zwei Modegeschäften. Ein Baugrundstück. Und darauf stand tatsächlich eine echte Frittenbude, in der es nicht nur Currywürste, Ketchup, Pommes Frites und Hamburger gab, sondern auch noch zwei Flaschen Korn.

Hätte er bloß nach der Currywurst gegriffen. Oder wenigstens nach einem Hamburger. Korn mußte es sein. Schon deshalb, weil ihm die alte Frau, der die Bude gehörte, so heftig an seine Tante Else erinnert hatte, und die war sein Leben lang Peters Lieblingstante gewesen.

Es war auch diese Nickerooger Tante Else, die schließlich energisch den Korken in den Flaschenhals trieb und sagte: »So, jetzt ist Schluß. Wie wollen Sie denn so noch nach Hause kommen, junger Mann.«

»Irgendwie«, hatte Peter gesagt, »vielen Dank auch« und hatte einen ganz passablen Abgang hingelegt. Bis zu der Schubkarre, die wiederum in der Mitte der nächsten Baustelle stand. Er streichelte sie zärtlich. Was wäre er jetzt ohne Schubkarre?

Er streichelte auch die Katze zärtlich, die gerade zwischen den Brennesseln aufgetaucht war und sich neben ihn setzte und miaute. Ihr Fell war weich wie Seide. Mager war sie nicht. Jetzt sah sie ihn an. Hell genug war es ja, um das Katzengesicht zu erkennen: Große Augen in einem weißen Oval.

Wenigstens keine schwarze Katze, dachte Peter ... Und dann: die wenigstens mag dich ...

»Wie heißt du?«

»Miau« sagte die Katze.

»Ich heiße Peter«, sagte Peter, »und ich bin der größte Idiot, der hier rumläuft. Das kannst du mir abnehmen!«

»Miau«, sagte die Katze.

»Soll ich dir was erzählen?«

Aber Peter hatte keine Lust, nochmals mit Karins Wahl zur Königin von Nickeroog zu beginnen.

Er wollte sich zu der Katze bücken, um sie auf seinen Schoß zu heben und es wurde ihm prompt schlecht. Er kämpfte mühsam die Säure nieder, die aus seinem Magen hochstieß und wußte plötzlich, daß da noch was war: Ein anderes Mädchen! Ein Mädchen mit schwarzen Augen und einem freundlichen, um nicht zu sagen verführerischen Lächeln. Ein Mädchen, das ganz gern mochte, daß er in ihrem Haus wohnte. Zu ihr mußte er. Nur, Herrgott nochmal, wo stand dieses Haus eigentlich? Und wie kam er dorthin?

Peter Krahn massierte sich verzweifelt die Schläfen. Das half nicht viel. Immerhin kam er auf die Beine.

»Ciao, ciao Katze, mach's besser als ich. Und erzähl' nie irgendwelchen fremden Leuten von ...«

Von was eigentlich? War das noch wichtig?

Peter konnte nicht nur stehen, er verteidigte sich ebenso heldenhaft wie erfolgreich gegen eine neue Magensäure-Attacke und schaffte den Weg durch die Brennesseln zur Straße. Diese wiederum lag sehr leer vor ihm. Eine schwarze, tote Furt zwischen letzten Neonreklamen und hell erleuchteten Schaufenstern. Zwei Damen auf Fahrrädern zogen vorüber. Sie trugen Strickjäckchen über ihren blauen Service-Kleidern – Mitglieder der Hotel-Putzbrigaden auf dem Heimweg. Sie drehten sich beide nach Peter um. Sie lächelten beide.

Peter hob schwankend die Hand. Ein Lächeln in der Nacht? Es half auch nicht weiter.

Weiter oben am Kurhaus erloschen ebenfalls die Lichter.

Oh Gott! Heidrun. Wo steckst du?! Heidrun? Warum sagst du mir nicht, wie ich zu dir kommen kann? Ich brauche doch ein Bett. Und ein Bad. Und Schlaf brauch' ich. Heidrun – hilf.

Da war keine Heidrun, die half.

So sehr Peter den schmerzenden Kopf auch folterte, ihr Nachname, der Name der Pension wollte ihm nicht einfallen. Irgendwas Norddeutsches.

Das hast du jetzt von der Miß Nickeroog. Die ist schuld. Wo stehen bloß die Taxis. Am Kurhaus. Das schaffst du nie. Deine Beine wollen ja schon wieder nicht.

Kurz vor der Kapitulation, gerade als er sich resignierend auf dem Randstein niederlassen wollte, geschah das Wunder.

Das Wunder hatte drei Räder und töffte gemütlich heran. Es war grün gestrichen. Im Licht der Straßenlampe konnte Peter die Fuhre erkennen. Auch die Aufschrift war lesbar: »Forstamt Nickeroog«.

Er nahm die letzten Kraft- und Mutreserven zusammen und machte einen gewaltigen Schritt auf die Fahrbahn, was ihm überhaupt nicht gut bekam, denn nun sagten die Knie endgültig ihren Dienst auf. So saß Peter nun mit dem Hintern auf der Kurstraße und gab mit der rechten Faust verzweifelt SOS-Zeichen.

Das Dreirad-Ding stoppte.

»Bekloppt oder besoffen?«

In der Frage lag weder Vorwurf noch Hohn. Sie diente einer Feststellung.

»Beides«, gab Peter sachlich zurück.

Aus der winzigen Kabine kletterte ein Mann. Er war ein Hüne. Peter starrte an ihm hoch. Wie der Kerl sich zusammenfalten mußte, um in das Dreirad-Ding reinzupassen, war ihm schleierhaft. Aber da so ziemlich alles schleierhaft und verschwommen war, blieb er unbeeindruckt.

Der Hüne trug ein kariertes Hemd, hatte eine Fischermütze auf dem Schädel und starrte ihn unter buschigen Augenbrauen an.

»Kommst du allein hoch?«

Peter schüttelte wahrheitsgemäß den Kopf.

»Na dann.«

Peter ergriff eine Hand, kam auf die Beine und mußte sofort festgehalten werden.

»Danke.«

Der Hüne rieb sich die Knollennase. »Weit kommst du mit der Fahne nicht.«

»Das ist es ja.«

»Und wo?«

»Wo. Was.«

»Wo du wohnst.«

»Das ist ja«, stöhnte Peter wieder.

»Was ist es ja?«

»Daß ich es nicht weiß. Ich weiß es wirklich nicht«, setzte er kläglich hinzu.

Die Fischermütze wanderte vom rechten aufs linke Ohr. Der Hüne mußte seine Schläfe kratzen. Er schien sehr nachdenklich, soweit Peter das im Lichte der Straßenlampen ausmachen konnte.

»Ich hab' ein Zimmer«, sagte er hastig und ziemlich undeutlich. Was sollte er mit der blöden Zunge. Die stieß ihm beim Sprechen gegen die Schneidezähne. Außerdem lag sie ihm wie ein Stück Gummi im Gaumen. »In 'nem Haus, eine – Pension«, versuchte er zu korrigieren. »Aber mir ist der Name – entfallen.«

Der Hüne schien zu verstehen, zumindest nickte er. Das gab Peter Hoffnung.

»Eines weiß ich, ich meine, einen Namen kenne ich.«

»Ach ja?«

»Den Namen der Tochter.«

»Der Pensions-Tochter?«

Peter nickte eifrig. Er hätte es besser gelassen. Schon wieder setzte dieses Bataillon von Feuerameisen zum Sturm auf seinen Magen und den ohnehin schon schmerzenden Kopf an.

»Und wie ist der Name?«

»Hei – Heidrun«, stammelte er.

»Heidrun Feddersen?«

»Feddersen?« Peter Krahn riß die Augen auf. Seine Stirn legte sich in Falten. Der andere mußte wieder zugreifen. Er schwankte. »Feddersen. – Natürlich. Natürlich Feddersen, das ist es. Oh vielen Dank. Kennen Sie ... kennen Sie die ... kennen Sie die Heidrun?«

»Hier kennt jeder jeden«, beschied ihm der Hüne. »Außerdem ging die Heidrun mit meiner Tochter auf die Schule. Alles kloar? Dann man rauf auf die Nuckel.«

Peter wurde um das sonderbare Gefährt herumgeführt. Eine Ladeklappe schepperte. Zwei Fäuste griffen zu, und er fand sich auf einem Bett aus Tannenreisig wieder.

Der Motor sprang an. Es schuckerte und wackelte. Peter hielt seinen Magen und sprach ihm gut zu. Dabei blickte er hoch in den klaren Nachthimmel, während die sonderbarsten Gedanken sternschnuppenschnell sein Bewußtsein kreuzten. Warum dies alles? Doch nur wegen eines Mädchens, von dem du sowieso nicht weißt, ob sie dich überhaupt will. Franz Joseph Biechler fiel ihm ein: »Warten Sie mal ab, was einem Mann alles geschehen kann, wenn er sich einer Frau ausliefert.«

Naja, dachte Peter in alkoholbeschwingter Erkenntnisfreude: Vielleicht liegt's auch an dir? Wieso hast du den ganzen Auftrag nicht abgelehnt? Hol' mir meine Tochter! Als ginge es um ein Wurstpaket. Und du Idiot läßt dich noch als Paket-Boten mißbrauchen.

Plötzlich war's ganz still. Nichts ratterte mehr, kein Motor brummte.

Eine Stimme rief: »Endstation. Da sind wir.«

Da waren sie. Ein Haus, eine Trauerweide, ein verlorener Gleichgewichtssinn und ein Magen, der sich nur unter Aufbietung aller Kräfte domestizieren ließ.

Doch dann dachte Peter Krahn ganz plötzlich das Wort: »Zuhause«.

Es war ein Wort mit Zaubermacht. Es stimmte ja, dort oben wartete sein Bett. Mit ausgebreiteten Armen und doch irgendwie glücklichem Herzen schwankte er der Tür entgegen.

Paul und Mimmi Fabrici saßen im Wohnzimmer ihres Hauses in Düsseldorf und führten ein kleines Streitgespräch. Der Grundstein dazu war gelegt worden, als Paul gesagt hatte: »Ich möchte nur wissen, warum wir von Peter nichts hören. Der müßte doch die Sache längst im Griff haben.«

Mimmi äußerte nichts, sie lächelte nur still vor sich hin.

»Was gibt's da zu grinsen?« fragte er sie grob.

»Darf ich mich nicht freuen?«

»Über was?«

»Über meine Tochter.«

»*Unsere* Tochter, meinst du wohl?«

»Sie wird, scheint mir, ganz schön fertig mit dem. Das hast du wohl nicht erwartet, was?«

»Erwartet habe ich, daß der sich als Mann entpuppt und nicht als Schlappschwanz.«

»Was will er denn machen gegen Karins kalte Schulter, wenn sie sie ihm zeigt?«

»Morgen rufe ich ihn an, falls sich noch nichts gerührt haben sollte.«

»Hast du seine Nummer?«

»Die erfahre ich von seinem Vater.«

»Hoffentlich.«

Mimmi sagte dies in einem gewissen Ton, der untrüglich darauf schließen ließ, daß sie das genaue Gegenteil erhoffte.

»Warum soll ich die von ihm nicht erfahren?!« brauste Paul prompt auf, verstummte jedoch dann, weil er spürte, daß er sich hier in der schwächeren Position befand. Er steckte sich eine Zigarre in den Mund und griff nach der Zeitung, deren Kreuzworträtsel er heute noch nicht gelöst hatte. Dies tat er nämlich sehr gern. Allerdings gelang es ihm nur selten, einer vollständigen Lösung nahezukommen. Meistens blieb er schon auf halber Strecke hängen, was seiner Leidenschaft freilich keinen Abbruch tun konnte. Das macht ja den wahren Kreuzworträtselfreund aus: seine Unverdrossenheit.

»Ein römischer Geschichtsschreiber mit fünf Buchstaben?« fragte er.

Mimmi überlegte. »Cäsar«, sagte sie, »hat fünf Buchstaben, aber er war kein Geschichtsschreiber.«

» ... sondern der Hund von unserem Nachbarn, als wir noch in Ratingen wohnten«, fiel Paul sarkastisch ein. »Wozu liest du eigentlich dauernd? Die Schreiberlinge sind doch deine Freunde?«

Mimmi würdigte ihn keiner Antwort mehr. Eine Weile blieb es still. Dann rührte sich Paul wieder.

»Ein Speisefisch mit drei Buchstaben?«

»Aal.«

»Eben nicht. So schlau wäre ich selbst auch gewesen. Der letzte Buchstabe ist ein i.«

Mimmi überlegte nur kurz.

»Hai.«

Paul schwankte, ob er aufschreien oder sanft ironisch reagieren sollte. Er entschied sich für letzteres. Sanfte Ironie ist oft viel wirksamer als Gebrüll.

»Meine liebe Frau«, sagte er, »der Hai hat schreckliche Zähne, die schrecklichsten überhaupt, und frißt andere Fische. Deshalb ist er ein ... was?«

»Raubfisch, meinst du?«

»Ja, meine liebe Frau, das meine ich nicht nur, sondern das weiß ich. Er ist ein Raubfisch und kein Speisefisch.«

»Aber so ganz unrecht habe ich nicht.«

»Wieso?«

»Ich erinnere dich an die Haifischflossensuppe und die Haifischsteaks.«

Nun blieb Paul Fabrici stumm.

»Außerdem ist doch der letzte Buchstabe ein i, sagst du«, bekräftigte Mimmi.

Zuletzt blieb ihrem Mann nur bohrender Zweifel an der Richtigkeit dieses i übrig, das er selbst zu verantworten hatte im Zuge der von ihm bereits niedergeschriebenen Lösungswörter.

Als es Zeit für die ›Drehscheibe‹ wurde, fragte Mimmi: »Hast du etwas dagegen, daß ich den Fernseher einschalte?«

Paul brütete noch über dem verdammten i, er blickte nicht auf. Mimmi erntete aber von ihm einen Brummlaut, der als Zustimmung gelten konnte.

Der erste Bericht im Fernsehen handelte von Hilfsmaßnahmen, die für die Opfer eines Erdbebens in Anatolien eingeleitet wurden.

»Guck mal«, sagte Mimmi, »die hat eine neue Frisur.«
Sie meinte die Moderatorin.

Das Erdbeben hatte mehr als 3000 Tote gefordert.

»Ich komm' nicht drauf«, ärgerte sich Paul. »Erinnere mich an die Auflösung in der morgigen Nummer.«

»Vorher hat mir die besser gefallen, was meinst du? Jetzt finde ich den ganzen Schnitt einfach zu kurz. *So* jung ist die auch nicht mehr.«

Im Fernsehen sang dann ein Kinderchor aus Japan, der auf Europa-Tournee war.

»Niedlich!« rief Mimmi entzückt. »Wenn die noch klein sind, gefallen mir sogar die Schlitzaugen! Dir nicht auch, Paul?«

»Den römischen Geschichtsschreiber«, antwortete Paul, »habe ich bis auf einen Buchstaben, den letzten. Die anderen vier sind: n-e-p-o. Er muß also heißen: Nepom oder Nepon oder Nepor oder Nepos oder Nepot –«

»Paul!« schrie Mimmi.

Der Ruf war so laut, daß Mimmis Gatte aufblickte.

»Was denn?«

»Die Karin!«

Pauls Blick folgte dem Fingerzeig Mimmis auf den Bildschirm und saugte sich an diesem fest. In der dritten Reportage der ›Drehscheibe‹ war ›Miß Nickeroog‹ an der Reihe.

Die Moderatorin sagte: »Urlaubszeit – Zeit der ›Miß-Wahlen‹. Das erleben wir jedes Jahr. An jedem besseren Ort, dessen Haupteinnahmequelle der Fremdenverkehr ist, finden solche Konkurrenzen statt. Den Gästen muß etwas geboten werden. Tagsüber steigen sie auf die Berge oder schwimmen im Meer – je nach der Region, in der sie sich aufhalten; abends aber droht ihnen die Langeweile. Und das darf nicht sein. Die Leute in den Verkehrsämtern zerbrechen sich die Köpfe über Vorbeugungsmaßnahmen, sie werden dafür auch bezahlt – und sie kommen immer wieder auf dasselbe: die Wahl einer Miß oder – auf deutsch

– einer Königin. So ziemlich den höchsten Bekanntheitsgrad haben schon die diversen Weinköniginnen erreicht, etwa die fränkischen oder pfälzischen; die Hopfenkönigin der Hallertau folgt ihnen auf dem Fuße. Zahlreich sind also die alljährlichen Schönheitsköniginnen. Trotzdem gibt es auch noch bedauerliche Lücken, die nicht zu übersehen sind. Um nur zwei Beispiele zu nennen: es fehlt immer noch die regelmäßige Wahl einer ›Reeperbahnkönigin‹ oder einer ›Miß Oktoberfest‹. Worüber wir uns jedoch schon seit Jahren freuen dürfen, ist die ›Miß Nickeroog‹. Eine ganze Reihe schöner junger Damen ist schon in die Geschichte jener kleinen Insel vor unserer Nordseeküste eingegangen. Wie alle Jahre fand auch heuer wieder die Wahl statt, die jeder Saison die Krone aufsetzt. Ein Kamerateam des ZDF war dabei. Der folgende Bericht ist von Wilhelm Wedemeyer ...«

Ein schwerer Laut des Ächzens drang aus dem Mund Paul Fabricis. Mimmi hingegen strahlte. Hektische rote Flecken waren auf ihren Wangen erschienen. Sie konnte kaum atmen vor innerer Spannung. Gebannt starrte sie auf den Bildschirm, auf dem während des ganzen Textes der Moderatorin ein statisches Bild von der gekrönten Karin zu sehen war. Als die Moderatorin verstummte, setzte der Film, den man gedreht hatte, ein, und die Bilder mit Karin als Mittelpunkt wurden lebendig.

»Ich werde wahnsinnig«, stöhnte Paul Fabrici.

Mimmi guckte fasziniert.

»Hast du dir das angehört, was die von sich gab?« war Paul zu vernehmen.

»Wer?«

»Die Ansagerin. Das war doch ein einziger Kübel voll Hohn und Spott von der.«

»Ach die! Sieh dir doch die Frisur von der an, dann weißt du Bescheid!«

»Aber recht hat sie!« fing Paul zu brüllen an. »Hundertprozentig recht! Das Ganze ist ja auch ein Zirkus, wie man sich ihn nicht übler vorstellen kann! Und das mit meiner Tochter!«

»Mit *unserer* Tochter«, benützte Mimmi die Gelegenheit, sich einmal zu revanchieren.

Paul sprang auf und stampfte durchs Zimmer.

»Ich werde wahnsinnig«, wiederholte er dabei.

Inzwischen lief schon der Text des Reporters Wilhelm Wedemeyer.

»... ein rheinisches Mädchen, entzückend anzusehen und hochintelligent, wie wir unseren Zuschauern versichern können ...«

»Hochintelligent?« schrie Paul Fabrici außer sich. »Du Arschloch!« titulierte er den Mann, von dem nur die Stimme zu hören war. »Saublöd ist die! Das beweist sie doch mit dem, was sie treibt, du Vollidiot!«

»Paul!«

»Ich schreibe denen in Mainz einen Brief, den sie sich ...«

Er holte keuchend Atem und war so wütend, daß er, als er fortfuhr, nicht den berühmten Spiegel anführte, sondern sagte: » ... in den Arsch stecken können!«

»Paul!!!«

Das ergab natürlich einen ganz falschen Sinn, was Paul da gesagt hatte, aber trotzdem wiederholte er es: »In den Arsch, jawohl!«

»Mäßige dich, Paul, ich bitte dich!«

Ein Teil von Wedemeyers Text wurde wieder verständlich.

»... habe ich mit Einheimischen gesprochen, mit alten Nickeroogern, denen nach Friesenart jedes Wort eher aus der Nase gezogen werden muß, als daß sie es einem nachwerfen, ja, und die sagten mir, daß sie noch keine solche ›Miß Nickeroog‹ erlebt haben. Schon bei ihrer Ankunft auf der Insel war jedem klar, wie die Wahl in diesem Jahr nur enden könne ...«

Paul fiel wieder auf seinen Stuhl.

»Mimmi«, stöhnte er, »mach den Kasten aus!«

»Nein.«

»Schalt ihn ab! Das ist doch dasselbe Gequatsche wie von dem Weibsbild!«

»Psst«, machte Mimmi. »Ich möchte alles hören, es geht doch um Karin. Ich verstehe nicht, daß dich das nicht interessiert.«

»Mich nicht interessiert?!« schrie Paul. »Und wie mich das interessiert! Gerade deshalb halte ich den nicht mehr aus«, fügte er unlogisch hinzu, sprang auf, rannte zum Fernsehapparat und schaltete ihn ab.

Mimmi fing sofort an zu weinen.

Paul stampfte wieder auf und ab, blieb kurz stehen, schüttelte den Kopf, sagte: »Wie man sich in einem Menschen nur so täuschen kann ...«

Mimmi, zutiefst getroffen, weinte nur.

»Über meine Schwelle braucht mir ein solches Arschloch nicht mehr zu kommen«, fuhr Paul Fabrici erbittert fort.

In Mimmi bäumte sich etwas auf.

»Das wird ja immer toller!« rief sie unter Schluchzen. »Du kannst doch deshalb nicht deine Tochter verstoßen! Kennst du denn überhaupt keine Grenzen mehr?«

»Ich rede doch nicht von Karin, du dumme Gans!«

»Von wem dann?«

»Von Peter Krahn, diesem Scheißkerl.«

Die Kriterien Mimmis, wenn sie an den jungen Mann dachte, waren zwar andere als die ihres Gatten, aber da sie sich mit denen Pauls im Resultat nunmehr trafen, erhob Mimmi keinen Widerspruch.

»Ich habe ihm doch gesagt, wie er vorgehen soll«, fuhr Paul fort. »Ganz eindeutig habe ich ihm das gesagt.«

Mimmis tränennasser Blick haftete wieder an der blind gewordenen Bildscheibe, während Paul schloß: »Aber der hat wohl Angst vor der eigenen Courage bekommen, als er vom Schiff ging. Nee, nee, einen solchen Schwiegersohn kann ich nicht haben. Gott sei Dank, daß sich das noch rechtzeitig herausgestellt hat. Wenn ich einmal die Augen zumache, muß ein Mann in meine Fußstapfen treten, der sich überall durchsetzen kann, privat und geschäftlich, sonst sehe ich für die Firma schwarz.«

»Kann ich den Apparat wieder einschalten?« fragte Mimmi, sich mit dem Taschentuch die Tränen trocknend.
»Nein!«
»Bitte.«

Paul Fabrici hob die Faust, um sie auf den Tisch niedersausen zu lassen, ließ sie jedoch auf halbem Wege in der Luft stehen, hielt sie einen Augenblick still, öffnete die Finger und winkte schroff und verächtlich in Richtung Fernseher.

»Von mir aus.«

Unglaublich behende löste sich Mimmi von ihrem Sessel und drückte die Taste, die ihr Karin wieder ins Zimmer zauberte. Karins Einzug in den Saal des Kurhauses war aber schon vorüber. Sie saß bereits auf ihrem Thron, umschwärmt von Männern, die zur Prominenz der Insel gehörten.

Die Stimme des Reporters sagte soeben: » ...sseldorf kann stolz sein auf ein solches Aushängeschild vom Ufer des deutschesten aller Ströme. Dieser Versicherung gab mir ein trefflicher alter Herr hier, gewiß kein Nationalist, wie man vielleicht meinen könnte, sondern ein alter Reitersmann, auch das sagte er mir selbst, der viel gesehen hat in seinem Leben und von sich sagen kann, nicht nur von Adel der Geburt, sondern auch der Gesinnung zu sein, weshalb er zwischen falscher und echter weiblicher Schönheit zu unterscheiden weiß. Die ›Miß Nickeroog‹ dieses Jahres, behauptete er, übertrifft alle ihre Vorgängerinnen; eine Filmkarriere scheint ihr gewiß. Nun ...«

»Mimmi«, übertönte Pauls Stimme wieder die des Reporters, »wird dir denn das nicht auch zuviel? Dieser Scheißdreck?«

»Im Gegenteil, ich bin ja so glücklich, unsere Karin macht Karriere –«

»Wo denn?« fiel er ihr ins Wort.

»Beim Film, das hörst du doch.«

Paul verdrehte die Augen.

»Du glaubst wohl jeden Mist, den man dir erzählt?«

Mimmi hörte gar nicht hin.

»Oder beim Fernsehen«, sagte sie selig. »Wenn nicht bei dem einen, dann bei dem anderen; so geht das doch heutzutage.«

Wieder die Stimme des Reporters: »Nickeroog hat seinen großen Tag, seinen großen Abend. Die Königin sitzt auf ihrem Thron, schwingt ihr Zepter, und die Untertanen jubeln ihr zu, vor allem die Männer –«

»Ja, schlafen wollen die alle mit ihr!« grollte Paul Fabrici.

»Ein junges Mädchen«, schloß Wilhelm Wedemeyer, »hat das Tor zu einer neuen Welt für sich aufgestoßen.«

»So hör das doch, Paul«, meinte Mimmi.

Aber er zeigte mit dem gestreckten Finger auf den Apparat, aus dem die Reporterstimme kam, und schrie:

»Frag ihn doch, dieses Arschloch, wie viele dieser Nikkerooger Missen schon Karriere beim Film oder Fernsehen gemacht haben! Frag ihn! Nicht *eine*, behaupte ich! Keine einzige!«

»Woher willst du denn das wissen?«

»Das ist allgemein bekannt. Nur deine russischen Dichter, von denen du dich gegenwärtig wieder besoffen machen läßt, scheinen davon keine Ahnung zu haben, nehme ich an.«

Mimmi gedachte den fruchtlosen Streit zu beenden, indem sie würdevoll sagte: »Zu Zeiten Dostojewskis und Tolstois gab es noch keinen Film und erst recht kein Fernsehen, deshalb konnten die darüber auch noch nichts schreiben, das ist klar.«

Auf dem Bildschirm flimmerten schon die Aufnahmen von einer Modenschau in Rom.

Paul Fabrici blickte seine Frau an. Sekundenlang. Er öffnete den Mund, wollte etwas sagen, schloß ihn aber wieder und meinte nur: »Es hat ja doch keinen Zweck.«

Dann ging er aus dem Zimmer. Mimmi hörte ihn draußen im Flur die Treppe hinaufsteigen.

Die Modenschau zeigte, daß die Verrücktheiten der Italiener denen der Franzosen nicht nur hart auf den Fersen waren, sondern daß sie sie schon eingeholt hatten. Mimmi fand die Kleider ›himmlisch‹ und vergaß dabei ganz, daß nicht einmal die Hälfte von ihr in eines dieser Modelle hineingepaßt hätte.

Paul Fabrici rief von oben herunter nach dem Dienstmädchen. Als Mimmi das hörte, wurde sie besorgt, denn im allgemeinen hielt Paul sich an sie, wenn er etwas brauchte. Überging er sie, dann führte er etwas Besonderes im Schilde. Während Mimmi noch nachdachte, hörte sie das Dienstmädchen die Stufen hinauflaufen.

Die Modenschau war zu Ende. Als nächstes folgte ein Bericht über die Ausbildung Behinderter in einer speziellen Werkstatt.

Ach Gott, dachte Mimmi, die Armen. Schon wieder, man kann sie gar nicht mehr sehen. Mir tun sie ja so leid, aber die ewigen Bilder über sie können einem auch lästig werden. Das soll nicht heißen, daß ich gegen die ›Aktion Sorgenkind‹ bin. Im Gegenteil.

Sie erhob sich, schaltete den Apparat ab, verließ den Raum, um nach ihrem Gatten zu sehen, und fand ihn oben im Schlafzimmer vor dem offenen Kleiderschrank, aus dem er einzelne Stücke herausnahm und sie aufs Bett warf. Sie wurden vom Dienstmädchen aufgenommen und im Koffer verstaut, der am Fußende des Bettes lag.

»Was machst du?« fragte Mimmi, auf der Schwelle stehend, ihren Mann.

»Packen.«

»Wohin willst du?«

»Nach Nickeroog, für Ordnung sorgen.«

»Aber —«

»Denkst du, ich lasse das so weiterlaufen? Dann kennst du mich schlecht. Du und Karin, ihr beide kennt mich dann schlecht.«

Mimmi gab dem Dienstmädchen ein Zeichen, das Schlafzimmer zu verlassen. Als das geschehen war, sagte sie: »Paul, ich warne dich. Du läufst Gefahr, dich dort nur zu blamieren. Die Karin hat ihren eigenen Kopf, das weißt du doch, den sie durchzusetzen pflegt, auch dir gegenüber.«

»Diesmal nicht, dafür garantiere ich.«

»Was willst du denn machen, wenn sie sich dir nicht fügt?«

»Ihr ein paar hinter die Löffel hauen, daß ihr das Feuer aus den Augen springt.«

Mimmi legte sich die Hand auf die Brust.

»Bist du wahnsinnig? Sie ist erwachsen!«

»Das ist mir egal. Ich habe mir lange genug von ihr auf der Nase herumtanzen lassen. Das war ein Fehler, wie sich jetzt zeigt. Wir hätten ihr schon diese Schnapsidee, allein in Urlaub zu fahren, austreiben müssen, dann wäre die ganze Sauerei nicht so gekommen. Jedes zweite Wort von ihr ist schon seit Jahren ›Emanzipation‹. Jetzt hat sich's ausemanzipiert, dafür werde ich sorgen. Ganz Düsseldorf lacht über uns, jedenfalls diejenigen mit Verstand.« Paul hob den Zeigefinger. »Die kommt mit mir nach Hause, und hier wird das auch anders! Entweder fängt sie umgehend wieder an zu studieren, oder sie beginnt eine kaufmännische Lehre, die einmal dem Geschäft zugute kommen kann. Das werde ich ihr klarmachen.«

»An eine dritte Möglichkeit denkst du überhaupt nicht?« antwortete Mimmi.

»An welche?«

»Daß sie heiratet.«

»Wen denn?« regte sich Paul schon wieder auf. »Etwa einen von den Schnöseln auf dieser Scheißinsel, die nichts zu tun haben, als nur im Sand herumzuliegen, sich die Sonne auf den Bauch scheinen zu lassen und zu überlegen, welches der Weiber sie als nächste vernaschen können? Auch deine Tochter, vergiß das nicht. Sie ist ja mit den besten Voraussetzungen hingefahren. Mit einem Haufen Pillen. Aber so einer käme mir gerade recht als Schwiegersohn.«

Er wandte sich wieder dem Schrank zu, griff hinein und zerrte eine Hose heraus. Zwei andere lagen schon auf dem Bett.

»Nimmst du mich mit, Paul?«
»Wohin? Nach Nickeroog?«
»Ja.«
»Nein, du würdest nur stören.«

Mimmi wußte, wann bei ihrem Mann sozusagen der Zug abgefahren und jedes weitere Wort in den Wind gesprochen war.

»Dann laß mich wenigstens deinen Koffer packen«, sagte sie deshalb. »Das sieht ja hier aus, als ob du eine mehrwöchige Geschäftsreise antreten wolltest. Zu was brauchst du drei Hosen? Oder willst du länger dort bleiben?«

»Keine unnötige Stunde länger.«

»Na also, dann genügt doch eine Reisetasche für alles. Was willst du mit dem Riesenkoffer?«

Paul Fabrici blickte zwischen seiner Frau und dem aufgeklappten, halbvollgepackten Koffer hin und her.

»Mach du das«, knurrte er dann und folgte dem Dienstmädchen, das draußen das Ohr an die Tür gelegt hatte, um sich nichts von der ehelichen Auseinandersetzung entgehen zu lassen, und sich um ein Haar zu spät von der Tür gelöst hätte.

Karin Fabrici hatte fast den ganzen Tag nach dem Abend und der Nacht ihres Balles als ›Miß Nickeroog‹ verschlafen. Es war sehr anstrengend gewesen, man hatte sie hundertmal zum Tanzen geholt, bis in die frühen Morgenstunden hinein. Nur einer war nicht aufgetaucht, um mit ihr übers Parkett zu schweben, und gerade auf ihn hatte sie so sehr gewartet. Vergeblich.

Und das Herz war Karin schwer geworden. Sie zweifelte nicht daran, daß sie den Mann nie mehr sehen würde; er war abgereist, das stand für sie fest. Als der Ball endlich vorüber war, hatte sie sich vom Portier ihres Hotels eine starke Schlaftablette aushändigen lassen, ohne die es ihr trotz ihrer Müdigkeit nicht möglich gewesen wäre, den dringend benötigten Schlaf zu finden.

Am Spätnachmittag erwachte sie. Man hatte sie schlafen lassen. Der Rummel um sie war am Abflauen. Der Tag eines Filmstars lag hinter ihr, der festliche Ball auch; die Interviews jagten einander nicht mehr; Kosmetikerin meldete sich keine.

Karin stand im Bad vor dem Spiegel und betrachtete gähnend ihr Gesicht, als das Telefon läutete.

»Laßt mich doch in Ruhe«, murmelte sie vor sich hin und schlurfte zum Apparat. Sie war noch im Nachthemd.

»Ja?« meldete sie sich.

»Karin!«

»Mutti!«

Mimmis Stimme war natürlich sofort erkannt worden.

»Kind, was ist mit dir? Ich habe schon hundertmal versucht, dich zu erreichen, aber es wurde nicht abgehoben, obwohl man mir sagte, daß du auf deinem Zimmer seist.«

»Ich habe wohl nichts gehört, habe ganz tief geschlafen, Mutti.«

»Ich ließ es minutenlang läuten. So tief kann man nicht schlafen.«

»Wenn man eine Tablette genommen hat, schon.«

»Eine Tablette?« erschrak Mimmi. »Seit wann brauchst du zum Schlafen Tabletten?«

»Nur ausnahmsweise eine. Die Aufregung hier, weißt du ...«

»Dir steht eine noch größere bevor, deshalb rufe ich an.

»Ich verstehe dich nicht, was ist los? Ist etwas passiert bei euch?«

»Ja.«

»Mach mich nicht bang«, stieß Karin hervor. »Was denn?«

»Vati hat durchgedreht.«

»Durchgedreht? Wie denn?«

»Er hätte um ein Haar den Fernseher kaputtgeschlagen, als wir dich in der ›Drehscheibe‹ erlebten.«

Karin fand das spaßhaft und kicherte, doch ihre Mutter sagte rasch: »Lach nicht, Kind, die Sache ist todernst. Er ist auf dem Weg zu dir, und ich wollte dich darauf vorbereiten. Ich mußte ihm gestern abend noch die Reisetasche packen. Wenn er nicht heute morgen und am Vormittag noch einmal im Geschäft aufgehalten worden wäre, hättest du ihn längst am Hals. Aber jetzt mußt du stündlich mit ihm rechnen.«

»Na und?«

»Kind«, seufzte Mimmi, »nimm das nicht auf die leichte Schulter. Du wirst einen ganz neuen Vater kennenlernen.«

»Aber Mutti, seit wann glaubst du, mir vor Vati Angst machen zu müssen?«

»Seit gestern.«

»Ach was, den wickle ich doch um den Finger, wie immer.«

»Nicht mehr, Karin. Es ist etwas geschehen ihn ihm, ich weiß auch nicht, was. Jedenfalls hat ihn deine ›Miß Nikkeroog‹-Geschichte völlig verwandelt, in Raserei versetzt. Er hatte quasi Schaum vorm Mund, glaub mir.«

»Aber warum denn?«

»Frag mich nicht, vernünftig ist ja mit ihm nicht zu reden.«

»Und du? Was hältst du von meiner Wahl? Warst du nicht stolz auf mich?«

»Ursprünglich ja, sehr stolz, aber inzwischen ist mir das vergangen.«

»Seid ihr denn alle verrückt, Mutti?«

»Warte, bis du deinen Vater erlebt hast, dann reden wir weiter.«

»Ich lasse mich von dem nicht terrorisieren. Diese Zeiten sind vorbei. Ich bin –«

»Karin«, unterbrach Mimmi ihre Tochter direkt flehenden Tones, »ich bitte dich inständig, gerade diesen Standpunkt diesmal ihm gegenüber nicht zu vertreten. Das könnte eine Katastrophe geben.«

»Welche Katastrophe? Du tust ja so, als ob Gefahr drohe, daß er sich an mir vergreift.«

»Eben.«

»Waaas?«

Karin war erschüttert. Eine Ungeheuerlichkeit stand ihr vor Augen. Mit einem Schlag begriff sie den Ernst der Lage, wenn sie sich auch den Grund nicht erklären konnte und wohl nie würde erklären können.

»Was will er denn überhaupt?« fragte sie.

»Daß du sofort mit ihm nach Hause kommst.«

»Dann soll er mir das in ruhiger Form erklären, und ich überlege es mir. Wenn er mich aber anfaßt, ist alles vorbei, und er sieht mich nie wieder.«

»Karin!« rief Mimmi Fabrici entsetzt in die Muschel. »Und ich? Was ist mit mir? Soll dadurch auch ich mein Kind verlieren?«

»Wir können uns treffen.«

»Nein!«

»Du mußt einsehen, Mutti, daß ich unter solchen Umständen nicht mehr nach Hause kommen könnte.«

»Wenn das passiert«, fing Mimmi am Telefon zu weinen an, »sterbe ich. Und du wärst dafür verantwortlich, Karin.«

»Ich?«

»Ja, du.«

»Aber –«

»Weil du ihm nicht nachgibst. Nur einmal nicht nachgibst. Darum geht's doch.«

»Mutti«, seufzte Karin.

»Ein einziges Mal. Diesmal eben.«

»Mutti ...«

»Aber ich kann dich dazu nicht zwingen«, schluchzte Mimmi. »Und jetzt muß ich auflegen, ich bin nicht mehr imstande –«

»Einen Moment, Mutti!«

»Ja?«

»Vater ist ein Scheusal!«

»Das will ich nicht bestreiten, mein Kind, aber wir lieben ihn beide, und wenn du das wahrmachst, was du angedroht hast, bringst du auch ihn ins Grab, darüber mußt du dir im klaren sein. Er könnte es nicht verwinden.«

»Auch du bist ein Scheusal, Mutter!«

»Nein, mein Kind.«

»Eine Erpresserin!«

»Die dich abgöttisch liebt, genau wie dein Vater.«

»Eines sage ich dir, Mutter ...«

»Was?«

»Wenn ich nach Hause komme, sperre ich mich drei Tage in meinem Zimmer ein und spreche kein Wort mit euch beiden.«

»Karin!« jubelte Mimmi. »Von mir aus vier Tage, aber ich sehe die Möglichkeit nicht, daß du diese Idee verwirklichen kannst.«

»Wer will mich daran hindern?«

»Dein Vater.«

»Schon wieder!«

»Du kennst ihn doch. Gewalttätig, wie er ist, wird er deine Tür einrennen, um dich an seine Brust zu ziehen.«

»Ach Mutti«, seufzte Karin wieder. »Ihr zwei ...«

»Noch eine letzte Bitte, mein Kind ...«

»Welche?«

»Sag deinem Vater nicht, daß ich dich angerufen und präpariert habe. Er ist ein Scheusal, weißt du. Hast du doch selbst gesagt?«

»Du bist auch eines.«
»Sonst würde ich doch nicht zu deinem Vater passen.«
»Wiedersehen, Mutti.«
»Wiedersehen, mein Liebling, ich küsse dich.«
»Ich dich auch.«

Karin legte auf und neigte dazu, noch einmal ins Bett zu gehen und dieses Telefongespräch zu überdenken. Vater war also im Anmarsch, als eine Art wildgewordener Stier. Vorsicht war demnach geboten, wenn Mutter nicht übertrieben hatte. Diesen Anschein hatte es jedenfalls nicht gehabt.

Ins Bett ging Karin nicht mehr. Ich bin ja noch gar nicht angezogen, fiel ihr ein. Außerdem war sie durch das läutende Telefon unterbrochen worden, als sie im Bad Toilette gemacht hatte. Dieses Werk mußte also auch noch vollendet werden.

Was mache ich jetzt? fragte sich Karin. Gehe ich noch ans Meer, zum Baden? Besser nicht, mein leerer Strandkorb würde nur schmerzliche Erinnerungen in mir aufwühlen. Erinnerungen an ihn ...

Auf jeden Fall, sagte sie sich, muß ich beim Portier hinterlassen, wo ich zu erreichen bin, wenn Vater eintrifft.

Sie legte nur hauchdünn Puder auf, zog die Lippen nach, schlüpfte in ein hübsches Leinenkleid und sah aus wie die Karin Fabrici vor dem ganzen Miß-Rummel.

Also, was mache ich jetzt? fragte sie sich noch einmal. Und dann überstürzten sich die Ereignisse ...

Das Telefon läutete wieder.

»Ja?«

»Gnädiges Fräulein« – der Portier war das – »ein Herr ist bei mir, der fragt, ob er Sie sehen kann.«

Schon Vater? Das ging aber schnell, dachte Karin und sagte: »Natürlich. Schicken Sie ihn rauf.«

»Auf Ihr Zimmer?«

»Ja. Wohin sonst?«

»Sie kommen nicht herunter?«

Karin wurde ärgerlich.

»Was wollen Sie damit sagen? Hat man hier im Hause vielleicht etwas dagegen, daß mein Vater zu mir auf mein Zimmer kommt?«

»Ihr Vater?«

»Ja. Hat er Ihnen das nicht gesagt?«

»Nein. Ich hätte ihm das auch nicht geglaubt.«

»Wieso nicht?«

»Weil er Sie dann wohl etwas zu früh als Tochter hätte bekommen müssen, gnädiges Fräulein«, antwortete der Portier, und man konnte fast durch das Telefon sehen, wie er sich dabei zu grinsen erlaubte.

»Herr Kabel«, erklärte Karin nun etwas umständlich, »ich erwarte meinen Vater, daher das Mißverständnis, das sich zwischen uns ergeben hat. Der Herr, der sich bei Ihnen befindet, ist also ein anderer?«

»Ja.«

»Und warum sagen Sie mir nicht, wer er ist?«

»Verzeihen Sie, das wollte ich ja, aber Sie ließen es nicht dazu kommen, gnädiges Fräulein.«

»Sein Name?«

»Krahn.«

»Peter Krahn?« fragte Karin überrascht.

»Einen Moment, seinen Vornamen hat er mir noch vorenthalten ...«

Karin vernahm, wie der Hörer abgelegt wurde, wie zwei Männer undeutlich ein paar Worte miteinander wechselten, und dann kam auch schon wieder die Stimme des Portiers.

»Gnädiges Fräulein ...«

»Ja.«

»Ihre Vermutung trifft zu. Es handelt sich um Herrn Peter Krahn.«

»Rauf mit ihm!« rief Karin spontan, korrigierte sich jedoch rasch: »Ich wollte sagen, schicken Sie ihn bitte herauf zu mir, Herr Kabel. Auch gegen ihn bestehen keinerlei Bedenken. Wir sind eine Art Nachbarskinder. Er wird mir nichts antun.«

»Sehr wohl, gnädiges Fräulein.«

Als Peter Krahn den Lift verließ, stand Karin schon vor ihrem Zimmer auf dem Flur und winkte ihm. Sie freute sich sichtlich und nahm ihn mit der Frage in Empfang: »Was machst du denn hier, Peter?«

Seine Verlegenheit war nicht zu übersehen. Erst als sich die Tür zu Karins Zimmer hinter ihnen geschlossen hatte und er auf einem Stuhl saß, antwortete er: »Ich komme von deinem Vater.«

»Von wem? Der wollte doch selbst kommen?«

»Dein Vater?«

Bei dem Dialog der beiden war einer erstaunter als der andere.

»Ja«, nickte Karin.

»Wer sagt das?« fragte Peter.

»Meine Mutter. Sie hat mich vor einer halben Stunde angerufen und mir mitgeteilt, daß er praktisch jeden Augenblick hier auftauchen kann.«

Peter schüttelte den Kopf.

»Das verstehe ich nicht.«

»Warum nicht?«

»Ich sage dir doch, daß er mich zu dir geschickt hat.«

»Wann?«

»Vor zwei Tagen ... nein, vor drei ... oder doch ... ich bin schon ganz durcheinander ...« Er brach ab, machte eine wegwerfende Geste und sagte: »Ist ja egal. Jedenfalls war das seine Idee.«

»Und was sollst du hier bei mir?«

»Dich holen.«

»Mich holen?«

Er nickte.

»Mit welchem Recht?« fragte ihn Karin.

Er blickte zu Boden. Dort blieb sein Blick haften.

»Das mußt du deinen Vater fragen«, brachte er schließlich hervor.

Karin hatte nicht lange nachzudenken. Ein Licht ging ihr auf. Das war gar nicht schwierig aufgrund der zahlreichen einschlägigen Gespräche, die schon in der Familie Fabrici stattgefunden hatten.

»Etwa mit dem Recht meines zukünftigen Mannes?« fragte sie.

»Ja«, erwiderte er, aufschauend und erleichtert davon, daß Karin ihm dieses Geständnis abgenommen hatte.

»Unsinn!« Karin glaubte, daß der Augenblick gekommen war, ein für allemal ein klärendes Wort zu sprechen, auch wenn dies Peter schmerzen sollte. »Wir sind nicht füreinander geschaffen. Mein Vater macht sich diesbezüglich absolut falsche Vorstellungen. Ich finde dich furchtbar nett, Peter, sehr sympathisch, aber lieben kann ich dich nicht. Ich hoffe, du bist mir nicht böse, wenn ich dir das so unumwunden sage, doch es geht nicht anders. Ich möchte keine Illusionen – falls es sie gibt – in dir nähren.«

So, nun war es heraus. Auch Karin spürte ein Gefühl der Erleichterung.

Und Peter? Was war mit ihm?

Er horchte in sich hinein, wartete auf den Schmerz, der kommen mußte. Es kam aber keiner.

Komisch, dachte er, noch vor zwei oder drei Tagen ...

»Bist du sehr enttäuscht, Peter?« hörte er Karin fragen.

»Begeistert bin ich gerade nicht«, erwiderte er. »Aber welcher Mann ist das, der soeben einen Riesenkorb bekommen hat. Wenn das schon nicht sein Herz traf, dann zumindest seinen Stolz.«

»So?« Das klang deutlich enttäuscht, und das war wiederum typisch weiblich. »Du fühlst dich also nur in deinem Stolz verletzt?«

»Genügt dir das nicht?«

»Irgendwie hätte ich mir das ja denken können. Sehr

stark kann nämlich dein Drang, mich zu sehen, nicht gewesen sein.«

»Wieso nicht?«

»Deinen Worten entnehme ich, daß du schon tagelang auf der Insel weilst und mich jetzt erst aufgesucht hast.«

»Ja«, gab er errötend zu. »Da ist einiges dazwischengekommen. Aber bei deinem Ball war ich anwesend. Eigentlich wollte ich da schon Verbindung zu dir aufnehmen.«

»Und warum hast du's nicht getan?«

Er grinste.

»Weil ich verunglückt bin.«

»Verunglückt?«

»Ja«, nickte er, vestärkt grinsend. »In der Bar.«

»Ach so«, lachte Karin.

»Da hat mich einer ganz schön vollgepumpt, kann ich dir sagen. Die Nachwirkungen spüre ich noch heute.«

Er seufzte mitleidheischend und faßte sich an seinen Kopf, der ihm anscheinend nachträglich immer noch weh tat.

»Unter so was leide ich Tage«, sagte er. »Ich bin eine solche Sauferei nicht gewöhnt.«

»Zu der du natürlich ganz gegen deinen Willen verführt wurdest«, meinte Karin ironisch.

»Das kannst du mir wirklich glauben.«

»Wer war denn der Kerl?« fragte sie, ohne daß sie das wirklich interessiert hätte. Zugleich fiel ihr ein, daß sie eine miserable Gastgeberin war. Sie hatte Peter überhaupt noch nichts angeboten. »Entschuldige«, sagte sie. »Du sitzt da und wartest sicher auf einen Schluck. Ich lasse dir vom Zimmerkellner etwas bringen. Worauf hast du Lust?«

»Um Gottes willen, nur das nicht!« rief Peter, beide Hände abwehrend ausgestreckt. »Mir dreht sich der Magen um, wenn ich an so etwas nur denke!«

»Auch keine Tasse Kaffee oder Tee?«

»Gar nichts.«

»Habt ihr denn um die Wette getrunken?«

»Das nicht, im Gegenteil. Wenn ich mich recht entsinne, hat der sich sogar zurückgehalten und nur mich vollgepumpt, um mir die Würmer aus der Nase zu ziehen.«

»Dir die Würmer aus der Nase zu ziehen?«

»Über dich.«

»Über mich?« erwiderte Karin, obwohl ihr Interesse immer noch nicht erwachte.

»Sogar auch über eure ganze Familie.« Um keinen unangenehmen Eindruck bei Karin hochkommen zu lassen, setzte Peter rasch hinzu: »Ich habe ihm natürlich nur das Beste erzählt.«

»Das hoffe ich.«

»Deinen Vater fand er prima.«

»So?«

»Allerdings nur zum Teil. Einverstanden war er mit dessen Einstellung zu deiner ›Miß-Wahl‹ hier. Die hat er nämlich auch abgelehnt.«

»Das belastet mich aber sehr«, erklärte Karin ironisch.

»Nicht gefallen hat ihm der Plan von deinem Vater, dich mit mir zu verheiraten!«

»Peter«, stieß Karin hervor, »das hast du ihm auch erzählt? Diskret warst du gerade nicht.«

»Der Suff, Karin«, lautete Peters kurze, aber wirksame Entschuldigung.

»Trotzdem.«

»Du wirst dem Mann ja nie begegnen, Karin. Wie er mir sagte, war das sein letzter Abend auf Nickeroog. Außerdem erinnere ich mich, daß ich während unserer Unterhaltung von ihm verlangt habe, über das Ganze nicht zu sprechen. Ich ließ mir das sogar schwören von ihm, und daran hält er sich, diesen Eindruck hatte ich von ihm. Ich erwarte von dir, sagte ich zu ihm, als wir schon Bruderschaft getrunken hatten, daß du ein Gentleman bist, Walter.«

Karin zuckte zusammen.

»Walter?«

»So hieß er.«

»Wie noch?«

»Wie noch?« Peter strich sich über die Stirn. »Darüber muß ich erst nachdenken. Irgend etwas mit einem o ... oder au ...«

»Torgau?«

»Ja!« rief Peter, überrascht Karin anblickend. »Ganz genau: Torgau. Woher weißt du das? Kennst du den?«

Statt seine Fragen zu beantworten, stellte ihm Karin eine eigene: »Und dann hast du erzählt, daß wir zwei heiraten sollen?«

Peter sah keine andere Möglichkeit, als noch einmal auf den Alkohol zu verweisen.

Karin war blaß geworden. Wenn ich nicht schon sitzen würde, dachte sie, müßte ich mich jetzt ganz rasch auf den nächsten Stuhl niederlassen.

Die Knie waren ihr weich geworden.

»Großer Gott«, sagte sie leise.

Peter spürte, daß etwas Schlimmes geschehen war.

»Kennst du den?« wiederholte er seine Frage.

Karin wollte darüber nicht sprechen, sie blieb stumm. Peter wußte aber auch so, was das hieß, denn wenn Karin den Mann nicht gekannt hätte, wäre es selbstverständlich gewesen, daß sie Peters Frage verneint hätte.

»Das hat er mir nicht gesagt, Karin.«

Warum nicht? fragte sich Peter Krahn.

Karin schwieg immer noch.

Ich habe den Kerl falsch eingeschätzt, dachte Peter. Er hat ein hinterlistiges Spiel mit mir getrieben. Das muß ihm wohl Spaß gemacht haben. Manche Leute sind so. Schlechte Charaktere.

»Gut, daß er weg ist, Karin. Ich würde sonst mit dem noch ein Wörtchen sprechen.«

Karin räusperte sich.

»Wohin ist er denn, Peter?«

»Wie?«

»Ich meine, wo er zu Hause ist?«

Peter zuckte mit den Schultern.

»Das weiß ich nicht. Darüber haben wir nicht gesprochen.«

Also knüpfte sich auch daran keine Hoffnung. Karin fühlte sich leer. Aber was hatte sich eigentlich verändert, zum Schlechten? Karin hatte sich doch vorher schon gesagt, daß Walter Torgau entschwunden war – niemand wußte, wohin. Indes, das war immer noch nur eine Befürchtung von ihr gewesen. Gewißheit hatte sie erst jetzt, und das war der Unterschied.

Urplötzlich sehnte sich Karin Fabrici nach Hause; sie wollte von Nickeroog nichts mehr sehen und hören.

Ihre Frage traf Peter Krahn unvorbereitet: »Wann fährst du zurück?«

»Ich?«

»Ja.«

»Wieso?«

»Du solltest mich doch holen? Ich bin bereit.«

»Aber ...«

Er verstummte. Anscheinend wußte er nicht gleich, was er sagen sollte. Unsicherheit hatte ihn erfaßt. Nervös rieb er sich das Kinn. Da fiel ihm das Richtige ein.

»Aber dein Vater kommt doch? Du wartest auf ihn?«

In der Tat, den hatte Karin ganz vergessen. In ihrem Inneren mußte es also ziemlich chaotisch aussehen.

»Du hast recht«, sagte sie, »der kommt.«

Er war sogar schon da. Die Dinge fügten sich so, daß in der gleichen Minute Paul Fabrici unten das Hotel betrat und dem Portier mitteilte, wozu er hergekommen sei: um Fräulein Fabrici zu sprechen.

»Sind Sie Ihr Vater?« fragte ihn der Portier.

Paul, der es nicht für nötig gehalten hatte, sich vorzustellen, antwortete erstaunt: »Ja. Woraus schließen Sie das?«

»Sie werden von Ihrer Tochter erwartet, Herr Fabrici.«

»Aha«, knurrte er. »Das hätte ich mir denken können.«

»Im Moment befindet sich allerdings noch ein junger Mann auf ihrem Zimmer.«

»Ein junger Mann?«

»Ein Herr Krahn.«

»Soso«, knurrte Paul noch bissiger. »Nun, das hätte ich mir vielleicht auch denken können.«

»Ich melde Sie an«, sagte der Portier und griff zum Telefon.

»Sie melden mich *nicht* an!« erklärte Paul Fabrici so scharf, daß der Portier seine Hand, die er schon nach dem Hörer ausgestreckt hatte, automatisch wieder zurückzog, wobei er allerdings milden Protest einlegte, indem er sagte: »Aber das ist meine Aufgabe, Herr Fabrici.«

»Ihre Aufgabe ist es, mir die Zimmernummer meiner Tochter zu sagen.«

Der Hotelbedienstete fügte sich.

»Neunundvierzig.«

Paul Fabrici mußte sich dann sogar dazu überwinden, bei Karin anzuklopfen und nicht einfach ins Zimmer zu stürmen. Als er mit dem Fingerknöchel an die Tür pochte, sagte drinnen Karin gerade: »Dein Besuch war für mich sehr aufschlußreich, Pe –«

»Herein!« unterbrach sie sich.

Über die Schwelle trat ihr Vater mit einem grimmigen: »Störe ich?«

»Vati!« rief Karin.

»Wenn ich euch störe«, bellte Paul Fabrici, der anscheinend damit gerechnet hatte, die beiden im Bett vorzufinden, »müßt ihr es mir sagen.«

»Vati, du?« bemühte Karin sich weiter, ihre Nummer abzuziehen.

»Überrascht dich das?«

»Natürlich, ich hatte ja keine Ahnung.«

»So, hattest du nicht?« Er wandte sich Peter Krahn zu. »Und du? Hattest du auch keine?«

Der junge Mann hatte sich erhoben, um seinen väterlichen Freund zu begrüßen. Dessen Ton klang aber gar nicht väterlich. Dadurch verwirrt, erwiderte Paul: »Ich ... ich weiß nicht.«

»So, du weißt nicht?«

»Nein.«

»Aber du weißt sicher noch, was ich von dir erwartet habe, als ich dich hierherschickte?«

»Doch«, stieß Peter gepeinigt hervor.

»Und?« knurrte Fabrici ebenso kurz.

»Das ... war nicht so einfach.«

Karin griff ein.

»Peter«, sagte sie ruhig, »du stehst hier nicht vor Gericht. Deine Situation ist die eines Mannes, der sich nichts vorzuwerfen hat. Mein Vater kann jede Frage, die er an dich hat, auch mir stellen, und ich werde sie ihm beantworten. Deshalb würde ich an deiner Stelle jetzt gehen und alles Weitere mir überlassen. Ich danke dir für deinen Besuch.«

Draußen auf dem Korridor war Peter Krahn heilfroh und pries Karin innerlich für die Art, ihn so elegant und rasch und reibungslos vor die Tür gesetzt zu haben. Er wartete gar nicht auf den Lift, sondern lief erleichtert die Treppe hinunter.

Paul Fabrici stand Karin gegenüber.

»Wenn ich das richtig sehe«, sagte er erbittert, »hast du mich daran gehindert, mit dem ein Hühnchen zu rupfen.«

»Ja.«

»Wie kommst du dazu? Ich bin dein Vater!«

»Rupfe dieses Hühnchen mit mir. Ich bin die richtige Adresse.«

»Ich habe dem gesagt«, brach es aus Paul Fabrici heraus, »daß er sich dich hier schnappen und in den Zug nach Düsseldorf verfrachten soll. Statt dessen ließ er den Betrieb mit dir hier weiterschleifen, statt dessen traf ich ihn nun in deinem Zimmer an und ...«

»Und?«

»Und statt dessen dachte er sich wohl«, fuhr Fabrici fort,

sich das, was er eigentlich hatte sagen wollen, verkneifend, »machen wir uns erst noch ein paar schöne Tage; der in Düsseldorf kann warten; wie sich das alles entwickelt, erfährt der früh genug.«

Beherrscht erklärte Karin: »So war das nicht.«

»Dann gibt's nur noch eine zweite Möglichkeit, die ich sowieso von Anfang an als die wahrscheinliche angesehen habe.«

»Welche?«

»Daß er sich als Schlappschwanz entpuppt hat, der bei dir nicht durchdringen konnte.«

Bejahend nickte Karin und meinte: »Das kommt der Sache schon näher. Den ›Schlappschwanz‹ kannst du allerdings streichen.«

»Was hat er dir denn überhaupt gesagt?«

»Alles.«

»Und er stieß auf deine Ablehnung?«

»Absolut.«

»Dann möchte ich wissen, was du eigentlich gegen ihn hast?«

»Du meinst, was ich dagegen habe, ihn zu heiraten?«

»Ja.«

»Ganz einfach, ich liebe ihn nicht.«

Paul Fabrici, der sich überhaupt noch nicht hingesetzt hatte, sondern zwischen Tür und Fenster hin und her geschritten war, ließ sich in einen Sessel fallen. Er zündete sich eine seiner Zigarren an, an die er gewöhnt war. Das Streichholz auswedelnd, sagte er: »Und was hattest du dagegen, mit ihm wenigstens nach Hause zu fahren?«

»Diese Frage«, antwortete Karin mit einem kurzen Lächeln, »stellte sich nicht.«

»Warum nicht?«

»Er will sich, scheint mir, mit der Rückfahrt Zeit lassen. Den Grund kenne ich nicht.«

»Wie ich sage!« bellte Paul Fabrici. »Verlaß ist auf den keiner. Ich sehe ihn schon richtig.«

Eine kleine Pause entstand, in der sich Paul Mühe gab, das Zimmer tüchtig einzuräuchern.

Schließlich fragte Karin: »Wie geht's Mutti?«

»Das weißt du doch.«

»Was ich weiß, ist, daß es ihr gutging, als ich von Düsseldorf abfuhr.«

»Und angerufen hat sie dich in der Zwischenzeit nicht?«

»Wie kommst du darauf?«

»Oder hat sie dich doch angerufen?«

Die Blicke der beiden kreuzten sich.

»Also gut«, seufzte Karin, »sie hat.«

»Um mich dir anzukündigen?«

»Ja.«

»Dann weißt du, weshalb ich hier bin?«

»Ja.«

Die Pause, die nun eintrat, dauerte länger. In Paul Fabrici sammelte sich der Sturm an, dessen Ausbruch unvermeidlich schien. Seine Augen wurden schmal. Seine Backenzähne mahlten. Die Knöchel der Hand, in der er keine Zigarre hielt, waren weiß. Die Finger kneteten einen Gegenstand, der nicht vorhanden war.

»Hör zu, Karin«, begann er. »Du kannst nicht sagen, daß ich dir nicht deine Freiheit gelassen hätte. Im Gegenteil, das habe ich in viel zu großem Ausmaße getan. Oftmals war das falsch. Falsch war es z. B., daß ich dich allein hierherfahren ließ. Hätte ich dir das verwehrt, wäre es hier mit dir nicht zu dem ganzen Scheißdreck gekommen...«

Offenbar regte der ordinäre Ausdruck ihn selbst so sehr auf, daß die Explosion erfolgte. Der Ausdruck glich der Lunte fürs Pulverfaß.

»Aber so«, fing er an zu schreien, mit der freien Faust auf die Armlehne seines Polstersessels hauend, »so hast du dich und uns zum allgemeinen Gespött gemacht. Deine Mutter ja weniger, die denkt darüber anders – aber mich! Mich und dich selbst. Dich mit deinem unsäglichen Krönchen auf dem Haupt und deinem blöden Filmlächeln im Gesicht. Das hat, sage ich dir, ausgesehen ... ausgesehen hat das wie ... ich kann dir nicht sagen, wie das ausgesehen hat. Unmöglich jedenfalls.«

Er holte Atem.

»Deshalb ist damit jetzt Schluß. Das Stück hier ist zu Ende. Das Stück mit meiner Tochter. Die anderen können machen, was sie wollen, das ist mir egal, aber *du*, du kommst mit mir nach Hause, und zwar sofort.«

Abermaliges Atemholen. Und ehe Karin etwas sagen konnte, ging's weiter.

»Schweig! Widersprich mir nicht! Widersetz dich mir nicht, oder ich weiß nicht, was passiert. In mir sieht's aus, Karin, das kannst du dir nicht vorstellen.«

»Doch.«

»Nein!«

»Doch. Mutti hat's mir gesagt.«

»Ach die!« Pauls wegwerfende Geste brachte kaum mehr zu steigernde Geringschätzung zum Ausdruck, aber er sagte dennoch: »Dann weißt du also von ihr, daß du mich nicht zum Äußersten treiben darfst?«

»Ja.«

»Wie ich dich jedoch kenne, bist du trotzdem entschlossen, das zu tun?«

»Nein«, sagte Karin ruhig.

Verblüfft schwieg ihr Vater. Erstaunen zeigte sich in seinem Gesicht, wachsendes Erstaunen.

»Habe ich recht gehört?« fragte er dann.

»Ja«, nickte Karin.

»Du widersetzt dich nicht?«

»Nein.«

Es war paradox, daß er ihr immer noch nicht glauben zu wollen schien.

»Du kommst mit mir nach Hause?«

»Ja.«

»Wann?«

»Mit dem nächsten Schiff.«

Eine herzergreifende Szene spielte sich ab. Ein leidenschaftlicher Zigarrenraucher entledigte sich seiner Havanna, die kaum angeraucht war, indem er sie im Bad in die Kloschüssel warf. Der Aschenbecher wäre für sie zu klein gewesen. Dann nahm Paul Fabrici seine Tochter in die Arme. Karin legte ihren Kopf an die breite Brust, die sich ihr zur Stütze darbot. Die Augen wurden ihr naß.

Fabrici bemerkte das und hielt es für Tränen einer Tochter, die ihren Vater wiedergefunden hatte. Aber das waren sie nicht.

Paul mußte sich dagegen wehren, daß es ihn nicht auch übermannte. Er löste sich von Karin.

»Pack deine Sachen«, sagte er mit belegter Stimme. »Ich gehe schon mal runter und erledige deine Rechnung.«

»Ja«, nickte Karin, nach einem Taschentuch Ausschau haltend.

Er steckte sich eine neue Zigarre an. Dann ging er zur Tür, immer noch überrascht darüber, daß sich das Ganze wesentlich leichter als erwartet angelassen hatte.

»Heidrun«, sagte Peter Krahn zur Tochter des Pensionsbesitzers Feddersen, »es hat sich entschieden, ich könnte noch ein bißchen bleiben.«

»Ja?« strahlte Heidrun.

Die beiden standen sich im Aufenthaltsraum der Pension gegenüber, den das Mädchen mit frischen Blumen versehen hatte. Peter war auf der Suche nach ihr gewesen und hatte sie dort gefunden. Es kam den zweien zustatten, daß sie allein waren. Die übrigen Gäste weilten auf ihren Zimmern oder trieben sich im Freien herum.

»Ich muß Sie demnach fragen, Heidrun«, fuhr Peter fort, »wann ich mein Zimmer aufgeben muß.«

»Überhaupt nicht«, erwiderte sie spontan. Scheinbar war sie sich nicht über die Konsequenzen im klaren, die mit einer solchen Antwort verbunden waren.

»Soll das heißen«, fragte Peter, »daß Sie es gern hätten, wenn ich für immer hierbliebe?«

Schon steckte Heidrun also in der Patsche. Sie konnte die Verlegenheitsröte nicht verhindern, der sie zum Opfer fiel. Den Ausweg sah sie darin, einen kommerziellen Standpunkt zu vertreten.

»In einem Gewerbe wie dem unseren«, sagte sie, »sind Dauergäste immer das Erfreulichste.«

»Ach so.« Das klang enttäuscht.

»Es gibt natürlich auch unter denen Leute, die man gern rasch wieder loshätte.«

»Und zu welchen gehöre ich?« ließ Peter nicht locker.

Das Blatt begann sich aber zu wenden. Heidrun war dabei, Oberwasser zu gewinnen.

»Teils zu den einen«, antwortete sie lächelnd, »teils zu den anderen.«

»Mit letzteren«, vergewisserte sich Peter, »meinen Sie die fiesen?«

»Die problematischen«, milderte Heidrun ab.

»Und zu denen zählen Sie mich?«

»Teilweise.«

Nun war er aber sichtlich geknickt, der gute Junge. Er blickte zu Boden.

»Das tut mir leid«, sagte er.

»Wenn es Ihnen leid tut«, lächelte Heidrun, »ist das schon der erste Weg zur Besserung.«

»Worin muß ich mich denn bessern?«

»Der ideale Gast ist nachts, wenn er nach Hause kommt, ganz leise, um niemanden zu wecken.«

»Oje«, seufzte Peter. »Ich weiß, worauf Sie anspielen. Aber das«, verteidigte er sich, »passierte doch nur einmal.«

»Das eine Mal reichte.«

»Ich bin auf der Treppe hingefallen, ich war sturzbetrunken, Heidrun.«

Sie richtete an ihn die Frage, die anscheinend die entscheidende für sie war: »Trinken Sie gern?«

»O nein!« rief er. »Ich mache mir überhaupt nichts aus Alkohol. Manchmal ein Glas Bier, das ist auch schon alles. Ich wurde dazu verführt, das können Sie mir glauben. Gerade deshalb war die Wirkung ja auch derart fürchterlich, weil ich so etwas überhaupt nicht gewöhnt bin.«

Mit allem Nachdruck hatte Peter seine Beteuerungen vorgebracht, um sicherzustellen, daß sie auch nicht verpufften. Dabei hätte es ihm doch absolut egal sein können, was ein kleines Mädchen auf einer abgelegenen Insel im Meer davon hielt, wenn es zu seinen Vorlieben gehört hätte, sich gerne einen hinter die Binde zu gießen. Doch das war ihm keineswegs egal. Deshalb freute er sich jetzt auch, als Heidrun sagte: »Nun gehören Sie für mich wieder uneingeschränkt zu den idealen Gästen, Peter.«

»Sie glauben mir also?«

»Natürlich«, versicherte sie und setzte hinzu: »Sie dürfen mich nicht falsch sehen, Peter. Bei anderen übergehe ich so etwas, die sind mir egal. Aber Ihnen *mußte* ich das sagen, es war mir ein inneres Bedürfnis. Da gab's nämlich gleich welche im Haus, die den Ausdruck ›Säufer‹ fallenließen. So sind die Leute, wissen Sie. Ganz schnell bei der Hand mit solchen Sachen.«

»Und dagegen sträubten Sie sich?«

»Ja«, sagte Heidrun offen. Daß sie sich damit schon wieder selbst zu einer kleinen Patsche verhalf, schien ihr nun gleichgültig zu sein.

»Ich danke Ihnen«, strahlte Peter. »Ich hätte umgekehrt auch allerhand dagegen, wenn Sie in irgendeinem falschen Licht dastünden, Heidrun.«

»Das würden Sie mir dann auch sagen, nicht?«

»Unbedingt.«

Die beiden blickten einander an. Warum küßt er mich denn nicht? dachte Heidrun. Die Gelegenheit wäre doch so günstig. Niemand ist da. Es würde ihn ja zu nichts verpflichten.

Ich würde sie gern küssen, dachte Peter. Ich weiß aber nicht, wie sie das aufnehmen würde. Sie ist, glaube ich, anders als alle bisherigen; auch anders als Karin. Zerbrechlicher. Bei der darf man nichts kaputtmachen.

Eine Frage lag ihm auf der Zunge.

»Kennen Sie Düsseldorf, Heidrun?«

»Nein.«

»Düsseldorf ist schön.«

»Das glaube ich.« Aus Heimatliebe fühlte sie sich dazu verpflichtet, hinzuzufügen: »Aber Nickeroog ist auch schön.«

»Sicher«, pflichtete er bei. »In ganz anderer Hinsicht.«

»Die Unterschiede könnten gar nicht größer sein.«

Peter zögerte, dann gab er sich einen Ruck.

»Könnten Sie sich vorstellen, in einer Stadt wie Düsseldorf zu leben, Heidrun?«

»Darüber habe ich noch nicht nachgedacht, Peter.«

»Dann tun Sie das mal, Heidrun«, wagte er einen kühnen Schritt.

Gerade in diesem Moment, als Heidrun dachte, jetzt muß er mich küssen, jetzt geht das nicht mehr anders, schien das Schicksal in widriger Weise einzugreifen.

»Heidrun!« Wie so oft, gellte wieder einmal dieser Ruf aus Mutters Mund durch das Haus.

»Ja, Mutti?«

»Kannst du mir helfen? Wir müssen einen Kasten Bier in den Keller schaffen. Vati ist nicht da.«

»Gleich, Mutti.«

»Das mache ich«, sagte Peter.

»Kommt nicht in Frage«, widersprach Heidrun.

»Ich tue es ja nicht umsonst.«

»Was wollen Sie denn dafür haben?«

»Einen Kuß«, sagte Peter und erschrak über sich selbst.

Endlich! dachte Heidrun und fragte ihn: »Von wem? Von Mutti?«

Die Antwort darauf fand sich sofort, aber sie zog sich

ein bißchen in die Länge, so daß Frau Feddersen sich noch
gedulden mußte, bis ihr Hilfe zuteil wurde.

Nach ihrer Heimkehr ging Karin in den ersten Tagen kaum
aus dem Haus. Es war ihr darum zu tun, daß sich die
ungezügelte allgemeine Neugierde wieder legte, die ihr
von allen Seiten entgegenschlug. Sie galt ja nun als Star,
der sogar die Mattscheibe zehn Minuten lang gehört hatte.
Karin fühlte sich dadurch belästigt. Alles, was mit Nikkeroog zusammenhing, hatte einen bitteren Beigeschmack
für sie bekommen.

Doch auch zu Hause erwuchs ihr das Problem, dem sie
sich gern gänzlich entzogen hätte; dafür sorgte Karins Mutter. Zwar hielt sie sich wohlweislich zurück und nahm den
Namen jener Insel nicht in den Mund, wenn ihr Gatte anwesend war. Sobald dieser aber der Familie den Rücken
kehrte, erlebte Karin immer wieder dasselbe: ihre Mutter
barst vor Fragen.

Mimmi Fabrici konnte die Reserve, auf die sie bei Karin
stieß, nicht verstehen. Sie selbst hätte nichts Schöneres gewußt, als an Karins Stelle zu stehen und jedem zu erzählen,
wie das ist, auf dem Gipfel einer Schönheitskönigin über
allen anderen zu schweben und hinunterzuschauen ins Tal
der Unscheinbaren.

Das müsse doch wahrlich ein himmlisches Gefühl sein,
dachte sie.

Profanere Fragen traten dem gegenüber in den Hintergrund, obwohl sie durchaus nicht unwichtiger Natur waren. Doch einmal sagte Mimmi zu ihrer Tochter: »Kind, du
wolltest mich doch auf dem laufenden halten?«

»In welcher Hinsicht?« antwortete Karin widerwillig.
Geht das schon wieder los! dachte sie dabei.

»Hinsichtlich der Pille.«

Karin guckte verständnislos.

»Ich frage dich, ob du sie regelmäßig genommen hast«,
wurde Mimmi deutlicher.

»Auf Nickeroog?«

»Ja. Dazu hattest du sie doch mitgenommen, aber auch darüber sprichst du unaufgefordert nicht mit mir, wie du dir ja über das Ganze dort jedes Wort aus der Nase ziehen läßt.«

Karin seufzte.

»Ja, Mutter, ich habe sie regelmäßig genommen.«

Wenn Karin ›Mutter‹ sagte, sprach das Bände über ihre Stimmung. Mimmi nahm aber darauf jetzt keine Rücksicht.

»Wir müssen also keine Befürchtungen hegen?« fuhr sie fort.

»Daß ich schwanger geworden sein könnte?«

»Ja.«

»Nein, gewiß nicht, Mutter.«

»Du betonst das so merkwürdig. Soll das heißen, daß du ...?«

Taktvoll verstummte Mimmi und ließ den Rest des Satzes unausgesprochen.

»Ja, das soll es heißen, Mutter.«

»Hast du auch verstanden, was ich meinte?«

»Sicher. Du meintest, ob das heißen soll, daß ich die Pille überhaupt nicht gebraucht hätte, weil ich mit gar keinem Mann geschlafen habe?«

»Karin!«

»Ja?«

»Du bist manchmal so direkt, statt dich zu bemühen, so wie ich delikat zu sein. Das mußt du von deinem Vater haben, nicht von mir.«

»Ja, Mutter.«

»Sag nicht immer Mutter zu mir, ich mag das nicht.«

»Ja, Mutti.«

Mimmi räusperte sich.

»Also wie war das?«

»Was?«

»Wie kam's auf diesem Gebiet zu deinem eklatanten Mißerfolg? Warum hat dort keiner angebissen?«

»Das könnte man aber auch delikater ausdrücken, Mutti.«

»Antworte, bitte.«

Karin zuckte die Achseln.

»Vielleicht war ich keinem reizvoll genug.«

»Lächerlich«, rief Mimmi Fabrici. »Du bist eines der hübschesten Mädchen, die es gibt, und gerade das wurde dort ja auch wieder unter Beweis gestellt. Jeder normale Mann muß sich nach dir die Finger ablecken, und jeder tut das auch ... aber«, unterbrach sie sich, »vielleicht wolltest *du* nicht ... obwohl ich mich«, schloß sie, nachdem Karin stumm blieb, »daran erinnere, daß du mit einem ganz anderen Vorsatz hingefahren bist.«

»Mutti«, sagte Karin, »du kommst mir vor, als ob du verärgert wärst. Andere Mütter freuen sich über ihre unberührten Töchter.«

»Nee, nee«, erwiderte Mimmi Fabrici trocken. »Von einem gewissen Zeitpunkt ab nicht mehr. Wenn ich so etwas höre, muß ich immer gleich an das Mädchen mit dem Fuchs und den Trauben denken, verstehst du?«

Da mußte Karin lachen. Plötzlich aber erlosch in ihrem Gesicht jede Heiterkeit, und Mimmi sah in den Augen ihrer Tochter Tränen aufsteigen.

»Karin!« rief sie. »Was hast du?«

Karin preßte die Lippen zusammen, um nicht loszuheulen.

»Habe ich dir, ohne es zu wissen, wehgetan, mein Kind?«

»Nein, Mutti.«

»Doch«, sagte Mimmi ganz bestimmt. »Ich sehe es.«

Mit Karins Beherrschung war es vorbei. Der Tränensturz löste sich und benetzte ihre Hände, in denen sie ihr Gesicht verbarg.

Das Herz drehte sich Mimmi im Leibe um. Sie wußte aber, daß es momentan falsch gewesen wäre, in Karin zu dringen. Das Kind mußte sich erst ausweinen. Mimmi setzte sich nur neben Karin auf die Couch und steckte ihr ihr Taschentuch zu, mit dem sie selbst zu jeder Zeit ausgestattet war, um es immer griffbereit zu haben, wenn Tragik in einem Roman zum Ausdruck kam.

Mimmi Fabrici verfügte neben literarischer auch über genügend Lebenserfahrung, um den richtigen Zeitpunkt zu erkennen, zu dem es angebracht war, mit Karin das Gespräch wieder aufzunehmen.

»So«, sagte sie deshalb, als ihr Karin das eingenäßte Taschentuch mit Dank zurückgab, »nun sag mir, was dein Vater da verbockt hat.«

Karin hob den immer noch von einem Tränenschleier umflorten Blick.

»Vater?«

»Ja. Ich kann mir nur vorstellen, daß er da wieder in etwas hineingetrampelt ist wie ein Elefant.«

Karin schüttelte den Kopf.

»Nein, Mutti.«

»Nicht?« Großer Zweifel sättigte dieses Wort.

»Wirklich nicht, Mutti.«

»Dann möchte ich wissen, wer dir etwas angetan hat.«

»Ich mir selbst«, sagte Karin tonlos. Schon wollten ihre Lippen erneut zu zittern beginnen.

Mimmi ließ auch diesen gefährlichen Moment wieder vorübergehen, bis sie sagte: »Weißt du was, mein Kind? Du erzählst mir das alles, wenn du einmal Lust hast dazu. Das muß nicht jetzt sein. Ich weiß, solche Dinge brauchen ihre Zeit, bis sie in einem etwas abgeklungen sind. Dann spricht es sich wesentlich leichter über sie. Einverstanden?«

»Ja«, nickte Karin und umarmte ihre Mutter, drückte sich an sie, küßte sie.

Das war zuviel. Ganz plötzlich trat ein Rollentausch ein. Mimmi weinte, und Karin hatte alle Hände voll zu tun, ihre Mutter zu trösten. Als dies im vollen Gange war, trat überraschend Paul Fabrici ins Zimmer. Er hatte vom Geschäft heute ausnahmsweise schon zwei Stunden früher die Nase vollgehabt. Die Situation, die er antraf, entlockte ihm den Ausruf: »Was ist denn hier los?«

Mimmis Tränen regten ihn weniger auf als die adäquaten Spuren in Karins Gesicht.

»Karin«, fragte er, »fehlt dir etwas?«

»Nein, Vati.«

»Aber du hast geweint?«

»Schon vorbei. Nur Mutti weint noch.«

»Ich sehe es«, sagte er unbeeindruckt.

Zorn wallte in Mimmi auf.

»Aber es läßt dich kalt!« rief sie.

»Ich bin das doch gewöhnt von dir, wenn deine Nase in einem Buch steckt.«

»War das soeben der Fall?«

»Nein«, mußte er zugeben.

Dann trat er den Rückzug an, verließ den Raum und trank in seinem Arbeitszimmer einen Schluck aus der Whiskeyflasche, die in seinem Schreibtisch neuerdings den Cognac verdrängt hatte. Auch eine Zigarre steckte er sich an. Als er schließlich ins Wohnzimmer zurückkam, saß Mimmi allein auf der Couch.

»Wo ist Karin?« fragte er.

»Sie wollte einen Brief schriebn.«

»Einen Brief schreiben«, mokierte sich Paul Fabrici. »Wer schreibt denn heutzutage noch einen Brief – außer Geschäftsbriefe? Nur wer nicht weiß, wohin mit seiner Zeit. Wozu gibt's Telefon?«

»Ach Paul«, seufzte Mimmi nur. Dies war kein Thema, über das mit ihm zu reden wäre.

Er war noch nicht fertig.

»Das ist ja das Übel mit Karin«, fuhr er fort. »Sie hat keine Beschäftigung. Deshalb meine ich, daß nun wirklich bald etwas in dieser Richtung geschehen muß. Sie soll wieder studieren oder, was mir noch lieber wäre, kaufmännisch etwas lernen.«

Paul verstummte und zog an seiner Zigarre. Mimmi äußerte sich nicht. Sie erhob sich, um einen Blick in die Fernsehzeitschrift zu werfen, die auf dem Apparat lag. Eine Weile hörte man nichts als das Rascheln der Seiten, die von Mimmi umgewendet wurden.

»Warum weinte sie?« unterbrach Karin die Stille.

Mimmi hob ihren Blick aus der Zeitschrift.

»Warum? Sie hat es mir nicht gesagt«, antwortete sie.

»Aber wie ich dich kenne, hast du eine Theorie.«

»Wenn ich keine hätte, müßte ich keine Mutter sein.«

»Also warum?«

»Dreimal darfst du raten.«

»Ein Mann?«

»Was denn sonst!«

»Hier in Düsseldorf?«

»Nein.«

»Auf Nickeroog?«

»Ja.«

Paul Fabrici holte tief Atem. Sein Brustkasten weitete sich, ehe er lospolterte: »Diese verdammte Scheißinsel! Dieser ganze verdammte, beschissene Urlaub!«

Mimmi protestierte diesmal nicht einmal.

»Hätten wir sie nur nicht allein fahren lassen!« fuhr Paul fort.

»Wenn wir dabei gewesen wären«, erklärte Mimmi durchaus zutreffend, »wäre dasselbe passiert.«

»Nein!«

»Ach«, sagte sie mit wegwerfender Geste in seine Richtung.

Paul schien seine Wut an seiner Zigarre auszulassen, die er zu enormem selbstzerstörerischem Glimmen brachte. Nach der Pause, die auf diese Weise entstand, sprach Mimmi von einem Rätsel.

»Er hat sie offensichtlich verschmäht«, meinte sie. »Und das ist mir vollkommen schleierhaft. Ein Mädchen wie unsere Karin!«

Auch Paul schüttelte den Kopf.

Mimmi fuhr fort: »Sie gibt sich zwar selbst die Schuld, aber das ist doch lächerlich. Ein Mädchen wie unsere Karin *kann* gar nicht an etwas so sehr schuld sein, daß ihr ein Mann nicht trotzdem zu Füßen liegen würde, möchte man meinen.«

Worte einer Mutter.

Mimmi schloß: »Ich verstehe das nicht. Ich verstehe das wirklich nicht.«

Plötzlich schoß Paul ein Gedanke durch den Kopf.

»Mimmi!« stieß er hervor. ›Mimmi‹ rief er sie selten. Erstaunt blickte ihn Mimmi an. Sie wußte, daß er diesen Namen haßte. Trotzdem wiederholte er ihn sogar noch einmal: »Mimmi, könntest du dir vorstellen, daß Peter der Betreffende ist?«

Gemeint war damit Peter Krahn, doch der war für Mimmi Fabrici von einer solchen Möglichkeit so weltenweit entfernt, daß sie bar jeder Ahnung fragte: »Welcher Peter?«

»Der Krahn?«

»Bist du verrückt?«

»Wieso?«

»Dieses Würstchen doch nicht!«

Früher hätte sich Paul Fabrici über diesen Ausdruck sicher wieder aufgeregt, aber heute lag seine eigene Einschätzung, die er Peter Krahn entgegenbrachte, nicht mehr weit daneben, und deshalb widersprach er seiner Frau nicht, sondern pflichtete ihr bei: »Du magst ja recht haben, aber« – er zog zweimal an der Zigarre – »dann frage ich mich, was für einer da sonst in Betracht kommen könnte.«

Mimmi seufzte.

»Sie hat es mir«, meinte sie wie zu Beginn dieser ganzen Unterhaltung, »nicht gesagt.«

Das war also der tote Punkt, an dem die beiden wieder angelangt waren.

Wochenlang änderte sich nichts. Karin vertrödelte die Zeit. Ihre Laune wechselte sprunghaft. Mal war sie bester

Stimmung, freute sich über ihr gutes Tennisspiel, dann wieder machte ihr nicht einmal mehr das Reiten Spaß. Von Nickeroog sprach sie nicht mehr. Mimmis Hoffnung, Karin könnte eines Tages von selbst beginnen, ihr das Herz auszuschütten, blieb unerfüllt. Auf Drängen ihres Vaters erklärte sich Karin schließlich ohne große Lust bereit, sich zum Winterseminar wieder an der Universität einzuschreiben. Bis dahin mußten aber erst noch ein paar Wochen ins Land ziehen.

Oma kam zu Besuch. Karin war ihr Liebling. Der Zustand ihrer Enkelin blieb der alten Dame nicht verborgen. Das Kind, sagte sie zu Mimmi, müsse mal eine Zeitlang aus ihrer gewohnten Umgebung heraus.

»Und wohin?« fragte Mimmi.

»Zu mir«, sagte Oma.

Der Kampf mit der lustlosen Karin war nicht leicht, aber Großmütter sind in solchen Fällen zäh, und so kam es, daß es bald im Hause Fabrici wieder stiller wurde, weil der Wirbel fehlte, den eine Tochter nun mal verursacht, auch wenn ihre Stimmung nicht immer hohe Wellen schlägt.

»Den ganzen Sauerbraten!« rief Emmi Fabrici. Ihr rundes Gesicht war nichts als eine einzige fleischgewordene Anklage: »Den ganzen Sauerbraten einfach stehenzulassen. Meinen Sauerbraten. Dabei warst du früher ganz verrückt danach.«

»Er ist ja auch köstlich. Und ich hab' schließlich davon gegessen.«

»Hast du nicht.«

»Na guck doch, Oma. Eine ganze Scheibe. Was gibst du mir auch drei?«

»Drei? – Früher hast du fünf gegessen.«

Karin seufzte. Und da sie sich bei diesem Blick wie auf der Anklagebank fühlte, drehte sie die Augen zur Decke.

Auch dies wurde ihr von Emmi Fabrici prompt übelgenommen: »Wie die heilige Jungfrau Maria! Bei so 'nem

Essen – Ja gibt's denn sowas? Wie soll denn das weitergehen? Guck dich mal im Spiegel an! Guck, wie dürr du geworden bist!«

»Ist doch Quatsch, Oma.«

»Quatsch? Ich werde dir gleich sagen, was Quatsch ist. Ich steh' dazu: Dürr, wie du geworden bist. – Kommt zu mir nach Nüssen gefahren, hierher auf's Land, wo's nur saubere Luft und gutes Essen gibt und nicht den Düsseldorfer Dreck, unter dem ihr euch so gern begraben laßt, – kommt nach Nüssen und nimmt ab. Bei mir!«

»Ich hab' nicht ...«

»Doch, du hast abgenommen. Nicht ein Kilo, mindestens drei.«

»Oma, du spinnst ja.«

Karin wußte nicht so recht, ob sie nun lachen, weinen oder aufstehen, hinausgehen und die Türe zudonnern sollten. An sich war es ihr nach der dritten Lösung. Sie wußte ja, was kommen mußte. Es kam.

»Diät, Diät, Diät«, krähte Emmi Fabrici und fuchtelte mit blitzender Gabel durch die Luft, als könne sie das schreckliche Wort aufspießen, um es für alle Zeiten festzuhalten: »Schlanksein ist natürlich drin.«

»In«, korrigierte Karin.

»In oder drin, ihr laßt meinen Sauerbraten stehen, hungert euch zu Tode, bis auch noch das letzte bißchen Grips in euren Köpfen eingetrocknet ist.«

»Ihr? – Papi ist doch gar nicht zu stoppen. Der ißt alles, und von allem zuviel. Und wie er auf deinen Sauerbraten steht! Der hätte ihn alleine hinuntergewürgt.«

»Von Paul red' ich ja nicht. Paul hat andere Probleme. Ich red' von dir, dir und deiner Mutter. Ihr macht doch jeden Quatsch mit, den die Zeitungs-Fritzen bringen. Dabei bist du gerade Miß oder Schönheits-Königin oder sonst was geworden. Ja, hab' ich alles mitgekriegt. Fand' ich doll. Wie du da oben standst und dieses Krönchen blitzte, – doll! Hübsch warste auch, alles was recht ist. So hübsch, daß ich beinahe geheult hätte. Was heißt beinahe, ich glaube, ich hab's sogar getan. Glaubst du, die würden dich jetzt noch wählen? Meinst du, dürre Zaunlatten, wie zum Beispiel die Luise, werden Schönheits-Königinnen?«

Luise war Omas Kusine und nicht nur eine Zaunlatte, sondern auch der ewige Pfahl in Emma Fabricis Herzen seit Luise vor dem zweiten Weltkrieg versucht hatte, Emmi den Jugendfreund Jupp Krahn auszuspannen.

»Na, dann gib mir noch ein wenig von deinem Kompott«, versuchte Karin einzulenken. »Mehr schaffe ich einfach nicht. Oma, er ist wirklich traumhaft, dieser Sauerbraten, aber es gibt nun einmal Zeiten, da will der Mensch nicht so viel essen. Kennst du sowas nicht?«

»Die gibt es«, sagte Emmi Fabrici. »Schlimmer sind die Zeiten, in denen der Mensch zwar will, aber nicht kann.«

»Weil er krank ist?«

»Weil er krank ist? – Weil sich nichts zum Essen auftreiben läßt. Weil es nichts zum Fressen gibt. Davon hast du ja keine Ahnung. Sowas habt ihr nie gehört – ihr mit eurer ewigen, bescheuerten Düsseldorfer Fettlebe!«

»Oma, bitte.«

Emmi Fabrici seufzte.

Dann strich sie ihre Serviette glatt, faltete sie sorgfältig, um sie wie immer in den Ring zu stecken, und ganz plötzlich verwandelte sie sich dabei aus der unerbittlichen Moralpredigerin zurück in die strahlende, gütige Oma, die am Bett saß, wenn man krank war, Märchen erzählte, die immer einen Scherz und stets eine Süßigkeit bereithielt – und der man alles, auch die schwierigsten Geschichten erzählen konnte.

Diese Bilderbuch-Oma zog sich einen Hocker heran und legte beide Hände auf Karins Schultern. Der alte Küchenwecker tickte mit einem Mal sehr laut.

»Karin?«

»Ja.«

»Karin, warum ist es denn nicht wie früher? Warum

erzählst du mir nicht einfach was los ist? Was ist schon dabei, wenn man sagt: Mir geht's schlecht. Ich bin unglücklich verliebt ...«

Wie von der Tarantel gestochen schoß Karin von ihrem Stuhl hoch. Emmi Fabrici drückte sie wieder nieder.

»Wie kommst du da drauf?«

»Weil's so ist, mein Kind.«

»Und was weißt du?«

»Was? – Daß du irgendwo und irgendwann, und da seh' ich ganz deutlich diese Insel vor mir – wie hieß die noch – ah ja, stimmt, Nickeroog, nicht wahr –, daß du also auf Nickeroog mit einem Mannsbild angebandelt hast.«

Auch noch ›angebandelt‹, dachte Karin.

»Und dann ...«, seufzte Emmi Fabrici.

»Und dann?«

»Und dann war der Kerl entweder verheiratet – oder ...«

»Oder?« wiederholte Karin atemlos.

»Oder er wollte von dir nichts wissen.«

»Woher weißt du ...?« flüsterte Karin wieder.

» ... daß du Liebeskummer hast?«

»Daß er von mir nichts wissen will.«

»Ist doch unwichtig. Läuft ja aufs selbe hinaus, oder? – Woher ich das weiß? Das sieht doch ein Blinder mit dem Krückstock. Da braucht man noch nicht mal die Erfahrung, die man mit siebzig schließlich mitbringt. Er will also nichts von dir wissen?«

Karin nickte. »Ist ja wohl anzunehmen, wenn dich einer einfach sitzen läßt und abreist.«

»Na ja. Wenn dich einer, wie du so schön sagst, sitzen läßt, was ja den Kern der Sache meistens nicht richtig trifft, wenn also einer einfach abhaut, kann's ja auch das andere bedeuten.«

»Daß er verheiratet ist.« Karin holte tief Luft. Ihre Fingerknöchel knackten, so sehr verschlang sie die Hände. »Ist mir doch egal.«

»Genau so siehst du aus. Als ob dir das völlig egal wär ...« Emmi Fabrici seufzte. »Hast du mit ihm geschlafen?«

Karin starrte entgeistert. »Ich?! – Natürlich nicht!«

»Nun, so natürlich braucht man dieses ›nicht‹ ja kaum zu sehen. Schade –«

»Schade?«

»Na«, meinte Emmi Fabrici ebenso praktisch wie weise, »dann hättest du wenigstens etwas davon gehabt. Und überdies hättest du feststellen können, daß auch er kein Ferien-Prinz ist, sondern ein Kerl wie all die anderen.«

Karin schwieg. Ihr Kopf sackte ein wenig nach vorne, die Augen hielt sie halb geschlossen. Es sah nicht so aus, als würde sie überhaupt zuhören.

Eine Katastrophe, Emmi Fabrici dachte es wieder. Die fällt dir richtiggehend vom Fleisch. Aber Katastrophen kommen manchmal wie gerufen. Ein Einzelkind, nicht nur entsprechend verzogen, sondern geradezu unverantwortlich und maßlos verwöhnt, kriegt alles, was sie will, hat schon immer alles gekriegt, seit sie überhaupt ›bäh‹ sagen kann, hat nicht nur gekriegt, was sie wollte, wurde mit Dingen geradezu zugeschüttet, mit lauter Zeug, für das sie sich noch nicht mal interessierte. Bei einer solchen Erziehung muß ja jeder entgleisen. Man kann noch dankbar dafür sein, daß sie im Grunde normal geblieben ist ...

Aber jetzt, jetzt hat endlich mal einer die Bremse gezogen, indem er ihr zeigte, daß sie nicht der Mittelpunkt des Universums ist.

Na, Gott sei Dank!

Emmi seufzte, erhob sich und ging zum Herd. »Komm, jetzt mach' ich dir einen schönen Eisenkraut-Tee. Der beruhigt nicht nur den Magen, sondern auch das Herz ...«

Mimmi las ›Die toten Seelen‹ von Gogol. Paul ging seinen Geschäften nach. An einem Mittwoch hatte er wieder einmal bei der Industrie- und Handelskammer zu tun. Wenn das der Fall war, stand ihm immer gleich die Tür des Präsidenten offen, da er ja zu den wichtigeren Geschäftsleuten Düsseldorfs zählte. Der Präsident war insofern ein Boß, wie er im Buche stand, als er ihm überflüssig erscheinende Arbeit gern auf die Schultern anderer lud, ein Kenner französischer Rotweine war und den Zeiten nachtrauerte, in denen es noch einen Sinn gehabt hatte, daß er seine Sekretärin wechselte, wenn sie die Dreißig überschritt. Außerdem nahm er gern Einladungen an. Voraussetzung war natürlich, daß diese aus Häusern kamen, von denen er wußte, daß in ihnen gut gegessen wurde. Er war verwitwet. Mit Paul Fabrici war er per du. Er hieß Willibald Bock und erzählte gern obszöne Witze. Ein solcher Name und eine solche Vorliebe ergeben natürlich eine Verbindung, die an Stammtischen nicht ungenutzt bleibt. Meistens ist aber dann da an jene Hunde zu denken, die nur noch bellen.

»Willem«, sagte Paul Fabrici zum Präsidenten, nachdem das Geschäftliche erledigt war, »was machst du sonst?«

Bock seufzte.

»Du siehst es ja, Paul – nur Arbeit. Vor dir waren heute schon zehn oder zwölf bei mir.«

»Verzähl dich nicht«, lachte Fabrici.

»Im Ernst, Paul, mich entlastet ja keiner. Was glaubst du, was allein die Einarbeitung unseres neuen Syndikus für mich bedeutet?«

»Ein neuer?«

»Weißt du das noch nicht? Es stand in der Zeit ...«

Jemand klopfte an die Tür und wurde vom Präsidenten aufgefordert, einzutreten.

»Da ist er ja, Paul«, sagte der Präsident, auf den relativ jungen Mann zeigend, der über die Schwelle trat.

Der neue Syndikus.

»Darf ich die Herren miteinander bekanntmachen?« fuhr Bock fort. »Herr Fabrici – Herr Doktor ...«

Der Name, den Bock in seinen Bart murmelte, blieb Paul unverständlich, was ihm jedoch gleichgültig war. So etwas passiert ja oft bei Vorstellungen, und es fällt auch nicht ins Gewicht, wenn, wie hier auch wieder, ein Titel Gelegenheit bietet, sich damit zu begnügen.

»Freut mich, Herr Doktor«, sagte Paul, die Hand dem anderen schüttelnd, der erwiderte: »Ganz meinerseits, Herr Fabrici, wirklich ganz meinerseits.«

Ungewöhnlich daran erschien dieses ›wirklich ganz meinerseits‹. Paul fand es ein bißchen übertrieben, führte es aber auf das Bestreben des Neuen zurück, sich bei jedem hier einen guten Start zu verschaffen.

»Was gibt's?« fragte der Präsident seinen Untergebenen.

»Die Besprechung morgen vormittag mit den Notaren scheint zu platzen. Herr Hahn hat angerufen.«

»Mist!«

»Was soll ich machen, wenn ein neuer Termin notwendig werden sollte?«

»Verfügen Sie nach Ihrem Gutdünken. Ich gebe Ihnen freie Hand.«

»Gut.«

Andeutung einer Verbeugung, die mehr Fabrici galt als dem Präsidenten. Die Tür klappte. Paul und Bock waren wieder unter sich.

»Macht keinen schlechten Eindruck«, meinte Paul.

»Und wenn er sich noch so gut entpuppen sollte«, relativierte der Präsident Pauls Urteil, »die Hauptsache bleibt immer an mir hängen, Paul.«

»Das ist klar, Willem«, grinste Fabrici.

»Zur Erholung würde ich gern wieder mal ein junges Rebhuhn verspeisen.«

»Oder einen Fasan?«

»Und warum tust du's nicht?«

»Weißt du«, sagte der Präsident mit einer Miene, in der

Abscheu lag, »in den Gasthäusern erlebst du da nur Enttäuschungen. Die setzen dir Exemplare vor, an denen du dir dein Gebiß ruinieren kannst.«

»Und wenn du wieder mal zu uns kämst?«

»Aber Paul«, wehrte der Präsident mit ausgestreckten Händen ab, »so habe ich das nicht gemeint. Wann wäre das?«

»In dieser Woche nicht mehr, ich muß nach München. Aber in der nächsten. Den Tag sage ich dir noch am Telefon. Es kommt darauf an, wann meine Frau das Geeignete organisieren kann.«

»Gut«, nickte der Präsident und fügte lebhaft hinzu: »Wenn du nach München mußt, kann ich dir in diesem Zusammenhang gleich einen guten Tip geben: Geh über den Viktualienmarkt.«

»Viktualienmarkt?«

»Kennst du den nicht?«

»Nein.«

»Etwas Einmaliges, sage ich dir. Der größte Markt Europas in seiner Art. Dort findest du Rebhühner und Fasane, die hältst du nicht für möglich.«

»Wen Gott liebt«, so schreibt Ludwig Ganghofer, »den laßt er in diesem Land leben ...«

In diesem Lande!

Sattgrüne Wiesen mit Milka-Kühen, die man vergessen hatte violett anzusprühen, dem bayerischen Rindvieh und dem Grünschwarz der Tannenfriese. Der Himmel ein klares Blau. Darin die üblichen weißen Freistaat-Wölkchen und zwei Bussarde.

Paul guckte. Und er guckte selig. Diese bemalten Häuser, die Geranien, diese Balkone – wildromantisch wie aus einem Heimatfilm.

Warum nur kaufe ich mir kein Grundstück? Mit 'nem Haus drauf. Und züchte Kühe. Warum? Weil es das Geschäft verbietet? Von wegen. Weil Mimmi das nicht will.

Die braucht Düsseldorf. Sagt sie. – Die kulturelle Szene, sagt sie, da ist Düsseldorf absolut führend. Soll es doch! Was interessierte ihn Mimmis kulturelle Szene? War ja doch nur alles Kokolores.

Doch es war ja nicht Karins eingefleischter Widerwille gegen Mimmis geistige Höhenflüge gewesen, der ihn dazu brachte, in Düsseldorf in einen Zug und in München in einen Leih-Mercedes zu steigen, um das bayerische Land zu durchstreifen, es war etwas anderes: Vaterliebe! Jawohl, nichts als dieser sonderbar verstiegene, durch keine Erfahrung und durch keinen Rückschlag zu beirrende Wunsch, alles, aber auch wirklich alles zu unternehmen, damit Karin, das Herzblatt, den Weg zum Glück finde, zu der Sorte Glück zumindest, die ihm für das ›Herzblatt‹ vorschwebte, kein Kokolores also, sondern solide und festgebaute Perspektiven – jawohl.

Nur leider: Das ›Unternehmen Karin‹ steckte gerade, um es in der Sprache der Börsianer anzusprechen, in ›absoluter Schräglage‹. Die Krise hatte Karin gepackt. Blaß, richtiggegend abgemagert war sie aus dem Urlaub zurückgekommen. Wie schaffte das jemand, von Omas Fleischtöpfen, vom Freß-Paradies Fabrici-Hof mit weniger Pfunden zurückzukehren, als man hintrug? Und ein paar Pfündchen hin oder her – wenn's das alleine wäre ... Viel schlimmer: Sie sprach mit niemandem, hatte das Reden aufgegeben, hing in ihrem Zimmer rum, hörte Musik. Das einzige, das ihr noch Spaß zu machen schien, war die Reiterei. Pferde hatten Karin schon immer heiter gestimmt. Dabei hatte sie bisher noch nie ein eigenes besessen.

Dies zu ändern, und dazu noch vom Münchner Viktualien-Markt, von dem der Präsident Willibald Bock so geschwärmt hatte, ein paar angenehme Dinge mitzubringen, waren die Gründe, warum Karin Fabrici nun durch Bayern, das Ganghofer-Land, fuhr.

»Wenn es um Pferde geht«, hatte Paul in der Anzeige

der Reiter-Zeitung gelesen, »dann ist das Gestüt Schäftlarn in Oberbayern die feine Adresse für die beste Zucht, Ihr Anlaufpunkt bei Pferde-Wünschen!«

Ihr Anlaufpunkt bei Pferde-Wünschen? Ein bißchen bombastisch kam ihm das nun doch vor. Und außerdem: Wann endlich kommt denn dieses verdammte Schäftlarn?

Paul ließ den Blick kreisen. Vorbei war's mit den Wiesen, nichts als dunkler Forst umfing ihn. Feuchtes Laub klebte auf der Straße. Vorsichtig schaltete er in den zweiten Gang, aber dort vorne, gleich an der Kurve, ja, da stand es doch:

GESTÜT SCHÄFTLARN.

Na also. Da wären wir doch.

Doch darin täuschte sich Paul. Was ihn erwartete, war ein weiterer asphaltierter Weg, der in Schlangenlinien durch den Wald führte. Doch nun wurde es licht. Paul seufzte erleichtert auf. Dort drüben ...

Eine Wiese. Gebäude. Sogar einen Schlagbaum gab's, der Gott sei Dank offen stand.

Paul hielt dennoch.

Eigentlich wußte er noch nicht einmal wieso, doch irgendwie hatte er sich das alles ein wenig anders vorgestellt. Die Landschaft, gut, die war okay, mehr noch, romantisch war sie. Ganghofer, das Isartal, das schon. Aber die Gebäude – nichts von geschwungenen Holzbalkonen, keine Schindeln auf den Dächern. Von bemalten Fensterumfassungen oder Geranien schon gar nicht zu reden.

Pures tristes Grau.

Funktionell nennt man das wohl, funktioneller Zement. Rings umher sah man Koppeln. An den unteren Wiesen sogar einige Pferde. Irgendwo bellte ein Hund. Eine Reithalle gab's auch. Aber nix zum träumen.

Paul ließ den Mercedes wieder rollen und hielt vor dem Haus, der erste Mensch. Karierte Schildmütze, rotes Gesicht, zur Situation passende Reithosen, Lederjacke, im Gesicht ein breites Kunden-Begrüßungsstrahlen. Paul schätzte: Viel jünger als er selbst war der nicht.

Paul stieg aus, wedelte freundlich mit der linken Hand und brachte ein kräftiges, folkloristisch getöntes »Grüß Gott« hervor.

»Tach«, bekam er zu hören.

Paul schluckte. »Tach?« Wo er denn herkomme, wurde er gefragt. Und ob es vielleicht um Pferde gehe?

»Um ein Pferd.«

»Na ja, ein Regiment werden Sie ja wohl nicht ausstatten wollen.«

Ein herzliches Lachen. Dann wurden Pauls Hände geschüttelt, und er hatte eine neue Frage zu beantworten: »Münchner sind Sie ja nicht. Das seh' ich. Darf man fragen ...«

»Düsseldorf.«

»Na sowat«, sagte die Schirmmütze. »Ja, da bräuchten wir beide ja gleich 'n Pils. Es ist nämlich genau die Gegend, die auch ich als Heimat bezeichnen darf. Von Düsseldorf hier runter, na gut, da sind Sie ja nicht allein. Soll ich Ihnen mal was sagen? Gerade am Vormittag mußten vier meiner Rösser den langen Weg zum Rhein antreten. Und wissen Sie wohin?«

Paul verneinte.

»Zum R.C.R. Kennen Sie doch?«

Das war dann doch ein Ding, so dick, daß Paul schlucken mußte: »Na, so 'n Zufall. Da reitet nämlich meine Tochter. Und für die such' ich hier nun 'n Gaul.«

»Kein Problem, Herr Fabrici. Sie werden staunen, was ich Ihnen bieten kann.«

Paul staunte zwar nicht: eine Stunde lang versuchte er jene besondere Sorte geistiger Tätigkeit vorzuweisen, die man ›Pferdeverstand‹ nennt. Dann war er erschöpft. Immerhin hatte er sich eine Stute namens ›Cleo‹ für Karin gesichert und als Anzahlung auch gleich mal zweitausend Märker auf den Tisch des Hauses geblättert.

Eine Stunde später, von Kopf bis Fuß erfüllt von dem angenehmen Empfinden, nicht nur eine gute sondern auch eine äußerst wichtige Tat vollbracht zu haben, stellte Paul im Zentrum Münchens, ganz in der Nähe des Viktualien-Marktes den Leihwagen in eine Tiefgarage.

Ach, der Viktualien-Markt! Alles, was sich ein bayerischer Magen ersehnen mochte, hier war es in überbordender Fülle versammelt. Vom Radi bis zum Handkäs. Aber dabei blieb es ja nicht. Längst war dieses große, bunte, von tausend Menschen bevölkerte Viereck im Herzen Münchens zum internationalen Einkaufs-Mekka der Feinschmecker geworden.

Paul marschierte. Paul staunte. Paul hatte Durst. Am liebsten hätte er sich in eine der vielen Kneipen gesetzt, die den Platz umsäumten. Aber nix da, zuerst war die zweite seiner Aufgaben zu lösen: Fasanen! Pracht-Fasanen für den Präsidenten, für diesen Ignoranten von Willibald Bock, der immer so tat, als sei er mit den ausgefallensten Delikatessen großgezogen worden.

Paul suchte. Und er wurde fündig: Eine braungestrichene Marktbude, dazu mit roten Herzen, blauen Enzian-Blumen und weißen Barock-Schnörkeln und in jedem Fall hundertmal hübscher als diese graue Zementkiste auf der grünen Wiese, in der er gerade für Karin ein Pferd erstanden hatte.

Paul nahm sich ein Herz und trat ein.

»Grüß Gott«, schallte es ihm entgegen.

»Grüß Gott«, erwiderte Paul.

Was vor ihm blau und grün leuchtete, das war ein Dirndl, ein gewaltiges Dirndl, ein Behältnis für das, was man in Bayern ein »g'standenes Weib« nennt: eine große, in der Seele wie im Fleische sichere Frau. Schon der Busen, dessen Ansatz ihm da aus dem großzügigen, weißgerahmten Ausschnitt entgegenwogte war rekordreif!

Paul schluckte: Mein Gott, wenn er da an seine Mimmi dachte.

»1-A-Fasanen.« Auch hier stand's wieder in Kreide auf einer schwarzen Holztafel geschrieben.

Er trat einen Schritt näher.

Da lagen sie nun, die Fasanen, einer am anderen, bräunlich und dunkel schimmernd in ihrem Federkleid.

»Was darf's denn sein?« erkundigte sich das ›g'standene Weib‹: »An Vogel?«

Nicht nur der Busen, auch die Stimme war Paul sympathisch. Aber wie sie einen ansah, richtig schüchtern konnte man da werden.

»Einen? Sagen wir zwei. – Oder –« Er starrte in ihr aufstrahlendes Lächeln und verkündete: ... Oder – drei?«

»Ja mei«, sagte sie, »i wußt doch, dös wird noch an guater Tag. Da, wollen'S net einen nehmen. Den Obstler servier' ich immer meinen besten Kunden.«

Den ›Obstler‹? Aus der Schürzentasche ihres Dirndls beförderte sie einen kleinen Flachmann ans Licht, schraubte die Kappe ab und streckte ihn über die Fasanen Paul entgegen.

Zögernd griff er zu.

»Na, probiern'S schon. Der is fei guat.«

Paul probierte. Er war vor allem stark. Er hustete.

»Prost – Nehmen'S ruhig nochmal einen.«

Wiederum gehorchte Paul. Die kantige Schnapsschärfe war plötzlich weg. Hervorragend, dachte er, und nahm einen tüchtigen Schluck, diesmal ohne zu husten.

»Danke.«

»Behalten'S in der Hand, falls Sie nochmal einen brauchen. So, und welchen Vogel wollen'S denn habn? Den da vielleicht?«

»Wissen Sie, ich weiß noch nicht so recht ...«

»So? Soll i Ihnen mal sagn, wie ich hier heiß auf dem Viktualien? ›Fasanen-Marie‹ sagen die Leute. Und wissen'S, was das bedeutet?«

»Nein, das weiß ich nicht.«

»Daß es weit und breit die besten Vögel bei mir gibt. Sie können jeden nehmen. Ehrlich.«

»Dann packen Sie mal zwei ein«, sagte Paul und genehmigte sich noch einen Schnaps, um den Flachmann dann zögernd zurückzugeben.

Die Fasanen-Marie schüttelte energisch den blonden Kopf: »Kommt nicht in Frage. Der g'hört Ihnen. Nehmen'S den mit. Wo kommen'S denn her?«

»Aus Düsseldorf.«

»Und da heißt es doch immer: ›Ach wärst doch bloß in Düsseldorf geblieben‹ ... I bin froh, daß sie kumma sind.«

»Waren Sie schon mal in Düsseldorf?«

Die Fasanen-Marie schüttelte sich. »Düsseldorf? Ja wieso denn? I geh' nie aus Minka. I mein«, setzte sie auf Hochdeutsch hinzu, »ich verlasse München nie. Nicht um einen einzigen Meter.«

Imponierend, dachte Paul und zahlte. Das ganze Wechselgeld drückte er ihr in die Hand zurück.

»Damit Sie auch mich in guter Erinnerung haben.«

Obstlerbeschwingt und frohgemut stieg Paul Fabrici nicht viel später auf dem Münchner Hauptbahnhof in den IC. Eine erfolgreiche Reise, bei Gott. Er drehte den Kopf und blickte hinauf zum Gepäcknetz, wo auf blauweißen Rauten eine rote Aufschrift leuchtete: »Fasanen-Marie – Viktualien-Markt‹.

Und auch noch ein Gaul dazu, dachte er und fühlte sich geradezu überwältigt von Selbstzufriedenheit: Na, die werden vielleicht Augen machen.

Acht Tage später stieg die Einladung, und beinahe wäre alles schiefgegangen. Anlaß dazu bot freilich am wenigsten die Küche im Hause Fabrici. Emilie, die sauerländische Köchin, blieb, wie immer, völlig ruhig und gelassen, nahm die nicht abreißende Kette von Befehlen, Anordnungen, Empfehlungen Mimmis entgegen, dachte keinen Augenblick daran, auch nur ein Wort davon zu befolgen, und machte ihre eigene Routine zur Grundlage des Betriebes. Im Backrohr brutzelten zwei Fasane – ein ganzer für Willibald Bock, zwei Hälften für Mimmi und Paul Fabrici. So war die Planung.

Als Beilagen waren Kartoffelkroketten und Ananaskraut in der Vorbereitung. Kastanienpüree, das Übliche zu Fasan, durfte bei Fabricis nicht auf den Tisch kommen; Paul lehnte das Zeug schärfstens ab.

Mimmi stürmte wieder einmal in die Küche.

»Alles klar, Emilie?«

»Ja, gnädige Frau.«

»Haben Sie an die Fasane tüchtig Speck gebunden?«

»Ja.«

»Seit wann sind sie im Rohr?«

»Seit einer Viertelstunde.«

Mimmi blickte auf die Uhr an der Wand.

»Es ist jetzt viertel vor sechs. Um sieben wird gegessen, das wissen Sie, Emilie?«

»Das weiß ich, gnädige Frau.«

»Hoffentlich klappt alles?«

»Sie können sich darauf verlassen, gnädige Frau.«

Mimmi vermochte sich nur schwer wieder von der Küche zu trennen, da ihre Überzeugung fest war, nur ihre Anwesenheit sei eine Garantie gegen ausbrechende Katastrophen. Doch auch im Speisezimmer wurde sie ebenso dringend gebraucht, weil dem Unvermögen des Dienstmädchens, den Tisch richtig zu decken, einfach Rechnung getragen werden mußte.

Der Hausherr kam heim. Mimmi hatte schon sehnlichst auf ihn gewartet und trat ihm im Flur entgegen.

»Endlich! Du wolltest doch heute schon eine Stunde eher kommen?«

»Es ging nicht. Ich wurde aufgehalten. Ist alles in Ordnung? Wann hast du Bock angerufen?«

»Ich?« Mimmis Augen weiteten sich. »Ich dachte, du machst das?«

»Waaas?« Paul schloß die Augen, um sich ganz fest im Zaum zu halten. »Iiich?«

»Ja, du.«

»Davon war doch überhaupt nicht die Rede.«

»Es war auch nicht die Rede davon, daß *ich* anrufen sollte.«

Nun öffnete Paul die Augen, um seine Frau starr anzusehen.

»Mimmi!«

Sie wußte, was kam.

»Mimmi, weißt du, was das heißt?«

»Ja, sie wußte es, schwieg aber.

»Bock hat überhaupt keine Ahnung von der ganzen Einladung, *Mimmi*. *Das* heißt es, *Mimmi*.«

Vor der Drohung, die von dem dauernden ›Mimmi‹ ausging, konnten nur Tränen schützen. Rasch fing Pauls Gattin zu weinen an. Sie hatte Übung darin.

Normalerweise hätte das Paul dennoch nicht von einem Wutausbruch abhalten können, aber dazu war jetzt keine Zeit. Paul stürzte zum Telefon. Im Büro war Bock nicht mehr. Paul versuchte es daraufhin zu Hause. Bock meldete sich. Paul schilderte ihm mit gepreßter Stimme die Situation und krönte seine Worte mit folgender Verlautbarung: »Man ist fünfundzwanzig Jahre verheiratet, Willem, fünfundzwanzig Jahre, eine Ewigkeit, und man glaubt zu wissen, zu was eine Frau in der Lage ist. Aber man weiß es *nicht*, Willem!«

»Ich soll mich also zusammenpacken und zu euch kommen, Paul?«

»Ja, der Duft der Fasane durchzieht schon das ganze Haus, Willem.«

Durchs Telefon hörte man den Präsidenten die Luft durch die Nase einziehen. Doch dann sagte er: »Tut mir schrecklich leid, ich kann nicht.«

»Warum nicht?«

»Ich habe selbst Besuch. Unser neuer Syndikus ist bei

mir. Ich habe ihm vorgeschlagen, gemeinsam einer Flasche den Hals zu brechen, damit wir uns auch privat ein bißchen näherkommen.«

»Verdammich!« stieß Paul Fabrici hervor.

Was war da zu machen? Die Fasane brutzelten ihrer Vollendung entgegen. Die Situation stellte sich Paul als kleiner gordischer Knoten dar, dem nicht anders beizukommen war, als daß man ihn durchhaute. Es bedurfte dazu nur eines kleinen Alexanders, und Paul Fabrici entpuppte sich als solcher, indem er sagte: »Weißt du was, Willem? Du kommst trotzdem ...«

»Und was mache ich mit dem Syndikus?«

»Den bringst du einfach mit.«

»Das geht doch nicht, Paul.«

»Warum nicht?«

»Du hast nur von zwei Fasanen gesprochen? Die sind dann zu wenig.«

»Ich verzichte auf meine Hälfte.«

»Dann ja. Bis wann müssen wir bei euch sein?«

»Um sieben.«

»Höchste Zeit. Wir beeilen uns.«

Nachdem es Paul Fabrici so gelungen war, eine drohende Panne abzuwenden, dachte er nicht im entferntesten daran, daß eine zweite fast buchstäblich schon vor der Tür stand.

Ein Taxi fuhr draußen vor, dem Karin entstieg. Niemand erwartete sie schon heute. Ihre Schlüssel lagen irgendwo im Gepäck vergraben. Sie läutete deshalb an der Haustür, und Vater, der gerade durch den Flur lief, öffnete ihr. Völlig überrascht starrte er sie an.

»Du?«

»Tag, Vati.«

Er vergaß, beiseitezutreten, um ihr den Weg freizugeben.

»Darf ich nicht hereinkommen, Vati?«

»Natürlich«, besann er sich und nahm ihr den schweren

Koffer ab. »Warum hast du uns nicht angerufen, daß du schon kommst?«

»Wozu?« antwortete sie. »Nun bin ich ja da.«

Sie stiegen hinauf in Karins Zimmer. Als Mimmi hinzukam, von Paul gerufen, war sie genauso überrascht wie er. Die beiden Frauen begrüßten sich mit Umarmungen und Küssen.

»Was ist mit Oma?« fragte dann Mimmi.

»Die mußte zur Beerdigung einer Freundin nach Frankfurt. Ich nützte die Gelegenheit, ihrer weiteren Fürsorge zu entfliehen. Anders hätte ich das nicht übers Herz gebracht. Sie war reizend, aber anstrengend. Ich habe ihr einen netten Brief hinterlassen.«

»Du mußt dich rasch umziehen, Karin«, sagte Mimmi. »Es kommen gleich Gäste.«

»Gäste?«

»Dabei ergibt sich ein Problem«, mischte sich Paul ein. »Das Essen reicht nicht. Zwei Fasane, weißt du. Ursprünglich waren die berechnet für drei Personen: deine Mutter, mich und Herrn Bock, den du ja kennst. Nun bringt aber dieser unvorhergesehen auch noch seinen neuen Syndikus mit, einen Doktor Soundso, und durch dich sind wir jetzt zu fünft.«

Paul blickte zwischen Karin und Mimmi hin und her.

»Wie soll das gehen?« fragte er.

»Ganz einfach«, erklärte Mimmi. »Dein verfressener Freund tritt eine Fasanenhälfte ab.

»Das sagst ihm aber du!«

»Nein«, ließ sich Karin vernehmen. »Mich könnt ihr vergessen. Ich bin ohnehin abgespannt von der Reise und bleibe lieber auf meinem Zimmer. Laßt es euch schmecken.«

»Dann werde ich dir aber jedenfalls etwas vom leckeren Nachtisch bringen«, versprach Mimmi. »Süßes magst du doch immer.«

»Ja, Mutti, mach das«, nickte Karin.

Die Gäste erschienen pünktlich. Präsident Bock hatte

dazu den Taxifahrer zu verkehrswidrigem Tempo antreiben müssen. Mimmi erlebte einen kleinen positiven Schock, als ihr von Präsident Bock der neue Syndikus der Industrie- und Handelskammer vorgestellt wurde. Das bewirkte der Doktortitel des relativ jungen Mannes, dessen Aussehen auch noch als ›sehr gut‹ zu bezeichnen war. Beide Attribute bündelten sich und erzielten bei Mimmi einen unvermeidlichen Effekt. Unverbesserlich, wie sie war, fragte sie sich: Wäre das keiner für meine Karin?

Das Essen brachte Emilies gediegenem Können die Würdigung des Präsidenten Bock in der Form ein, daß er ihr einen Zwanzigmarkschein in die Küche schickte. Außerdem bat er Paul Fabrici, ihr zu bestellen, daß sie jederzeit einen Stellungswechsel zu ihm ins Auge fassen könne.

»Und was würdest du dann mit deiner jetzigen Köchin machen?« fragte ihn grinsend Paul.

»Sie zum Arbeitsamt schicken zur Umschulung.«

»Zu welcher?«

»Egal«, erwiderte der Präsident, sich mit der Serviette sorgfältig den Mund abwischend. »Zu jeder, die nichts mit der Zubereitung von Nahrungsmitteln zu tun hätte.«

Nach dem gebotenen allgemeinen Gelächter auf dem Rücken einer Abwesenden, die solchen Hohn keineswegs verdiente, teilte Mimmi mit, daß sie sich nun ein paar Minuten um die Ernährung ihrer Tochter kümmern müsse.

»Ist sie krank?« fragte der Syndikus höflich.

»Nein, nein, nur müde«, erwiderte Mimmi. »Sie kam erst vor einer Stunde von einer Reise zurück. Das war auch der Grund, weshalb sie nicht an unserem Essen teilgenommen hat. Sie zog es vor, auf ihrem Zimmer zu bleiben.«

»Schade.«

»Vielleicht kann ich sie dazu verleiten, doch noch eine Zeitlang herunterzukommen.«

»Das wäre sehr schön.«

»Sie sind nicht von hier, Herr Doktor?«

»Nein, ich komme aus Norddeutschland.«

»Man hört es. Und was brachte Sie nach Düsseldorf?«

»Eine Ausschreibung der Industrie- und Handelskammer. Sie kam mir zur Kenntnis, ich bewarb mich, und es hat geklappt; innerhalb weniger Wochen.«

Mimmi brachte ihren verschütteten Charme zum Erstrahlen, indem sie lächelnd sagte: »Ein Gewinn für unsere Stadt, finde ich.«

Der Syndikus errötete. Auch das stand ihm gut.

»O danke, gnädige Frau«, sagte er. »Sie bringen mich in Verlegenheit.«

Mimmi nickte ihm zu und erhob sich, um ihre Tochter nicht länger auf ihren Nachtisch warten zu lassen.

»Prima, Mutti«, sagte Karin dann, das leckere Zeug aus einem Schüsselchen löffelnd. »Was gab's eigentlich bei euch hier Neues, während ich weg war?«

»Nicht viel. Peter Krahn hat sich verlobt.«

Karins Löffel stand still.

»Peter?«

»Ja.«

»Mit wem?«

»Stell dir vor, mit einer Nickeroogerin. Ich finde das unmöglich. Die kann er doch nur ganz kurz gekannt haben.«

Karins Gesicht verschattete sich. Sie legte den Löffel beiseite. Es schien ihr den Appetit verschlagen zu haben.

»Das stimmt«, sagte sie mit abwesendem Blick. »Nur ganz kurz ...«

Mimmi hätte sich ohrfeigen können, weil sie so unbedacht gewesen war, den Namen ›Nickeroog‹ fallenzulassen.

»Iß doch noch ein bißchen«, sagte sie.

»Nein, danke.«

»Vati läßt dich bitten, daß du doch noch ein bißchen herunterkommst«, log Mimmi.

»Nein, Mutti.«

»Auch die beiden anderen Herren würden dich gerne sehen. Präsident Bock ist wieder in Fahrt, sage ich dir. Der angelt uns noch die Emilie weg.«

»Keine Angst, Emilie verläßt uns nicht.«

»Der neue Syndikus, den er dabei hat, würde dir sicher gefallen. Ein blendend aussehender Mann. Doktor der Jurisprudenz.«

»Ach Mutti.«

Das klang so absolut uninteressiert, daß Mimmi die Hoffnung aufgab. Hätte man Karin gesagt, daß Apollo höchst persönlich vom alten Olymp herabgestiegen wäre, um auf sie zu warten, wäre auch damit bei ihr kein Erfolg zu erzielen gewesen.

Mimmi griff nach dem noch fast vollen Schüsselchen, an dessen Inhalt Karin plötzlich keinen Gefallen mehr gefunden hatte.

»Du ißt das also nicht mehr?«

»Nein.«

»Willst du morgen geweckt werden?«

»Nein. Laß mich bitte schlafen.«

»Gut«, sagte Mimmi und ging zur Tür. Sie war ein bißchen eingeschnappt und gedachte, zum Zeichen dafür das Zimmer ohne Gruß zu verlassen. Über die Schulter sprach sie, als sie die Tür aufzog und über die Schwelle nach draußen trat, zurück. »Doktor Torgau hätte sich sicher sehr gefreut.«

Sie wollte die Tür hinter sich zuziehen, als sie einen erstickten Laut hörte: »Mutti!«

Sie machte noch einmal kehrt.

»Ja?«

Ihre Tochter starrte ihr entgegen. Sie war totenblaß geworden. Kaum zu glauben, daß das in so kurzer Zeit vor sich gegangen sein konnte.

»Karin, was hast du?« fragte Mimmi erschrocken.

»Wer, sagtest du, Mutti?«

»Doktor Torgau. Wieso entsetzt dich das?«
»Sein Vorname?«
»Den weiß ich nicht. Ich verstehe dich nicht. Warum —«
»Woher kommt er?« unterbrach Karin ihre Mutter, die sich überhaupt nicht mehr auskannte.
»Aus Norddeutschland.«
Karins Blässe minderte sich zögernd.
»Wie sieht er aus?«
»Blendend, das sagte ich dir doch schon.«
»Wie im einzelnen? Seine Haare? Seine Gesichtsform? Seine Augen? Seine Größe? Ist er schlank? Ist er —«
»Karin«, unterbrach nun Mimmi ihre Tochter, »mach mich nicht verrückt. Wenn du das alles wissen willst, wenn du den anscheinend zu kennen glaubst, dann komm herunter und sieh ihn dir an. Ich habe ihn nicht gemessen, wie groß er ist, und gewogen habe ich ihn auch nicht. Seine Augen ... nun, von denen glaube ich sagen zu können, daß sie sehr leidenschaftlich sind.«
»Leidenschaftlich?«
»Ja, das glaube ich. Ich täusche mich sicher nicht.«
Karins Miene wurde zu einem großen Fragezeichen.
»Wie kommt er in unser Haus?«
»Laß es dir von ihm selbst sagen.«
Ein Lächeln blühte in Karins Gesicht auf, verdrängte den letzten Rest der Blässe. Das Lächeln wurde stärker.
»Mutti!« rief Karin plötzlich, sprang auf, lief auf Mimmi zu, riß sie in die Arme und schwenkte sie herum.
Es war ein groteskes Bild. Mimmi hielt das Schüsselchen mit dem Nachtisch in der Hand und war krampfhaft bemüht, den schönen Teppich vor Pudding und Himbeersoße zu bewahren.
»Hör auf, Karin«, bat sie. »Dein Perser war erst in der Reinigung. Laß mich los.«
Karin blieb stehen. Heftig ging ihr Atem. Das verlieh ihrer Brust einen wunderhübschen Bewegungsrhythmus.
»Laß uns gehen«, sagte Mimmi.

Beide strebten zur Tür. Nach zwei Schritten hielt jedoch Karin noch einmal an.

»Nein«, sagte sie.

»Wieso?« fragte Mimmi.

»Ich trau mich nicht.«

»Wieso nicht?«

»Mutti«, sagte Karin mit angstvoller Miene, »wenn das ein anderer ist und nicht der, den ich meine, sterbe ich. Das würde ich nicht mehr aushalten.«

»Komm«, sagte Mimmi, ihre Tochter an der Hand nehmend, mit sicherem Instinkt. »Er ist es.«

»Woher willst du das wissen?«

»Weil ich deinen Geschmack kenne ... und den meinen.«

Sie stiegen die Treppe hinunter. Karins Hand zitterte in der von Mimmi. Als sie sich dem Speisezimmer näherten, drang ihnen von drinnen das Stimmengewirr dreier Männer entgegen, die sich lebhaft unterhielten.

»Ich höre ihn, Mutti«, flüsterte Karin, bebend vor Erregung. »Er ist es wirklich.«

»Na also«, meinte Mimmi ziemlich laut und öffnete die Tür.

Schlagartig erstarb das Stimmengewirr. Karin blieb auf der Schwelle stehen und blickte nur einen der drei Männer an. Langsam erhob sich der Betreffende von seinem Stuhl.

»Guten Abend, Walter«, sagte Karin leise.

»Guten Abend, Karin.«

Paul Fabrici war baff. Sein Erstaunen hätte nicht größer sein können, besaß er doch nicht den geringsten Schimmer davon, was hier los war. Sein Blick wechselte von Karin zum neuen Syndikus, dann wieder zurück zu Karin, und dann wieder zum neuen Syndikus.

»Ich habe das Gefühl«, sagte er schließlich, »daß mir hier eine Erklärung geschuldet wird.«

»Mir aber auch«, pflichtete der Präsident der Industrie- und Handelskammer bei.

Diesen Part konnte Mimmi übernehmen, wenigstens in groben Zügen. Sie fand jedoch, daß dabei die Kinder, wie sie im Geiste Karin und Walter schon nannte, nur stören würden, und sorgte deshalb für ihre Entfernung.

»Karin«, sagte sie, »ich irre mich bestimmt nicht, wenn ich annehme, daß sich Herr Doktor Torgau ganz gern unseren Garten ansehen würde. Möchtest du ihn ihm nicht zeigen?«

»Wenn du meinst, Mutti«, sagte Karin und strahlte Mimmi dankbar an.

»Was soll der Quatsch?« fauchte hingegen Paul Fabrici seine Gattin an, nachdem die beiden Jungen verschwunden waren.

Mimmi wußte, daß das, was jetzt bevorstand, keine leichte Geburt war. Sie stellte das Puddingschüsselchen, das sie immer noch in der Hand gehalten hatte, auf den Tisch und setzte sich. Dann sagte sie, zur Tür zeigend: »Das ist er, Paul.«

»Was ist er?«

»Derjenige, Paul.«

»Welcher derjenige?«

»Du weißt schon.«

»Nichts weiß ich, verdammich! Sprichst du von Doktor« – er blickte den Präsidenten an – »wie heißt er?«

»Torgau.«

»Ja«, nickte Mimmi, »von dem spreche ich.«

Paul war geneigt, mit der Faust auf den Tisch zu hauen, unterließ es aber dann doch.

»Von dem weiß ich nur«, polterte er, »daß er der neue Syndikus der Industrie- und Handelskammer in Düsseldorf ist.«

»*Und*«, ergänzte Mimmi mit Betonung, »dein zukünftiger Schwiegersohn, wenn's nach Karin geht.«

»Mach mich nicht verrückt!« fing Paul zu schreien an.

Auch Präsident Bock blickte nicht mehr durch und ließ dies erkennen, indem er sagte: »Wenn Sie erlauben, meine Liebe, schließe ich mich der Forderung Ihres Gatten an.«

Mimmi spannte die beiden nicht mehr länger auf die Folter und berichtete, was sich in Karins Zimmer zugetragen hatte. Nach Frauenart schilderte sie alles sehr breit, so daß z. B. auch nicht unerwähnt blieb, wie sie sich um den Teppich verdient gemacht hatte.

Paul Fabrici war sprachlos. Er unterbrach Mimmis Bericht nicht ein einziges Mal. Als erster äußerte sich der Präsident. Er brachte einen Verdacht vor. Und zwar müsse er das so sehen, sagte er anklagend, daß hinter der ganzen Bewerbung des Mannes um eine Stelle in Düsseldorf nicht nur der Wunsch nach einem Job allein gesteckt habe.

»Hoffentlich«, war Mimmi zu vernehmen.

Bock widersprach: »Nein, meine Liebe, das wirft nämlich nicht das beste Licht auf die Arbeitsmoral eines solchen Angestellten.«

»Finde ich auch«, knurrte Paul Fabrici.

»Für unsereinen«, bekräftigte Bock, »hat es so etwas im ganzen Leben nicht gegeben – oder, Paul?«

»Du hast recht, Willem.«

Mimmi richtete sich auf, um ihren Mann auf die Hörner zu nehmen. Dies war nämlich jetzt eine Minute, in der sie sich von ihm um keinen Preis einschüchtern lassen wollte. Das Glück ihrer Tochter stand auf dem Spiel. Was Bock sagte, war ihr egal – aber nicht das, was Paul von sich gab. Sie funkelte ihn an.

»Nur weiter so, Paul«, sagte sie. »Das ergibt die richtige Basis für den Start deines Nachfolgers in deiner Firma.«

Paul blickte sie an wie eine Geistesschwache.

»Meines was?« stieß er hervor.

»Deines Nachfolgers.«

»Hast du nicht mehr alle Tassen im Schrank?«

»Doch, ich schon, aber dir fehlen offenbar ein paar.«

Fassungslos schwieg er. War das noch seine Frau? Sein Schatten? Seine Sklavin?

»Dir fehlen sogar alle, scheint es«, fuhr Mimmi fort. »Wer erbt denn einmal deinen ganzen Kram?«

»Karin natürlich!«

»Und wer führt die Firma? Etwa auch sie?«

»Das kann sie nicht.«

»Eben. Wer also? Dein Schwiegersohn. Oder nicht?«

Paul schwieg, er blickte herum, als suche er nach einer Zigarre.

»Seit Jahren habe ich ja auch nichts anderes aus deinem Mund gehört«, fuhr Mimmi fort, ihm die Leviten zu lesen. »Weshalb bist du denn auf den Krahn verfallen ... auf dieses Würstchen ... weshalb denn?« Sie wartete auf eine Antwort, aber Pauls Lippen blieben geschlossen.

»Weshalb wolltest du Karin denn in eine Kaufmannslehre stecken, obwohl du weißt, daß das, wie du selbst sagst, keine Lösung ist, sondern höchstens eine Notlösung?« Mimmi winkte mit der Hand. »Alles Quatsch! Die einzige Lösung ist die mit einem richtigen Schwiegersohn, und damit klappt's jetzt ...«

Paul fand die Sprache wieder.

»Mit einem Schreibtischhengst«, stieß er verächtlich hervor.

Mimmi ließ sich nicht beirren.

»Mit einem hochgebildeten Menschen, Paul, der sich das, was er zur Führung eines Geschäfts braucht, ganz leicht aneignen wird. Im übrigen –«

Paul wollte das nicht gelten lassen.

»So leicht ist das nicht! Was sagst du, Willem?«

»Im übrigen«, ließ sich Mimmi nicht unterbrechen, »hast du keinen anderen Weg als den, Herrn Doktor Torgau zu akzeptieren, Paul ...«

»Wieso, möchte ich wissen.«

»Es sei denn, du willst unsere Tochter aus dem Haus treiben.«

»Aber ...« Nun unterbrach sich Paul selbst. »Nein, das möchte ich natürlich nicht.«

»Na also«, sagte Mimmi. Zum ersten Mal lächelte sie wieder.

Paul, an eheliche Niederlagen nicht gewöhnt, hatte das Bedürfnis, irgendwie noch einmal aufzutrumpfen.

»Aber eines sage ich dir: Die geht mir vom ersten Tage an auch mit rein ins Geschäft, damit beide lernen. Sich an der Universität rumspielen, das kann sie vergessen.«

»Dafür bin ich auch«, lächelte Mimmi.

»Und das Reitpferd bleibt in München. Bin *ich* froh, daß sich der Transport verzögert hat. Der Kauf wird morgen früh von mir rückgängig gemacht.«

Auch dazu nickte Mimmi lächelnd.

»Welches Reitpferd?« fragte Willibald Bock.«

»Kümmere du dich um einen neuen Syndikus«, fuhr ihm Paul, dessen Bedürfnis, aufzutrumpfen, noch nicht ganz gestillt war, über den Mund.

Mimmi nahm das Puddingschüsselchen vom Tisch und erhob sich.

»Wo willst du hin?« fragte Paul sie.

»In die Küche. Karin wird, wenn wir sie zu Gesicht bekommen, ihren Appetit wiedergewonnen haben, schätze ich.«

Die Besichtigung des Gartens, die von Mimmi vorgeschlagen worden war, fiel ins Wasser. Karin und Walter hatten andere Interessen. Der Garten diente den beiden lediglich als Deckung. Zwischen Zierbüschen gab es da eine verborgene Bank, die von der ortskundigen Karin zielstrebig angesteuert worden war. Nachdem die beiden sich gesetzt hatten, begann ein bühnenreifer Dialog.

»Mein Herr«, sagte Karin, »ich bin überrascht, Sie in unserem Haus zu sehen.«

»Meine Dame«, antwortete Walter, »ich muß gestehen, daß es meine Absicht war, diese Überraschung herbeizuführen.«

»Wie kommen Sie nach Düsseldorf?«

»Mein Herz zog mich her.«
»Hörten Sie das Rufen meines Herzens?«
»Ich erträumte es mir.«
»Aber um zu wissen, wohin Sie sich zu wenden hatten, bedurften Sie der Führung eines sogenannten guten Geistes?«
»Den hatte ich – ohne sein Wissen – gefunden.«
»Wer war es?«
»Ein junger Mann namens Peter Krahn.«
»Peter Krahn? Wußten Sie, daß er mich heiraten wollte?«
»Ja.«
»Und?«
»Ich hätte ihn erschossen.«
»So sehr lieben Sie mich?«
»So sehr.«
»Sie wären aber ins Gefängnis gekommen.«
»Leider.«
»Dann wäre ich Ihnen gefolgt.«
»So sehr lieben Sie mich?«
»So sehr.«
»Wo haben Sie sich in letzter Zeit aufgehalten? Bei einem Mann?«
»Nein, bei meiner Großmutter.«
»Ich hatte Sie aus meinem Blickfeld verloren und war schon ganz verzweifelt.«
»Wie lange sind Sie bereits in Düsseldorf?«
»Vier Wochen.«
»Warum haben Sie nicht gleich Verbindung mit mir aufgenommen?«
»Ich wollte mich erst ein bißchen einrichten und dann …«
»Dann?«
»Ihrem Tennisclub beitreten, um Ihnen ganz zufällig zu begegnen.«

Aufperlendes Lachen Karins beendete diesen Dialog

und normalisierte den weiteren. Vorerst aber fielen sich die beiden in die Arme und setzten an zu einem wahren Furioso gegenseitiger Küsse. Es war wie der Zusammenprall zweier Sturzbäche, die zu lange angestaut worden waren.

Dann fragte Karin: »Und wie hast du Vater kennengelernt?«

»Dazu verhalf mir ein gnädiger Zufall«, erwiderte Walter. »Ich kam im richtigen Moment ins Zimmer meines Chefs.«

»Bist du mit deinem Chef zufrieden?«

»Warum?«

»Weil ich an einen Wechsel für dich denke.«

Er blickte sie mit ernster Miene an.

»Karin«, sagte er, »das schlag dir mal aus dem Kopf. Ich bin nicht hinter deinem Reichtum her. Das kannst du auch gleich deinem Vater sagen.«

»Gut«, antwortete sie, »dann verzichte ich eben auf mein Erbe.«

»Bist du verrückt?«

»Nein, du!«

»Verstehst du mich denn nicht?«

»Nee.«

»Aber ...«

»Entweder nimmst du mich mit Geld oder ohne Geld. Mir ist das egal. Nehmen mußt du mich auf alle Fälle. So einfach ist das.«

Ja, so einfach war das, für Karin jedenfalls. Walter blickte sie an und sah, daß es ihr ernst war.

»Darüber reden wir später noch«, gab er sich geschlagen.

Und dann erlag auch er dem Bedürfnis des nochmaligen Auftrumpfens.

»Eines möchte ich aber gleich ein für allemal bestimmt haben ...«

»Was?«

»Du beteiligst dich nie mehr an einer Konkurrenz für Schönheitsköniginnen!«

»Nein«, lachte Karin, »nie mehr.«

Ein neues Furioso gegenseitiger Küsse setzte ein. Walter war ein leidenschaftlicher Mann, Karin ein leidenschaftliches Mädchen. Rasch spürte jeder von ihnen, daß ihnen die Küsse nicht mehr genügten.

Aber nein, dachte Karin, das geht ja nicht, mein Fehler ist, daß ich nach Nickeroog mit der Pille ausgesetzt habe. Sie dachte dies, während sie sich an Walter klammerte, und Walter dachte etwas Ähnliches ohne Pille – nämlich: nein, hier nicht, ich muß mich noch gedulden, und wenn's mir noch so schwer fällt.

Plötzlich löste sich Walter von Karin und lauschte.

»Was war das?«

»Was?« fragte Karin.

»Hast du nichts gehört?«

»Nein.«

»Da! Schon wieder!«

Und nun hatte es auch Karin vernommen. An sich selbst. Sie lachte leise.

»Das Knurren meinst du, Walter?«

»Ja. Habt ihr einen Hund? Ist er in der Nähe?«

»Nein. Aber jemand anderer ist in nächster Nähe.«

»Wer?«

»Mein Magen. Er kracht vor Hunger.«

»Du liebe Zeit! Hast du denn noch nichts gegessen?«

»Praktisch keinen Bissen.«

»Warum denn nicht?«

»Die Schuld daran trägst du.«

»Ich?«

»Weil du so lange auf dich hast warten lassen.«

Er nahm sie noch einmal ganz fest in die Arme.

»Liebling«, sagte er, ehe sie sich dem Haus zuwandten, »wenn's danach geht, wirst du in deinem ganzen Leben kein bißchen Hunger mehr verspüren.«

Joanna Trollope

»... mit großem erzählerischem und psychologischen Talent dargeboten.«
Frankfurter Allgemeine Zeitung

Affäre im Sommer
01/9064

Affäre im Sommer
Großdruck-Ausgabe
21/12

Die Zwillingsschwestern
01/9453

Wirbel des Lebens
01/9591

Zwei Paare
01/9776

Herbstlichter
01/9904

01/9776

Heyne-Taschenbücher

Mary Higgins Clark

»Mary Higgins Clark gehört zum kleinen Kreis der großen Namen in der Spannungsliteratur.«
The New York Times

Schrei in der Nacht
01/6826

Das Haus am Potomac
01/7602

Wintersturm
01/7649

Die Gnadenfrist
01/7734

Schlangen im Paradies
01/7969

Doppelschatten
Vier Erzählungen
01/8053

Das Anastasia-Syndrom
01/8141

Wo waren Sie, Dr. Highley?
01/8391

Schlaf, wohl, mein süßes Kind
01/8434

**Mary Higgins Clark (Hrsg.)
Tödliche Fesseln**
Vierzehn mörderische Geschichten
01/8622

Träum süß, kleine Schwester
Fünf Erzählungen
01/8738

**Schrei in der Nacht /
Schlangen im Paradies**
Zwei Psychothriller in einem Band
01/8827

Schwesterlein, komm tanz mit mir
01/8869

Daß du ewig denkst an mich
01/9096

**Wintersturm /
Das Anastasiasyndrom**
Zwei Psychothriller in einem Band
01/9578

Das fremde Gesicht
01/9679

Als Hardcover:
Ein Gesicht so schön und kalt
43/32

Heyne-Taschenbücher

»Ein ganz besonderer Roman...
provozierend in seiner animierenden,
sogar rührenden Wahrhaftigkeit.«
ABENDZEITUNG

Lisa Fitz erzählt das Leben der Powerfrau Lena, die einer schweren Liebesprüfung unterzogen wird und mit Hilfe eines Clowns zu neuer Lebensfreude findet.

Ein Roman-Debüt, herzerfrischend und unkonventionell wie seine Autorin.

324 Seiten
Hardcover

Heyne

Annette Kast-Riedlinger

»... boshaft, selbstironisch und spannend – meilenweit entfernt vom deutschen Selbsterfahrungswulst.«
FREUNDIN

Von nun an bitte ohne mich
01/8353

Von wegen Liebe ...
01/8667

Frau im besten Mannesalter
01/8873

Hautnah ist noch zu fern
01/9138

Adieu, ich rette meine Haut
01/9778

Heyne-Taschenbücher

HEYNE BÜCHER

Heinz G. Konsalik

Dramatische Leidenschaft und menschliche Größe kennzeichnen die packenden Romane des Erfolgschriftstellers.

Eine Auswahl:

Der Geheimtip
01/6758

Russische Geschichten
01/6798

Nacht der Versuchung
01/6903

Saison für Damen
01/6946

Das gestohlene Glück
01/7676

Geliebter, betrogener Mann
01/7775

Sibirisches Roulette
01/7848

Tödliches Paradies
01/7913

Der Arzt von Stalingrad
01/7917

Schiff der Hoffnung
01/7981

Die Verdammten der Taiga
01/8055

Airport-Klinik
01/8067

Liebesnächte in der Taiga
01/8105

Männerstation
01/8182

Das Bernsteinzimmer
01/8254

Der goldene Kuß
01/8377

Treibhaus der Träume
01/8469

Die braune Rose
01/8665

Mädchen im Moor
01/8737

Kinderstation
01/8855

Stadt der Liebe
01/8899

Im Auftrag des Tigers
01/9775

Heyne-Taschenbücher